Kathrin Aehnlich
Alle sterben, auch die Löffelstöre

Zu diesem Buch

Sie sind gemeinsam aufgewachsen: Paul mit seiner Sehnsucht nach einem Vater und Skarlet, die sich den ihren fortwünscht. Im Kindergarten und in der Schule schützen sie einander vor sinnlosen Geboten, und in der Euphorie des Herbstes 1989 sind beide drauf und dran, ihre freundschaftliche Nähe gegen eine andere einzutauschen. Doch Skarlet fährt nach Italien, Paul in die USA, sie wird Pressesprecherin im Zoo mit der berühmten Löffelstörzucht, er kauft ein Kino. Und während Skarlet sich vom Traum einer intakten Familie verabschiedet, wagt Paul zu heiraten. Nun, am vorletzten Tag des Jahres, hält sie einen Brief von Paul in Händen, in dem er sie bittet, seine Grabrede zu halten ... Mühelos-leicht und souverän verknüpft Kathrin Aehnlich in ihrem Romandebüt zwei Lebensläufe miteinander. Sie erzählt die Geschichte von Skarlet und Paul mit so viel doppelbödigem Humor, daß man lacht und weint und eigentlich immer weiter ihren Geschichten zuhören möchte.

Kathrin Aehnlich, geboren 1957 in Leipzig, studierte Bauwesen und am Literaturinstitut in Leipzig. Seit 1992 feste freie Mitarbeiterin in der Feature-Redaktion von MDR Figaro. Autorin und Regisseurin von Erzählungen und Hörspielen, Hörfunkfeatures und Dokumentarfilmen. Sie lebt in Markkleeberg bei Leipzig.

Kathrin Aehnlich

Alle sterben,
auch die Löffelstöre

Roman

Piper München Zürich

Mehr über unsere Autoren und Bücher:
www.piper.de

Ungekürzte Taschenbuchausgabe
Piper Verlag GmbH, München
November 2008
© 2007 Arche Literatur Verlag AG, Zürich-Hamburg
Umschlag: Büro Hamburg. Anja Grimm, Stefanie Levers
Bildredaktion: Büro Hamburg. Alke Bücking, Charlotte Wippermann
Umschlagfoto: Michael Fischer-Art
Autorenfoto: Christiane Eisler
Satz: Greiner & Reichel, Köln
Papier: Munken Print von Arctic Paper Munkedals AB, Schweden
Druck und Bindung: CPI - Clausen & Bosse, Leck
Printed in Germany   ISBN 978-3-492-25141-9

Für Jakob und Anna.
Für das Julenkind
und für Anja.

1

LIEBE *Skarlet, das ist ein Brief aus dem Jenseits, aber Du bist eine der ganz wenigen, denen ich zutraue, mit der makabren Situation umzugehen.*

Sie saß in der S-Bahn und dachte, daß sie jetzt weinen müßte. Sie starrte aus dem Fenster und sah, was sie immer sah, wenn sie in dieser Gegend abends aus dem Fenster schaute. Nichts. Aber auch bei Tageslicht wäre es nicht anders gewesen. Ein deprimierendes Bild. Stillgelegte Industrieanlagen, das ehemalige Kraftwerk, dessen Schornsteine einst als Wunder der Baukunst galten und für dessen Abrißkosten jetzt von der Stadtverwaltung Sponsoren gesucht wurden. Daneben die ehemalige Großdruckerei, dann das Kugellagerwerk, Bürogebäude, darin nicht eine einzige Fensterscheibe, die man noch einwerfen konnte. Das Gelände vor den zugemauerten Eingängen war mit Büschen und meterhohen Bäumen bewachsen, und verrottete Bauzäune sperrten ab, was niemanden mehr interessierte. In dieser Gegend lag die Stadt im Koma. Sie starrte aus dem Fenster, suchte vergeblich nach Lichtern, versuchte, die Sterne am Himmel zu erkennen, doch das Neonlicht blendete, und die Deckenlampen spiegelten sich im Glas.

Meine größte Angst ist, daß alles wirklich so banal ist, wie sie es uns immer gesagt haben.

Sie sah in die spiegelnde Fensterscheibe und versuchte, sich vorzustellen, wo er jetzt sein könnte.

Aber auch ihre Phantasie war in diesen Dingen begrenzt und folgte nur den vorgegebenen Mustern, die sich zwischen atheistisch oder religiös entschieden, zwischen Erde und Himmel. Und obwohl sie in einem sozialistischen Land aufgewachsen war, kam ihr als einzig möglicher Ort, wo Paul jetzt sein könnte, das Paradies in den Sinn. Aber wo war das überhaupt? Sie fand, daß es für ein Paradies im Himmel momentan zu kalt war. Das Jahr verabschiedete sich mit Frost, es wehte ein eisiger Wind, und die Temperaturen waren so niedrig, daß kein Schnee fallen konnte. Sie sehnte sich nach diesem Schnee, nach der Stille, die alles zudeckte, die kaputten Industrieanlagen, die schmutzigen Straßen, die Gefühle. In ihrer Erinnerung hatte es in ihrer Kindheit jeden Winter von Dezember bis März geschneit. Noch nie vorher war ihr der Gedanke gekommen, daß es im Paradies auch kalt sein könnte. Sie hatte es sich immer mit Temperaturen zwischen zwanzig und fünfundzwanzig Grad und mit einer erträglichen Luftfeuchtigkeit vorgestellt. Ein Teneriffa für alle. Doch je länger sie darüber nachdachte, um so fragwürdiger wurde ihr das Ganze. Sie sah eine riesige Ferienanlage vor sich, in der alle Platz finden mußten, die sich auf Erden ausreichend gut benommen hatten, und am Ende würde sie jeden Morgen um fünf Uhr aufstehen müssen, um ihr Handtuch auf eine Liege am Pool zu legen. Der Gedanke, das Paradies mit Unbekannten teilen zu müssen, war unerträglich, aber genauso absurd war die Vorstellung, mit Menschen auf Ewigkeit zusammenzusein, mit denen sie schon auf Erden nichts zu tun haben wollte. Sie stellte sich vor, daß sie gemeinsam mit ihrem Nachbarn, der jeden Sonntagmorgen die Zählerstände im Keller kontrollierte und in ein Buch eintrug und der nichts so sehr liebte, wie im Wohnmobil durch Norwegen zu fahren, in ein und dasselbe Paradies käme. Womöglich würde er ihr nachts heimlich die Heizung abdrehen. Vieles erschien ihr auf den ersten Blick unklar: In welcher Sprache sollten sich alle verständigen? Gab es für jede Nation ein eigenes Paradies? Oder waren die Paradiese nach Berufsgruppen getrennt? Und wo würde sie Janis Joplin und Jimi Hendrix finden?

Schon als Kind war sie ständig gescheitert, weil sie versucht hatte, sich alles konkret vorzustellen. Am schlimmsten war der Gedanke an die Unendlichkeit gewesen. Der Gedanke an die Unendlichkeit hatte sie krank gemacht. Jeder Teller hatte einen Rand, jedes Fußballfeld eine Torlinie. Alles hörte irgendwo auf, das Zimmer, die Straße. Jeder See hatte ein Ufer, und selbst Ozeane stießen irgendwann an Land. Es war schon schwer genug gewesen, sich damit abzufinden, daß die Erde eine Kugel war. Und dann sollte das Weltall auch noch unendlich sein? Keine Wand, keine Tür? Aber selbst wenn irgendwo eine Wand wäre, so gab es immer ein Davor und ein Dahinter, hinter jeder Tür war eine andere Tür. Und wo war in dieser ganzen Unendlichkeit Gott? Sie hatte den Pfarrer in der Christenlehre danach gefragt und seine Erklärungen, daß Gott überall wäre, nicht gelten lassen. Gott konnte nicht gleichzeitig ein Alpenveilchen und der Pudel von Frau Schindler sein. Sie hielt die Formulierung: Gott ist in uns, für eine der Lügen der Erwachsenen, die wie immer zu bequem waren, sich ernsthaft Gedanken zu machen. Sie sah den Pfarrer bei der Frage, ob Gott beim Betreten der Wohnung Hausschuhe anziehen müsse, zusammenzucken. Wer kochte für Gott, wer wusch seine Wäsche? Und wann hatte Gott eigentlich Geburtstag? Statt ihr zu antworten, schrieb der Pfarrer einen Brief an ihre Eltern, die, nachdem sie die Fragen auch nicht beantworten konnten, mit ihr einen Arzt konsultierten. Der vermutete zuerst einen Herzfehler, bescheinigte ihr aber dann nur eine große Phantasie und riet den Eltern, sie von aller Aufregung und vor allem von der Kirche fernzuhalten, was für einen Arzt aus einer Poliklinik immer ein guter Rat war. Endlich hatte sie mehr Zeit, um sich ihren Aufgaben als Junger Pionier zu widmen.

Bei den Jungen Pionieren war alles viel konkreter. Zwar gab es genau wie in der Kirche zehn Gebote, die jeder einhalten sollte. Aber die Heiligen waren richtig tot und geisterten nicht als virtuelle Erscheinung durchs tägliche Leben. Im Sinne von Ernst Thälmann hieß, wir machen es so, wie es Ernst Thälmann gemacht hätte, wenn er nicht feige und hinterhältig ermordet worden wäre. Heute stellte sie sich Gott vor wie eine Datei im Internet, einen Link, der bei allem, was man suchte, vorhanden war.

Noch immer hielt sie den Brief aus dem Jenseits, von dem weder Paul noch sie wußten, wo es war, in der Hand. Und wie immer hatte sie den Umschlag mit einem Finger aufgerissen, das Papier achtlos zerfetzt, wer interessierte sich schon für leere Umschläge, aber vielleicht hätte sie für einen letzten, für einen allerletzten Brief versuchen können, vorsichtig die

Gummierung zu lösen, oder wenigstens für das Auf-
schlitzen einen Stift oder Schlüssel nehmen sollen.
Sie versteckte den Umschlag zwischen den Briefseiten
und fixierte den Himmel, den sie durch die Scheibe
nicht sehen konnte.

Paul war immer ordentlich gewesen. Die Bleistifte
auf seinem Schreibtisch hatten exakt nebeneinander
gelegen, und nie hatte es eine abgebrochene Spitze
gegeben. Nie war er auch nur eine Minute unpünktlich gewesen, und nie hatte er eine einzige Entscheidung rückgängig gemacht. War gewesen. Wie leicht
sich das dachte, und dabei war er noch nicht einmal
sieben Stunden tot.

AM Nachmittag war der Anruf gekommen. Sie hatte
in der Küche gestanden und gekocht, Spaghetti wie
immer, und Musik gehört, wie immer. Nannini, wie
fast immer. Und bei *Io e Bobby McGee* hatte das Telefon geklingelt, und sie war eher unwillig auf den
Flur gegangen und hatte den Hörer abgenommen. Es
gab nichts Schlimmeres als weichgekochte Spaghetti.
*E' come il primo sogno di chi ha smesso d'impazzire
e finalmente in pace può morire*, hatte Nannini in der
Küche gebrüllt, und Judith hatte am Telefon gesagt:
Paul ist eben gestorben. Und sie war in die Küche gegangen und hatte die Musik abgestellt. Dann war es
still, in den Boxen und am anderen Ende der Leitung.

Soll ich kommen?

Laß dir Zeit.

Und sie war zurückgegangen zum Herd und hatte
die Spaghetti mit dem Holzlöffel umgerührt und
dann die Zeituhr auf acht Minuten gestellt. Dann

hatte sie kochendes Wasser über die Tomaten ge-
gossen, exakt bis zum Rand der Schüssel. Um diese
Jahreszeit waren die Tomaten teuer und hatten kaum
Geschmack, und die Schale ließ sich schwer und nur
mit Hilfe eines Messers lösen. Und sie dachte, daß
es besser gewesen wäre, wenn sie sich für geschälte
Tomaten aus der Dose entschieden hätte. Sie hatte
Olivenöl in den Tiegel gegeben, gewartet, bis das Öl
Blasen schlug, und dann vorsichtig die geschnittenen
Tomaten vom Teller in das heiße Öl geschoben. Sie
war bei dem Zischen zusammengezuckt. Alle Geräusche erschienen ihr unendlich laut. Sie hatte sich an
den Küchentisch gesetzt und inmitten der ungewohn-
ten Stille Spaghetti gegessen.

SONST war sie immer nervös gewesen, bevor sie Paul
besuchen ging. Sie hatte ständig auf die Uhr gesehen
und wieder und wieder ausgerechnet, wie lange sie
zu seiner Wohnung brauchen würde. Sie wollte weder zu spät noch zu früh kommen. Prinzipiell war sie
bei ihren Terminen nie wirklich unpünktlich, aber sie
kam meistens im letzten Moment, erreichte den Zug
kurz vor Abfahrt und nahm es in Kauf, unter den bösen Blicken aller Mitreisenden als letzte in ein Flugzeug zu steigen. Sie haßte es, minutenlang untätig auf
Bahnsteigen zu stehen, sie litt in Wartezimmern bei
Ärzten und war jedesmal kurz davor, zur Mörderin
zu werden, wenn jemand sich an einer Ladenkasse
nicht entscheiden konnte, wie er nun bezahlen wollte. Warten Sie, vielleicht habe ich das Geld doch
noch passend! Alles in ihrem Leben mußte in Bewegung sein, und nur sie war berechtigt, es anzuhalten.

Bei den Besuchen war es anders. Nur er allein entschied, wann sie kommen konnte. Sie machten die Termine immer kurzfristig, je nachdem, wie er sich fühlte. Meist rief Judith am Vormittag an: Wenn du willst, kannst du uns besuchen kommen. Am Anfang hatte sie noch gefragt: Wann? Bis sie begriffen hatte, daß es noch am selben Tag sein sollte. Wobei er immer einige Zeit brauchte, um sich auf den Besuch vorzubereiten. Er mußte sich ausruhen, schlafen, sich ein Schmerzmittel spritzen lassen, damit sie wenigstens eine Stunde zum Reden hatten. Der Zeitpunkt zwischen Judiths Anruf und dem Besuch war Stillstand und Beschleunigung zugleich. Sie war nicht mehr in der Lage, etwas Sinnvolles zu tun. Sie räumte alle möglichen Dinge von einer Ecke in die andere, um sie wenige Minuten später wieder zurückzuholen, wischte Fußböden, putzte Fenster, nur um die Bilder zu verdrängen, die sie daran erinnerten, was sie am Nachmittag erwarten würde. Nie war ihre Wohnung so sauber gewesen wie in den letzten Wochen dieses Jahres.

Jetzt war sie völlig ruhig, sie ging aus dem Haus, ohne vorher auf den Fahrplan gesehen zu haben. Jetzt war die Zeit stehengeblieben. Von weitem hörte sie den Signalton der Schranke. Sie rannte nicht.

Es war der vorletzte Tag des Jahres. Die Straßen waren leer. Keiner ging freiwillig bei diesem Wetter spazieren. Keine neuen Fahrräder waren zu sehen, keine Puppenwagen, selbst die Kinder hatten bei dieser Kälte die Lust verloren, ihre Geschenke zur Schau zu stellen. Erst sehnten sich alle nach den Feiertagen,

13

und dann waren sie froh, wenn sie endlich vorüber waren. Morgen noch, dann war es wieder einmal geschafft, und die Dekoration konnte aus den Schaufenstern genommen werden. Wir wünschen unseren Kunden ein frohes Weihnachtsfest und ein gesundes neues Jahr. Auf dem Parkplatz vor dem Supermarkt lag hinter einer Einzäunung ein Stapel Weihnachtsbäume. Umsonst gefällt.

In ihrer Kindheit war die Vorfreude auf die Weihnachtszeit fast unerträglich gewesen. Geblieben waren bestimmte Rituale. Nie hätte sie einen Pfefferkuchen oder ein Stück Weihnachtsstolle vor dem Ersten Advent gegessen, und beschert wurde am Heiligabend erst nach Einbruch der Dunkelheit. Aber im Mittelpunkt aller Vorbereitungen stand der Weihnachtsbaum. Bereits der Kauf war eine Zeremonie. Spätestens eine Woche vor Weihnachten fuhr sie alle bekannten Verkaufsstände ab. Beim Weihnachtsbaumkauf galten Regeln, die jegliche Ungeduld außer Kraft setzten. Kaufte sie sonst alles sofort und über jeden Zweifel erhaben, litt sie bei der Baumauswahl unter einer Entscheidungsschwäche. Nie war das Objekt ihrer Begierde vollkommen: Mal fehlte ein Ast an der entscheidenden Stelle, mal war der Stamm etwas gebogen oder die Spitze schief. Am Ende mußte sie immer einen Kompromiß eingehen. Beim Weihnachtsbaumkauf kam ihr jeder Realitätssinn abhanden. Im letzten Jahr hatte sie sich bei der Spannweite der Äste so verschätzt, daß sie, abgesehen davon, daß es in ihrem Wohnzimmer aussah wie im Thüringer Wald, den Eßtisch zwei Wochen lang nicht benutzen konnte.

In diesem Jahr hatte sie ihren Baum erst zwei Tage vor Heiligabend gekauft. Sie hatte nicht gesucht, sondern sich nur zwischen groß und klein entschieden. Beim Schmücken hatte sie in kurzer Zeit das Ritual, das sonst Stunden dauerte, abgearbeitet: die silbernen Tannenzapfen an die oberen Zweige, dann die bunten Figuren, das Christkind, die Engel und die bemalten Kugeln. Ohne innere Anteilnahme hatte sie die Fäden durch die Kringel gezogen und mit dem Gewicht der Schokolade die Kerzen auf den Zweigen ausgerichtet. Am Ende kam das Lametta, Faden für Faden. Als sie nach nicht einmal einer Stunde fertig war, stellte sie zu ihrer Überraschung fest, daß der Baum aussah wie in jedem Jahr.

PAUL hatte sie immer wegen ihres Weihnachtsbaumfanatismus verspottet. Er hatte bereits im Herbst angefangen, Stolle zu essen, und das größte Zugeständnis an das Fest war ein Strauß mit Tannenzweigen.

SIE war allein auf dem Bahnsteig, die nächste S-Bahn kam erst in zehn Minuten. Sie hatte den Wunsch zu rauchen, aber dazu hätte sie in dieser Kälte die Hände aus den Taschen nehmen müssen, ganz abgesehen davon, daß sie sich vorgenommen hatte, nicht mehr allen Pawlowschen Reflexen nachzugeben, was in diesem Fall hieß: Warten gleich rauchen. Früher hatte sie ihren Körper gedankenlos geschädigt.

Die S-Bahn näherte sich als immer größer werdender Punkt, hielt mit quietschenden Rädern, und wie immer stank es nach verbranntem Gummi. Und sie setzte sich wie immer nach oben, links auf die zwei-

te Bank am Fenster. Sonst hatte sie sich während der
Fahrt überlegt, was sie ihm erzählen würde, kleine
Geschichten aus ihrem Leben, das sich in einer Mischung aus Langeweile und Chaos bewegte. Sie hatte im Hauptbahnhof ein Geschenk für ihn gekauft,
Schokolade, Obst, irgend etwas, von dem sie hoffte,
daß er es vielleicht doch essen würde. Sie hatte Bücher
gekauft, von denen sie wußte, daß er sie gern lesen
würde, wenn er die Konzentration dazu hätte. Und
Blumen, Blumen, Blumen. Blumen waren etwas Lebendiges, sie veränderten ihre Form, ihre Farbe, sie
rochen nach Sonne und Wind. Sie wußte, daß er große Sträuße liebte, und einmal hatte sie zehn Sonnenblumen gekauft, die so schwer waren, daß sie den
Strauß auf der Schulter bis zu der Wohnung tragen
mußte. Bei ihrem Besuch am Weihnachtsabend hatte
sie zwanzig rote Rosen genommen, es schien ihr
plötzlich wichtig, etwas mitzunehmen, das nicht an
Weihnachten erinnerte, sie wollte, daß es sofort Frühling wurde, und dann hatte sie den Weihnachtsbaum
im Wohnzimmer gesehen. Es war das erste Weihnachtsfest mit Lukas, das erste Weihnachtsfest mit
seinem Sohn.

Es kam ihr komisch vor, daß sie mit leeren Händen
vor der Haustür stand. Sie klingelte und wartete auf
den Summer. Sie mußte ihren Namen nicht sagen. Die
meisten Freunde hatten sich in den letzten Monaten
zurückgezogen. Aus Feigheit oder aus Angst oder
einfach nur aus Gedankenlosigkeit. Während sie im
Fahrstuhl nach oben fuhr, sah sie ihr Gesicht im Spiegel. Sie war ganz ruhig, ruhiger als sonst, wenn sie

versucht hatte, ihrem Gesichtsausdruck etwas Beiläufiges zu geben. Hallo, ich bin eben mal vorbeigekommen. Sie wußte, daß er Betroffenheit haßte, was nützte es ihm, wenn sie bei ihren Besuchen vor Mitleid zerfloß, das einzige, was sie für ihn tun konnte, war, mit ihm zusammen zu lachen. Bis zum Schluß.

Auf dem Flur vor der Wohnungstür stand der Rollstuhl neben dem Kinderwagen. An der Tür wartete Judith, sie umarmten sich, wie immer. In der Wohnung der bekannte Geruch, irgend etwas Chemisches, das an Krankenhaus erinnerte. Doch dieses Mal ging sie nicht nach oben, sondern blieb auf der Etage.

Im Wohnzimmer neben dem Weihnachtsbaum saß ein Mann im schwarzen Anzug. Er machte ein Gesicht, als wäre ihm ein großes Unglück widerfahren. Wir haben ein Problem, sagte Judith, ich kann mich für keinen Sarg entscheiden. Der Bestatter schob eine Mappe über den Tisch. Schweinsleder mit eingeprägtem goldenem Kreuz. Es gab für alles Kataloge. Auch für Särge.

Sie überblätterte das Inhaltsverzeichnis, die Rubrik »Wir über uns« und das Kapitel »Kompetente Hilfe im Trauerfall«, bis sie endlich die Abteilung »Särge« erreicht hatte.

»Bitte wählen Sie.« Kiefernsärge, Eichensärge, Mahagonisärge, Lärchenholzsärge, Kirschholzsärge.

Als sie Studenten waren, wollten sie wie Janis Joplin beerdigt werden. Sie wollten eine Handvoll Dollar für ihre Freunde hinterlassen. Es sollte ein großes Fest geben, bei dem alle auf ihr Wohl tranken, und am Ende, wenn alle ausreichend betrunken wären, sollte die Asche irgendwo im Meer verstreut werden. Sie waren sich damals sicher, daß sie früh sterben würden. Nur wer jung starb, blieb unvergessen. Sie würden irgendwo mit dem Flugzeug abstürzen, bei Windstärke acht ertrinken oder von einem herabstürzenden Felsbrocken erschlagen werden. Krankheit war in ihren Überlegungen nicht vorgekommen.

Eichentruhe Vollholz Ausführung hell patiniert. Großer Eichen-Kuppeltruhensarg »Waldfrieden«, Ausführung Vollholz mit zehnteiligem Beschlag. Lärche-Truhensarg »Abendmahl«, Ausführung Vollholz hell patiniert. Die Särge erinnerten sie an die Schrankwand ihrer Mutter. Altdeutsch, mit beleuchtetem Barfach.

Der Mensch geht in die Erde ein, nicht in die Geschichte, hatte Joplin einmal gesagt, und wahrscheinlich hatte sie recht damit. Aber in Deutschland ging kein Mensch einfach so in die Erde ein, sondern wenn, dann nur in einem Sarg. Vielleicht sollten wir ihn lieber verbrennen, sagte Judith.

Doch die Abteilung »Urnen« war auch nicht überzeugend. Die meisten Urnen erinnerten Skarlet an russische Volkskunst, und sie konnte sich nicht vorstellen, daß es Pauls Wunsch gewesen wäre, in einer mit goldenen Ornamenten bemalten Blumenvase zu enden. Sie blätterte zurück zum Inhaltsverzeichnis: Erdbestattung, Feuerbestattung, Seebestattung. Die Möglichkeiten hielten sich, bis auf die Weltraumbestattung, in den bekannten Grenzen. Die Menschen, zu deren Beerdigung sie bisher gegangen war, hatten

18

alle gut zu diesen altdeutschen Schrankwand- oder
Bauernküchensärgen aus dem Katalog gepaßt. Vielleicht war das Sargproblem einfach nur ein Genera-
tionsproblem, und in wenigen Jahren würde es fünf-
unddreißigteilige IKEA-Särge zum Mitnahmepreis
geben oder den SERO-Sarg aus recyceltem Polyäthylen
oder den praktischen ÖKO-Sarg zum Auseinander-
falten.

Haben Sie auch bunte Särge?

Auf der Glatze des Bestatters hatten sich kleine
Schweißperlen gebildet. Er unterdrückte ein leises
Stöhnen, doch dann entspannte sich sein Gesicht. Sie
könnten einen unbehandelten Sarg nehmen, und wir
würden ihn in der Farbe Ihrer Wahl lackieren.

Können wir den Sarg auch selbst bemalen? Hier
in der Wohnung?

Der Bestatter zuckte zusammen wie damals der
Pfarrer, den sie an ihrem letzten Tag in der Christenlehre gefragt hatte, ob Gott sich auch Klopapier auf
die Wunden klebte, wenn er sich beim Rasieren
schnitt. Aber da die Arbeit eines Bestatters nicht nur
auf Nächstenliebe, sondern auch auf Fassungbewah-
ren ausgerichtet war, unterdrückte er sein Entsetzen
und versprach, den Sarg am nächsten Tag zu liefern.
Ein verkaufter Sarg war ein verkaufter Sarg. Sie ver-
einbarten einen Termin für den kommenden Vormittag.

Ich würde den Toten dann mitnehmen?

Er war erleichtert, als sie beide nickten. Er hatte
Glück, denn sie hatten die Möglichkeit, Paul noch
eine Nacht zu Hause behalten zu können, nicht in
Betracht gezogen.

Der Bestatter telefonierte und sagte die Adresse durch.

DAMALS, als ihr Vater starb, war es schwer gewesen, jemanden zu finden, der ihn abholte, denn sonntags ruhten der größte Teil der Volkswirtschaft und auch das sozialistische Bestattungswesen. Ein guter Genosse starb werktags während der Öffnungszeiten und nicht Sonntag mittag. Zwar stand in der Zeitung unter der Rubrik »Bereitschaftsdienste« neben dem Zahnärztlichen Notdienst und der Klempnerbereitschaft auch eine Telefonnummer des örtlichen Bestattungswesens. Aber das größte Problem war, eine intakte Telefonzelle zu finden. Entweder es fehlte der Hörer oder die Wählscheibe, oder das Geld blieb stecken. Und als sie nach langer Suche endlich Glück hatte, ging niemand an den Apparat. Erst mit Hilfe einer Nachbarin, deren Freundin einen Neffen bei einem privaten Bestattungsunternehmen hatte, war es ihnen gelungen, zwei Träger in die Wohnung zu rufen. Die beiden Männer hatten glasige Augen, was weniger an der geheuchelten Anteilnahme, sondern eher an dem erhöhten Alkoholspiegel lag. Ein Toter – ein Roter! sagte der eine Träger, noch bevor er ihnen sein Beileid bekundete, denn umsonst verließ auch im Sozialismus niemand seine Stammkneipe. Ein Toter – ein Roter, hieß, daß die beiden für ihr Kommen mit einem Fünfzigmarkschein belohnt werden wollten. Ob sie mit: ein Roter das Bild von Friedrich Engels auf dem Schein oder die Papierfarbe meinten, blieb ungeklärt.

Klaglos hatte die Mutter den beiden das Geld gegeben, denn es war Hochsommer, und die Matratze war neu.

PAUL lag im Bett auf dem Rücken, so wie er in letzter Zeit nie liegen konnte, weil die Schmerzen zu groß gewesen waren. Bei ihrem letzten Besuch war Skarlet, als sie schon ihre Jacke angezogen hatte, noch einmal nach oben gelaufen, weil sie ihm noch etwas sagen wollte.

Sie hatte geklopft und sofort die Tür geöffnet. Doch dann war sie vor der unerwarteten Dunkelheit zurückgeschreckt. Im hereinfallenden Licht hatte sie ihn liegen sehen, völlig erschöpft und zusammengekrümmt wie ein Tier.

Jetzt lag er auf dem Rücken und wirkte fast entspannt, wenn nicht die Binde gewesen wäre, mit der ihm der Bestatter die Kinnlade hochgebunden hatte. Die Mutter hatte damals ein Geschirrtuch genommen und damit dem Vater den Kiefer zusammengepreßt, noch bevor sie den Arzt aus der nahe gelegenen Poliklinik geholt hatte. Was sollten denn sonst die Leute bei der Aufbahrung denken.

Paul lag da, in seinem viel zu großen hellblauen Baumwollschlafanzug, der vom vielen Waschen ganz verblichen und fusselig war. Sie dachte, daß es entwürdigend war, in einem alten Schlafanzug zu sterben.

Ich habe diesen Schlafanzug nie gemocht, sagte Judith.

Paul hatte sich wenig für Mode interessiert und damals als Student nicht einmal Markenjeans getragen, obwohl er eine Tante im Westen hatte. Sie war

21

sicher, daß auch lange Zeit nach dem Studium seine gesamten Sachen in einen einzigen Koffer gepaßt hätten. Und dann war er eines Tages plötzlich zur Verwunderung aller Freunde im Hugo Boss-Anzug erschienen. Armani für Büroangestellte, hatte sie gelästert, und Paul hatte entrüstet auf eines seiner ewigen T-Shirts verwiesen, das er unter diesem Anzug trug und das ihn von einem Versicherungsvertreter unterscheiden sollte. Sein plötzliches Modebewußtsein hatte nur einen Grund: Er war verliebt, in Judith.

Ich würde ihm gern etwas anderes anziehen, sagte Judith.

Vorsichtig knöpfte sie ihm die Schlafanzugjacke auf, behutsam hob sie seinen Körper an, so als wäre er ein Kind, dem im Schlaf die Sachen gewechselt werden mußten.

Skarlet sah seinen geschundenen Körper, unter der linken Schulter wurden die Anschlüsse sichtbar, kompatibel für alle Schlauchgrößen, der implantierte Port, ohne den die Ernährung mit Spezialnahrung nicht möglich gewesen wäre. Judith holte ein frisches Unterhemd aus der Kommode, dann eines seiner ewigen T-Shirts und den Hugo Boss-Anzug aus dem Schrank.

Kannst du die Schuhe holen?

Sie ging nach unten. Die Schuhe standen neben der Garderobe. Wie lange hatte er sie nicht anziehen können? Wochen? Monate? Sie nahm die schwarzen Schuhe. Er hatte sie sich viel zu groß gekauft, weil er kleine Füße für unmännlich hielt. Eine Nummer zu groß, hatte er ihr gegenüber zugegeben, aber sie vermutete, daß es bestimmt zwei Schuhgrößen waren.

Sie trug die Schuhe nach oben. Ich kann keine Sokken finden, sagte Judith und zog ihm die Schuhe über die nackten Füße. Und einen Moment lang dachte Skarlet, daß die Schuhe jetzt reiben würden. Judith band die Schleifen, mit Doppelknoten.

In der Zwischenzeit waren die Träger gekommen, mit einem modernen Transportsarg, einer übergroßen Reisetasche, die sie neben Paul aufs Bett legten. Ein Nicken mit dem Kopf, dann hoben sie ihn in die Folie. Sie achteten beim Zuziehen darauf, daß sich der Hugo Boss-Anzug nicht im Reißverschluß verklemmte.

So können sie ihn wenigstens nicht verlieren, dachte sie, so wie ihren Vater damals, der den betrunkenen Trägern auf dem engen Treppenabsatz aus dem Sarg gerutscht und bei Schindlers vor die Tür gefallen war.

Sie gingen zum Auto, das mit eingeschalteter Warnblinkanlage vor der Haustür stand. Die Träger hoben den Transportsarg in einen Holzsarg auf der Ladefläche. Es kam Skarlet absurd vor, daß sich Paul in dieser Folie befinden sollte.

Bis morgen, sagte der Bestatter.

Bis morgen, sagte Judith.

Auf der Straße kam ihnen Judiths Schwester mit Lukas auf dem Arm entgegen. Er kreischte vor Freude, als er Judith sah. Sie fuhren mit dem Lift nach oben in die Wohnung und setzten Lukas in das Laufgitter neben dem Weihnachtsbaum. Die meisten Geschenke darunter waren noch unausgepackt. Judith zündete die Kerzen an, und Anne holte eine Flasche Rotwein aus der Küche. Sie saßen neben dem Laufgitter auf dem Fußboden, tranken Wein, und sie spürte Wärme und unendliche Erleichterung. Sie hatte das Gefühl, daß jetzt endlich Weihnachten war. Zu dritt begannen sie, die Geschenke auszupacken. Sie lästerten über einen bestickten Kissenbezug von Judiths Tante. Eine Alpenlandschaft mit tiefstehender roter Sonne. Paul hatte die Alpen nie gemocht, sie würden nur im Weg sein und ihn beim Autofahren behindern.

Judith holte zwei Briefe. »Meine Beerdigung« stand auf dem einen Umschlag. Er hat heute noch seinen Musikgeschmack geändert, sagte Judith. Beethoven statt Van Morrison. Er will, daß zu seiner Beerdigung die *Mondscheinsonate* gespielt wird.

Als Studenten waren sie immer zu Blueskonzerten gegangen, durch die Klubs gezogen, und nie hätten sie während der Jazztage die Stadt verlassen. Sie beteten Janis Joplin an und schwärmten von Woodstock, als wären sie dabeigewesen. Und jetzt Beethoven.

Er hatte alles aufgeschrieben, wer zu seiner Beerdigung eingeladen werden sollte, wer nicht, wie die Feier ablaufen sollte. Und sie sah auf dem Blatt, wie er mit zitternder Schrift Van Morrison durchgestrichen und Beethoven darübergeschrieben hatte.

Ich habe noch etwas für dich, sagte Judith und gab ihr den anderen Brief.

JETZT fuhr sie durch ein Wohngebiet. Sie sah die beleuchteten Tannenbäume hinter den Fensterscheiben. Sie begann zu zählen, drei mit bunter Beleuchtung, vier mit weißer. Als Kind hatte sie immer gezählt. Wenn ihr drei rote Autos begegneten, dann würden sie keine Mathematikarbeit schreiben, bei drei Straßenbahnen hintereinander würde sie ein Fahrrad zum Geburtstag geschenkt bekommen. Siebzehn bunte gegen vierzehn weiße. Sie wußte nicht, was sie sich jetzt wünschen sollte.

Sie überlegte, was er sagen würde, wenn er sie jetzt sehen könnte. Hatte er sich vorgestellt, als er den Brief schrieb, wie es wäre, wenn sie ihn lesen würde? Die Neonröhre über ihr summte und flackerte bei jedem Schienenstoß.

Ich möchte Dich nach reiflicher Überlegung bitten, mir eine kurze Grabrede zu halten: ein bißchen Geschichtenerzählen ohne Pathos – ich glaube, was Tonfälle anbelangt, haben wir uns immer blind verstanden.

Sie hatte auch ohne diesen Brief gewußt, daß es so sein würde. Es war etwas, woran es keinen Zweifel gab. Stundenlang hatten sie sich Geschichten erzählt, das ewige Spiel: Weißt du noch. Sie hatte das Gefühl, daß sie sein Gedächtnis war. Es waren tausend kleine Geschichten, die sie immer wieder hören wollte und über die sie bis zum Schluß lachen konnten, auch als er schon todkrank war. Die letzte Geschichte, die er ihr erzählte, war die seines ersten Diebstahls.

Er stand im Konsum in der Warteschlange, als einer Frau das Geld aus der Hand fiel. Und wie alle guterzogenen kleinen Jungs bückte sich Paul und gab der Frau das Geld zurück. Doch er hob nicht nur das Geld auf, sondern auch eine alte, klebrige Karamelzigarre, die auf dem Boden neben der Kasse lag und die eigentlich zehn Pfennige gekostet hätte. Er steckte die unerwartete Beute in die Hosentasche und raste mit seinem Luftroller nach Hause. Doch nicht auf direktem Weg, sondern über kilometerlange Umwege, um etwaige Verfolger und Polizisten abzuschütteln.

Ich danke Dir für unsere lange Freundschaft.

In dem Moment, in dem sie zu weinen begann, kam der Schaffner. Sie sah ihn wie durch eine Regenwand auf sich zukommen und neben sich im Gang stehenbleiben. Und sie sagte: Einmal Connewitz bitte.

Und der Schaffner sagte: Einen Euro vierzig.

2

DER fremde Junge mit den abstehenden Ohren stand im kalten Neonlicht der Garderobe, er stand mitten im Raum, und seine Hausschuhe schienen auf dem grünen Linoleum festzukleben. Zieh deine Hose aus, sagte Tante Edeltraut, und der fremde Junge preßte die Hände gegen die Seitennähte seiner Cordhose. Alle Kinder ziehen hier ihre Hose aus, sagte Tante Edeltraut. Noch war ihre Stimme freundlich, aber schon schwang darin das leichte Zittern mit, das Gefahr signalisierte. Der Junge kannte diese Gefahr nicht, es war sein erster Tag im Kindergarten. Hausschuhe, Strumpfhose, Pullover, Schürze, sagte Tante Edeltraut. Die Kleiderordnung war vorgegeben. Die Jungen trugen Jungenschürzen, die an einen übergroßen Latz erinnerten und die auf dem Rücken über Kreuz geknöpft wurden, die Mädchen Mädchenschürzen, bunte Kittel, an denen auch Rüschen erlaubt waren. Die Strumpfhosen hatten sie gemeinsam, gerippte Baumwolle, vorn eine Naht und hinten zwei. Es gab Kinder, die das nie lernten. Die Strumpfhosen beulten sich an den Knien und am Hintern, und der dünne Matthias Seibt, der zu denen gehörte, die es nie lernten, trug die Beulen nach dem Mittagsschlaf immer an Kniekehlen und Bauch.

Wir wollen doch hier keine neuen Moden einführen, sagte Tante Edeltraut. Sie fixierte den fremden Jungen mit einem Blick, bei dem jedes andere Kind

27

aus der Gruppe den Kopf gesenkt hätte. Doch der fremde Junge hielt dem Blick stand.

Zieh deine Hose aus!

Nein! sagte der fremde Junge und sah Tante Edeltraut in die Augen. Er sagte es deutlich und laut. Seine Stimme verriet weder Angst noch Provokation. Es war ein Nein, das über jeden Zweifel erhaben war.

Ach, du kannst sprechen, sagte Tante Edeltraut, und ihre Stimme klang überraschend nach Rückzug. Dann sag doch einmal den anderen Kindern, wie du heißt? Sie dehnte genüßlich das Fragezeichen.

Jean-Paul Langanke.

Wie??, bitte?? Tante Edeltrauts Bataillone hatten sich im Hinterhalt neu formiert.

Jean-Paul Langanke.

Ah, Schangbol, sagte Tante Edeltraut. Schangbol! Sie sagte es wie ein verbotenes Wort, wie etwas, das, wenn man es zu lange im Mund behielt, Fäulnis verursachte. Und gleich würde sich Matthias Seibt, der durch geflissentliches Petzen davon abzulenken versuchte, daß er weder Schleifen binden noch Strumpfhosen anziehen konnte, melden und sagen, Tante Edeltraut hat ein schlechtes Wort gesagt.

Schangbol, Schangbol, Schangbol, Schangbol. Tante Edeltraut genoß den Schauder des Abscheulichen und klatschte vor Begeisterung in die Hände, und alle Kinder klatschten mit. Lauter und immer lauter. Bis auf Skarlet. Und bevor sie mit ansehen mußte, wie sich der fremde Junge, der ihr überhaupt nicht mehr fremd war, abwandte, weil ihm die Tränen kamen, erbarmte sich das Unterbewußtsein und erlöste sie von diesem Traum.

DIE Träume von Tante Edeltraut waren die zweitschlimmsten aller Träume. Es gab kaum eine Nacht, in der sie nicht träumte, doch die meisten Träume verloren sich, sobald sie versuchte, sich daran zu erinnern, lösten sich auf wie ein Stück Würfelzucker im heißen Tee, und zurückblieb nur noch ein Geschmack, süß oder bitter, je nachdem. Doch es gab Ausnahmen. Eine davon war Tante Edeltraut. Tante Edeltraut lief auch noch nach dem Aufwachen deutlich sichtbar in ihren Gesundheitsschuhen durch Skarlets Gedanken. Der wippende Gang, die hochgesteckten Haare, der weiße, bis zum Hals zugeknöpfte Kittel ließen nicht den Hauch einer Verwechslung aufkommen. Guten Morgen, Kinder. Guten Morgen, Tante Edeltraut. Wenn Tante Edeltraut die Stimme hob, dann machten selbst die Kasperpuppen auf dem Spielzeugregal ernste Gesichter.

Aber vielleicht waren es auch ein Knall auf der Straße gewesen, das Pfeifen, die unzähligen kleinen Detonationen, die den Traum unterbrochen hatten und Skarlet im Bett hochschrecken ließen. Für einen Moment war sie irritiert, versuchte, die Geräusche im Traum unterzubringen, aber dann wurde ihr alles klar, viel zu klar: Tante Edeltraut hatte weder geschossen, noch war sie in die Luft gesprengt worden. Es war Silvester, und Paul war tot.

DER letzte Tag des Jahres war schon immer der schwierigste Tag des Jahres gewesen. Ein Tag der befohlenen Fröhlichkeit, vermischt mit geheuchelter Selbstkritik. Warum mußte man am Ende eines Jahres beschließen, daß alles anders werden sollte?

Sie hatte diesen letzten, diesen allerletzten Tag mit Paul feiern wollen, aber war nicht auch dieser Vorsatz Selbstbetrug gewesen? Was möchtest du Silvester trinken? hatte sie gefragt. Und er hatte gelacht, und dann hatte er sie angesehen mit diesem Blick, der keinen Zweifel zuließ. Trotzdem hatte sie am nächsten Tag herumtelefoniert und war durch die halbe Stadt gefahren, um den Grappa zu kaufen, den er mochte, Tenuta di Sesta, den Grappa, den sie alle getrunken hatten, damals in der Nacht, in der Lukas geboren wurde.

PAUL hatte Silvester nie gemocht. Schon im Kindergarten war er an allen Faschingstagen krank gewesen. Na, wer hat denn heute das schönste Kostüm an? Und nie war er zu einer Kindertagsfeier erschienen, nie zum Laternenumzug am Republikgeburtstag. Paul konnte Fieber bekommen, wann immer er es wollte.

Und auch später, als sich alle, die Silvester ihren Eltern entkommen konnten, im Jugendklub trafen, war er nur dabei, um nicht zu Hause allein mit seiner Mutter vor dem Fernseher zu sitzen. Es war die Zeit, als sie so jung waren, daß sie dachten, der einzige Sinn einer Feier läge darin, sich zu betrinken. Paul gehörte nie zu denen, für die Silvester schon vor Mitternacht zu Ende war. Und wenn alle, die noch stehen konnten, um zwölf ihre Raketen in den Himmel abfeuerten und auch Skarlet wie eine Guerillera ihre Blitzknaller gegen unsichtbare Barrikaden schleuderte, stand er einige Meter entfernt unbeteiligt daneben. Er begriff nicht, wieso sie Spaß daran haben konnte, mit Raketen auf Verkehrsschilder zu zielen.

Und er weigerte sich trotz inständiger Bitten vehement, sein Knallkörperdeputat, mit dem sich Skarlets Munition verdoppelt hätte, im Schreibwarenladen abzuholen: fünf Raketen, eine Dose Knallerbsen und zwei Pakete Blitzknaller. Im Sozialismus war auch das Silvesterfeuerwerk limitiert.

Damals erschien Skarlet alles, was zu Hause verboten war, als Befreiung. Um Mitternacht stand die Familie am Treppenfenster und sah zu, wie andere ihr Geld in die Luft schossen. Einsfünfundfünfzig, sagte der Vater bei jedem Knall. Die Silvesterfeiern zu Hause folgten einem vom Vater vorgegebenen Protokoll. Pünktlich nach dem Frühstück holte er die Kiste mit den Silvestersachen vom Boden, während die Mutter im Schlafzimmer die Bowle ansetzte. Blasse Erdbeeren, die so weich waren, daß sie beim Herausnehmen zwischen den Fingern zerfielen, und denen mit Übersee-Rum ein neues Leben eingehaucht werden sollte. Nach dem Aufsetzen der Pellkartoffeln für den Salat begann das Schmücken des Wohnzimmers. Zuerst die Girlande, die von der Gardinenstange zur Deckenlampe reichte, dann die Girlande von der Deckenlampe zu einem Haken, der extra dafür in den Türrahmen geschraubt wurde. Dann von dem Haken an der Tür zu dem Stilleben, das an der Wand über dem Sofa hing, und von dort zurück zur Gardinenstange. Obwohl die Girlanden numeriert waren und der Ablauf genau festgelegt war, kam es immer wieder zu Verwechslungen, an denen nur die Mutter schuld sein konnte. Sie hatte dem Vater Girlande 3 statt Girlande 2 gegeben, es reichte doch, einfach nur bis vier zu zählen, aber nicht einmal dazu war sie fähig. Er mußte auf dem Stuhl stehen und konnte schließlich nicht auf alles achten. Und während die Eltern stritten, zerkochten auf dem Herd die Kartoffeln. Wenn man sich nicht um alles selbst kümmerte! Das machte sie nur, weil es seine Schwester war, die zu Besuch kam.

Skarlet hielt sich in sicherem Abstand. Ihr waren die Papierschlangen zugeteilt. Aber auch das war nicht ungefährlich. Das bunte, verblichene Papier wurde von Jahr zu Jahr brüchiger, und es konnte vorkommen, daß eine Schlange beim Auseinanderrollen riß. Kannst du denn nicht aufpassen! Neue Papierschlangen waren reine Verschwendung, da konnten sie ja gleich das Geld zum Fenster hinauswerfen. Sie war doch bloß zu faul, die Streifen am anderen Tag aufzurollen. Und so zupfte Skarlet an jedem Neujahrstag die Papierschlangen wieder vorsichtig von Gummibaum und Deckenlampe. Auch das Aufwickeln war eine Kunst. Einerseits mußten die Rollen so fest sein, daß sie nicht auseinanderfielen, andererseits durfte sie nicht zu straff wickeln, damit das Papier nicht zerriß. Wenn es dennoch passierte, entschied der Vater, welches Stück weggeworfen werden durfte, denn auch kleine Stücke eigneten sich später als Tischschmuck, und er konnte nicht mit ansehen, wie sie die Familie in den Ruin trieb. Das Geld, das Geld, das Geld! Wenn sie das am meisten gebrauchte Wort aus ihrer Kindheit nennen müßte, es hieße: DAS GELD.

SKARLET lag im Bett und wußte nicht, wie sie diesen Tag überstehen sollte. Theater, Kino, Konzert? Oder zu Hause bleiben vorm Fernseher? Die lustigen Shows ansehen und das ewige *Dinner for one. Skål, Mr. Winterbottom!* Miss Sophie hatte wenigstens noch ihren Butler James, der mit ihr trank. *The same procedure as every year, Miss Sophie? The same procedure as every year, James!*

Skarlet war Silvester noch nie allein gewesen, immer hatte sich jemand gefunden, mit dem sie feiern konnte. Oft war sie mit Freunden weggefahren, Silvester am Strand von Hiddensee, Silvester auf der Spitze des Fichtelbergs, Silvester im Rila-Kloster und später, nach dem Fall der Mauer, Silvester auf den Champs-Elysées, Silvester steif gekifft in einem Coffeeshop in Amsterdam. Sie flüchtete, wohin sich eine Gelegenheit bot. Ganz im Gegensatz zu Paul, der an diesem Tag immer in der Stadt blieb. Seine Silvesterfeiern glichen Selbstversuchen. Einen davon absolvierte er in seiner Studentenzeit, als er sich vornahm, die Silvesternacht allein in seiner Wohnung zu verbringen. Doch nicht nur das, ein Freund hatte ihm für einige Tage drei Bücher von Sigmund Freud geborgt, und Paul behauptete, Silvester mit Freud wäre besser als Silvester mit Sachsenbräu. Traumdeutung am anderen Morgen besser als Kopfschmerztabletten. Und er hatte schon immer Freud lesen wollen, und bevor er aufwendige Anträge stellen und sich ins Giftkabinett der Deutschen Bücherei setzen müsse, würde er die Silvesternacht nutzen. Wann sonst sollte man sich mit der Psychoanalyse befassen, wenn nicht in dieser Nacht? Normalerweise war er nicht anfällig für diese Dinge, aber Skarlet fand die Idee bedenklich.

Paul lebte damals im Süden der Stadt in einem

ietshaus, in dem seit Jahrzehnten weder die
m Treppenhaus gestrichen noch irgendwelche
Dinge repariert worden waren. Der Haus-
h muffig, und auf dem bröckelnden Ölsockel
blühte der Salpeter. Pauls Zimmer lag direkt über der
Toreinfahrt, und als er im Winter einmal in Fenster-
nähe eine Kanne Tee verschüttet hatte, war der Teppich auf den Holzdielen festgefroren. Und auch der
Blick aus dem Fenster war nicht besonders aufmun-
ternd, ein baufälliger Schuppen im Hinterhof. Davor
stapelte der Klempner, dem die Werkstatt gehörte,
alte Badewannen und Klobecken für den Fall, daß der
Volkseigene Handel irgendwann vollständig zusam-
menbrach.

Sie stellte sich vor, wie Paul mit Blick auf rostige
Badewannen und uringelbe Klobecken, in eine Wolldecke gehüllt, am Ofen saß und die *Psychopathologie
des Alltagslebens* las. In einer Nacht, in der keiner
freiwillig allein sein wollte, würde er einsam in die Tiefen seines Daseins vorstoßen, die Grenzen der Wahr-
nehmung überschreiten und am Morgen gasförmig
über seinem ICH schweben. Doch alle Einwände waren zwecklos, denn wie immer, wenn Paul sich etwas
vorgenommen hatte, war er nicht mehr davon abzubringen. Sie verabredeten sich für den nächsten Tag,
und als sie am Mittag, nachdem ihre Kopfschmerzen
im Abklingen waren, die Wohnung betrat, saß er noch
immer, in eine Wolldecke gehüllt, am Ofen und las
Das Ich und das Es.

Anfangs war sie beeindruckt gewesen, immerhin
war er in der Grundschule der Junge, der ein Trom-
peterbuch in weniger als einer Stunde durchlesen

konnte, aber dann waren ihr doch Zweifel gekommen, und da Paul das Lügen schwerfiel, hatte er ihr nach längerem Fragen gestanden, daß bei Freud die Fähigkeit des Schnellesens versagt hatte. Die Schrift war klein, der Text schwierig, und eine Stunde vor Mitternacht hatte er aufgeben müssen. Statt innerer Erleuchtung hatte er entzündete Augen bekommen. Aber das hätte er natürlich nicht zugeben können, und so hatte er sich vor Mitternacht einfach ins Bett gelegt und sich der Welt entzogen. Traumlos, wie er zugeben mußte.

UND jetzt? Jetzt hatte er sich wieder entzogen. Für immer. Und sie war allein. Pauls Krankheit hatte auch eine Bannmeile um Skarlet gezogen. Am Anfang hatten viele Freunde noch gefragt, wie es Paul gehe, sich nach dem Erfolg der Behandlungen erkundigt. Doch je ernster die Situation wurde, um so seltener waren die Fragen geworden. Niemand war wirklich an der Wahrheit interessiert. Sie spürte, wie die anderen ihr die Erzählungen über Pauls langsames Sterben zum Vorwurf machten. Aber sie hatte sich nicht die Augen zuhalten und den Wird-schon-wieder-Parolen anschließen können. Sie konnte die Aussichtslosigkeit in Zentimetern benennen. Sie hatte verzweifelt gehofft, sie hatte gebetet, aber sie hatte nie gelogen. Warum mußten sich Hoffnung und Wahrheit ausschließen? Natürlich würde jeder, den sie jetzt anrufen würde, sagen: Komm! Aber ihr war klar, daß sie am heutigen Tag keine Bereicherung auf einer Feier wäre, alle würden versuchen, Rücksicht zu nehmen, und sie insgeheim dafür hassen, und sie würde sich in dieser falschen Gemeinsamkeit einsamer fühlen, als sie es ohnehin schon war.

Zum erstenmal, seit sie sich von Christian getrennt hatte, fühlte sie sich allein. Jahrelang hatte sie sich danach gesehnt, wieder allein zu leben, und sein Auszug war eine Befreiung gewesen, die Entlassung nach siebzehn Jahren Festungshaft. Als sie nach dem Aufräumen einige Dinge von ihm zur Mülltonne gebracht hatte, war es wie das Wegwerfen von Medikamenten gewesen, verschrieben gegen eine Krankheit, an die sie sich kaum noch erinnern konnte. Sie war erschrocken darüber gewesen, daß gar nichts mehr geschmerzt hatte.

Nur allein im Bett zu liegen war ihr am Anfang merkwürdig vorgekommen, aber nach einigen Wochen hatte sich auch dieses Gefühl verloren. Sie konnte nachts aufstehen, wann immer sie es wollte, lesen, Musik hören oder einfach aus dem Fenster in die Nacht sehen. Und sie mußte nicht am Morgen am gemeinsamen Frühstück teilnehmen, etwas essen, obwohl sie gar keinen Hunger hatte.

Jetzt schwankte sie zwischen Aufstehen und Liegenbleiben, sie fürchtete sich davor, die Wärme zu verlieren, die ihr Schutz bot, aber sie spürte auch eine innere Unruhe, die sie in die Kälte trieb. Es war ohnehin schon wie ein Wunder gewesen, daß sie in dieser Nacht geschlafen hatte.

Sie lief barfuß über die Dielen in die Küche, um Teewasser anzusetzen. Auf dem Tisch stand noch der Teller vom Vortag, die übriggebliebenen Spaghetti. Die Tomaten und der Käse hatten eine Kruste gebildet. Bei Tante Edeltraut wurden alle Teller leer gegessen und alle Tassen ausgetrunken.

Skarlet brauchte nur die Augen zu schließen, und schon sah sie die rote Plastetasse vor sich auf dem Sprelacarttisch stehen, randvoll mit warmer Milch und angeblich gesundem Sanddornsaft, und sie wußte, nur wer seine Milch austrank, durfte spielen gehen. Tante Edeltraut saß zurückgelehnt an ihrem Schreibtisch, die Arme unter der massigen Brust verschränkt, und wartete. Sie war die Wächterin über nicht aufgegessene Käseschnitten und verschmähte Linsensuppe. Sie fand jedes Stück Fleisch, das Skarlet unter ihrer Zunge versteckte, den Schnittkäse in der Schürzentasche und auch die Blutwurst unter der Matratze im Puppenbett, und sie wußte, daß Skarlets Pusten nur Verzögerung und die Milch schon längst abgekühlt war. Wir trinken auch die Haut, sagte Tante Edeltraut. Und ließ die hungernden Kinder der Welt aufmarschieren. Sechsjährige Schuhputzer aus Rio, Teppichweber aus Indien, die alle noch vom Kommunismus gerettet werden mußten. Skarlet wußte, wenn sie nicht trank, würde die Haut auf der Milch immer dicker werden, und sie wußte, daß es nie ein Entrinnen gab, denn am Ende würde ihr Tante Edeltraut die Nase zuhalten, so lange, bis Skarlet nicht mehr anders konnte und schlucken mußte. Na, geht doch!

Sie warf die Spaghetti in den Mülleimer. Tante Edeltraut hatte es wieder einmal geschafft. Noch immer bekam sie ein schlechtes Gewissen. Sie räumte das schmutzige Geschirr in die Spülmaschine. Jetzt lag nur noch der Briefumschlag auf dem Küchen-

tisch. Der Umschlag, auf dem mit blauer Tinte stand:
»Skarlet«. Das S war etwas verwischt, doch die
Schrift war deutlich, was darauf schließen ließ, daß
Paul den Brief schon vor einiger Zeit geschrieben ha-
ben mußte.

PAUL hatte immer Angst vor dem Altwerden gehabt,
höchstens sechzig, hatte er geschworen und behauptet, er würde irgendwann mit einem Flugzeug abstürzen. Mitten über New York. Zu Ostzeiten eine
absurde, heutzutage eine makabre Vision. Niemals
würde er ein alter Mann sein, niemals graue Haare bekommen oder gar eine Glatze, niemals Krampfadern
und NIEMALS ein künstliches Gebiß. Das künstliche
Gebiß war für Paul und Skarlet der Inbegriff des Alt-
werdens. Es war das erste Geheimnis, das er ihr
anvertraute: Sein Großvater konnte die Zähne zum
Putzen aus dem Mund nehmen. Sie hatte es nicht
glauben wollen, und dann hatte Paul sie zum Beweis
mit zu sich nach Hause genommen, und beide hatten, während der Großvater mit eingefallenem Mund
auf dem Sofa schlief, vor dem Wasserglas im Bad
gestanden und auf das Gebiß gestarrt, das in dem
trüben Wasser schwamm. Zwei rosafarbene Gau-
menplatten, an denen die Zähne mit Metallspangen
festgemacht waren. Deutlich erkannten sie die Es-
sensreste: Fleischfasern und Sauerkraut. Und dann
hatte Paul bis drei gezählt, und sie hatten beide
gleichzeitig einen Finger in das Glas gesteckt. Und
noch heute, wenn sie daran dachte, bekam sie eine
Gänsehaut. Allerdings hatte ihnen das Wissen um
das Gebiß auch Macht gegeben, denn als Matthias

Seibt als erster im Kindergarten seine beiden Schneidezähne verlor, hatten sie ihn mit ihren Beschreibun-
gen zum Weinen gebracht.

SKARLET lief durch die Wohnung und suchte ihre Sachen zusammen. Die Schuhe neben dem Anrufbeantworter, die Strümpfe kurz hinter der Wohnzimmer-
tür, so als hätte sie sich betrunken mit letzter Kraft
ins Bett geschleppt. Die Wohnung kam ihr merkwürdig fremd vor, ein Gefühl wie damals als Kind, wenn
sie nach drei Wochen aus dem Ferienlager zurückgekommen war. An der Wand im Flur hing ein Bild von
Lydia, mit Wasserfarben gemalt, irgendwann in den
ersten Klassen der Grundschule. Ein blauer Pullover
auf grünem Hintergrund, ein rundes Gesicht mit
Sonnenbrille, ein knallroter Mund. Sie gehörte nicht
zu den Müttern, die ihr Kind für ein Genie hielten
und ihre ganze Wohnung mit Fotografien, Zeichnungen und Briefen pflasterten, aber dieses Bild hatte ihr
damals gefallen, und dann war es seit Jahren auf dem
Flur hängen geblieben. Jetzt war Lydia siebzehn und
hatte sich entschieden, ein Jahr lang auf der anderen
Seite der Welt zur Schule zu gehen. Skarlet überlegte,
welche Zeit jetzt in Chicago sein würde. Sie würde
Lydia nachher anrufen, ihr alles Gute wünschen für
das neue Jahr, aber sie war nicht sicher, ob sie ihr sagen sollte, daß Paul gestorben war. Vielleicht wäre es
besser, eine E-Mail zu schicken, um allen Fragen aus
dem Weg zu gehen. Und wie an jedem Morgen schaltete Skarlet ihren Computer ein, um in ihr Postfach
zu sehen.

GUTEN *Morgen, Skarlet Bucklitzsch.* Selbst nach vierzig Jahren erschrak sie noch, wenn sie ihren Namen geschrieben sah. Der Nachname allein war schlimm genug, aber dann noch Skarlet mit k und nur einem t. Das k war der Wille der Mutter gewesen, das fehlende t die Rechtschreibschwäche der Hebamme.

Schon im Kindergarten hatte sie sich einen anderen Namen gewünscht: Cornelia. Denn Cornelia war das Mädchen, das beim »Mensch ärgere dich nicht« ständig Sechsen würfelte, beim Rundgesang nie den Ton verfehlte und jedesmal beim Wettrennen gewann. Nie schnitt sich Cornelia beim Basteln in den Finger, nie fielen ihre Knetmännchen plötzlich in sich zusammen, und nie liefen die Wasserfarben auf ihrem Blatt ineinander. Cornelia malte immer das schönste Bild. Guckt mal, wie hübsch unsere Conny das gemacht hat. Für Skarlet gab es keinen Kosenamen.

Vielleicht war es der Name gewesen, der sie wie ein unsichtbares Band miteinander verbunden hatte. Jean-Paul Langanke und Skarlet Bucklitzsch. Ein Bund gegen alle Mütter der Welt, die Macht über Namen hatten. Ein Bund gegen Tante Edeltraut, die sie spüren ließ, daß die Kinder in einem sozialistischen Kindergarten Petra hießen, Monika, Bernd, Andreas und, gerade noch geduldet, Claudia, aber niemals Skarlet und Jean-Paul.

Sie haben zwei ungelesene Nachrichten.

Le offerte in dicembre. Der internationale Buchshop aus Mailand bombardierte sie mit seinen Sonderangeboten, *lo sconto di 15 %.* In einem Anflug von Selbstüberschätzung hatte sie sich Bücher in Originalsprache bestellt. Bücher, die sie niemals lesen würde. Doch schon die Bestätigungsmail war alle Mühe wert gewesen. *Gentile Signora Bucklitzsch.* Sie stellte sich vor, wie sie in Mailand ihren Namen buchstabieren würden. Hallo Erde, hier ist Mond.

Sie spielte Lotto im Internet, sie hatte ein Paßwort bei Amazon und war durch Doppelklick versehentlich dem Marianne Rosenberg-Fanclub beigetreten. Fahrkarten, Flugtickets, Mietwagen, Wein. Skarlet liebte das Internet mit der gleichen Intensität, mit der sie es noch vor Monaten abgelehnt hatte. Sie war der Feind aller Geschirrspülmaschinen gewesen, aller Anrufbeantworter, Faxgeräte, Minidiskplayer, DAT-Recorder, Laptops, allerdings immer nur so lange, bis sie selbst eines dieser Geräte besaß. Sie schwor: Nie würde sie ein Handy haben und Sätze sagen wie: Ich stehe jetzt am Frankfurter Flughafen und bin soeben gelandet. Sie kaufte es sich aus einer Laune heraus auf dem Weg zum Bäcker und litt fortan wie Raucher in Nichtraucherzonen unter Telefonverbot. Bei Sitzungen steckte sie es mit eingeschaltetem Vibrationsalarm in ihre Hosentasche und wurde schier wahnsinnig, wenn es an ihrem Oberschenkel zu surren anfing. Und schon während die Reifen die Rollbahn berührten, gab sie verdeckt unter einer Zeitung den Benutzercode ein, um auf dem Weg zur Gepäckabfertigung irgend jemandem auf der Welt mitzuteilen: Ich bin soeben in Palermo gelandet. Und als sie dachte, es gäbe keine Steigerung mehr, kam das Internet.

Sie verbrachte Stunden im Netz. Es begann damit, daß sie eine CD bestellen wollte, und endete auf der Webseite eines Fans namens Fabrizio, der vor Jahren in Modena den BH aufgefangen hatte, den Gianna Nannini bei einem Konzert in die Menge geworfen hatte. Sie wollte einer Freundin zur Geburt ihres Sohnes Blumen schicken und trug sich statt dessen in das Kondolenzbuch eines Mannes ein, der bei einem Motorradunfall gestorben war. Er wird uns sehr fehlen.

Die andere Mail war von Judith. *Sarg angekommen, melde mich.*

Sie würden sich heute nicht sehen. Judith wollte mit Lukas zu ihren Eltern fahren. Skarlet dachte, daß es schwer werden würde, in die Wohnung zurückzukehren, in der Paul gestorben war.

Sie ging in die Küche, brühte den Tee auf und setzte sich ans Fenster. Abwarten und Tee trinken. Aus der oberen Etage im Haus gegenüber warf eine Frau im Mickey Mouse-Shirt Blitzknaller auf die parkenden Autos, sie hatte auf ihrem Fensterbrett eine Bierflasche stehen, und Skarlet wurde klar, daß sie bis auf den Grappa, den sie mit Paul trinken wollte, keinen Alkohol im Haus hatte.

Normalerweise ließ sie sich via Internet Wein aus Italien liefern. Das Sortiment *Bella Italia* inklusive eines Weindekanters, die Meisterselektion mit sechs handbemalten Salatschüsseln. Sie ertrank sich eine bestickte Bettdecke, einen Elektroofen, einen Messerblock und zwei Espressomaschinen. Es gefiel ihr, wenn die großen Pakete von einem Expreßdienst ins Haus gebracht wurden, und obwohl sie den Inhalt kannte, empfand sie das Auspacken jedesmal als Überraschung. Doch in den letzten Monaten war ihr die Freude daran abhanden gekommen, und sie hat-

te ihren Wein in der nahe gelegenen Billigmarktkette
gekauft.

Und nun saß sie da, mit einer Tasse Tee und einer
übriggebliebenen Flasche Grappa, einer untrinkbaren
Flasche Grappa. Und es war Sonntag, und wie so oft
blieb ihr nur die Tankstelle.

Skarlet wartete ab, bis die Nachbarin ihr Sperr-
feuer einstellte. Auf der Straße roch es nach Schwefel,
überall lagen zerfetzte Papierhülsen. Die Stadt war im
Belagerungszustand. Obwohl Skarlet schon seit einigen Monaten hier wohnte, war ihr die Gegend immer
noch fremd. Wenn sie nachts von einer Wohnung
träumte, dann war es immer wieder die Wohnung ihrer Kindheit. Sie sah deutlich die hohen Räume mit
den Stuckdecken, die schweren dunklen Möbel, den
Gummibaum, der neben dem Schreibtisch stand. Sie
sah die Straßenschluchten mit der Oberleitung für die
Straßenbahn und die Antennenskelette auf den Dä-
chern, und sie sah das Gefängnis, das ebenso zu ihrem
Wohnviertel gehörte wie das Postamt und die Ballett-
schule. Die Gefängnismauer grenzte an die Wiese im
Stadtpark, wo sie spielten. Und trotz einer hohen Bar-
riere aus Stacheldraht geschah es oft, daß beim Fuß-
ballspielen der Ball über die Mauer flog. Meist lag er
am anderen Tag wieder auf der Wiese. Das waren die
Häftlinge, sagte Paul, und es kam Skarlet merkwürdig vor, daß ihnen Diebe und Mörder den Ball zu-
rückgaben.

Paul konnte von seinem Kinderzimmerfenster aus
über die Baumwipfel hinweg auf die letzten beiden
Reihen der vergitterten Fenster sehen. Fenster, hinter
denen immer Licht brannte, Tag und Nacht, so er-

zählte es Paul im Kindergarten. Und Tante Edeltraut sagte, daß er lügen würde, denn jeder Mensch müsse schlafen, auch ein Häftling. Und Skarlet sah den Haß in Pauls Augen. Es gab nichts, was Paul wütender machte, als ein Lügner genannt zu werden.

Jetzt wohnte Skarlet in diesem braven Vorort. Die meisten Häuser hatten nur drei Stockwerke, und in den Vorgärten warteten Gartenzwerge darauf, befreit zu werden. Normalerweise waren die Gehwege ordentlich gekehrt, und wahrscheinlich war der Silvestertag der einzige Tag im Jahr, an dem alle Regeln gebrochen wurden. Skarlet lief dicht an den Zäunen entlang und suchte Schutz an Hauswänden. Glücklicherweise war die Tankstelle nur drei Häuserblocks entfernt.

Früher hätte sie bis zum Hauptbahnhof fahren müssen. In den düsteren Mitropa-Laden mit den fast leeren Regalen, mit der Glasvitrine neben der Kasse, in der, klein und verloren, einige Knackwurststücke und Schmierkäseecken lagen. Doch die meisten Kunden kauften sowieso nur Bier. Bier und Rührkuchen, der sich, weltoffen wie die DDR nun einmal war, englischer Kuchen nannte. Das war die Grundausstattung für alle, die vergessen hatten, daß Wochenende war. Noch heute, wenn sie Rührkuchen mit Rosinen aß, kamen mit dem Geschmack die Bilder wieder: die Warteschlange, die sich aus dem Laden heraus durch die Schalterhalle zog. Nach Meinung des Vaters eine Ansammlung unordentlicher Menschen, die nicht in der Lage waren, ihr Leben zu planen. Skarlet war sicher, daß er eher verhungert wäre, als nur eine Scheibe Malfabrot aus diesem Laden anzunehmen.

44

Im zweiten Studienjahr hatte Paul die Idee gehabt, Silvester auf dem Bahnhof zu verbringen. Er wollte ein Zeichen setzen, sich mit denen verbünden, die sich Abend für Abend dort trafen und die im staatlichen Jargon als asozial galten. Und alle in der Seminargruppe hatten Paul mit jenem Blick angesehen, den Skarlet von Tante Edeltraut kannte, wenn Paul von dem nächtlichen Licht in den Gefängniszellen erzählt hatte. Auch Skarlet konnte sich nicht vorstellen, daß es eine lustige Feier werden würde, aber sie wollte Paul nicht im Stich lassen. Hinzu kam die Sehnsucht nach dem Unbekannten: Mit Paul erlebte sie Dinge, über die kein Mensch in diesem Land sprach.

Die Bahnhofshalle war ungewöhnlich leer. Niemand wartete an dem einzigen Fahrkartenschalter, der geöffnet hatte, niemand wollte im Mitropa-Laden Bier und englischen Kuchen kaufen. Nur in dem Gang zur Toilette stand ein Mann und starrte auf ein geöffnetes Schließfach. Beim Näherkommen sahen sie darin eine Taube sitzen. Skarlet war sicher, daß es selbst im Sommer auf dem Bahnhof mehr Tauben als Reisende gab, und obwohl auf allen Simsen Metallspieße steckten, waren sämtliche Wände weiß verkrustet. Die Taube im Gepäckfach hielt den Kopf schief und sah den Mann mit einem Auge an. Im Weitergehen hörte Skarlet, wie der Mann die Tür zudrückte, sie hörte das Einfallen des Geldes und das Einrasten der Verriegelung.

Skarlet stieg mit Paul die Treppe zum Querbahnsteig hinauf. Er war wie ausgekehrt, im wahrsten Sinne des Wortes. Kein Müll, keine Menschen, nur dreiundzwanzig leere Bahnsteige. Dreiundzwanzig

Möglichkeiten, die Stadt zu verlassen, die heute niemand nutzen wollte. Nur zwei Soldaten irrten wie Laiendarsteller zwischen den Anzeigetafeln hin und her.

In der Mitropa saßen Pauls Protagonisten bereits an ihren Sprelacarttischen und starrten in ihre Biergläser. Die beiden zahnlosen Schwestern, der hagere Alte, der behauptete, Pianist und mit Johann Sebastian Bach verwandt zu sein, der Taubenmörder. Es roch nach kaltem Rauch, abgestandenem Bier und altem Mann. Skarlet hätte gern Abstand gehalten, aber Paul setzte sich an den Nebentisch. Schließlich waren sie zur Rettung gekommen. Paul holte zwei Bier vom Tresen, Sachsenbräu, das einzige Bier auf der Welt ohne Schaum. Sie saßen und tranken, und es passierte: nichts. Nicht einmal die Transportpolizei kam zur Ausweiskontrolle. Nur Bier und Schweigen.

Skarlet betrachtete die verblichenen Malereien an den Wänden: Dampflokomotiven, Reisende in wehenden Capes auf sonnenbeschienenen Bahnsteigen und ein Restaurant, in dem schwarzbefrackte Kellner ihre Tabletts durch die Tischreihen jonglierten. Bilder aus einer Zeit, in der die Stadt zu den bedeutendsten Städten Europas gehört hatte. Unter dem Bild, auf dem ein Kellner in vorschriftsmäßiger Haltung das Weinglas einer Dame füllte, hing das Schild: »Selbstbedienung – bitte von links an der Kasse anstellen.« An der Kasse saß die Sibirische, lang und dürr wie ein sibirischer Winter. Normalerweise hatte sie mit ihrer rauhen, tiefen Stimme das Kommando im Saal, aber auch sie schwieg und starrte auf die Tastatur ihrer Kasse, als gäbe es darauf eine geheime Botschaft zu entdecken. Es schien Skarlet, als müsse

dieser hohe Raum mit seiner ehemals schönen Stuck-
decke, mit seinen Kronleuchtern voller Taubendreck
vor angesammeltem Schweigen platzen. Und es war
für sie wie eine Erlösung, als der Mann am Nebentisch, der neben dem Taubenmörder saß, sein Glas
umwarf. Ein kurzes Geräusch, dessen Nachhall von
der Holztäfelung geschluckt wurde. Skarlet sah zu,
wie der Mann das Bier vom Tisch mit der Hand wieder ins Glas wischte und trank.

Glotz nicht so!

Doch Paul, der Retter, der Befreier aller Ver-
schmähten und Unterdrückten, wollte nicht aufgeben. Er gab der Sibirischen ein Zeichen, beschrieb
mit der Hand einen Kreis über alle Tische, und die Sibirische kam mit dem Tablett: ein Bier für den Taubenmörder, ein Bier für den schlafenden Soldaten, ein
Bier für die zahnlosen Schwestern, ein Bier für die
Männer am Nebentisch.

Paul hob sein Glas, das allen Sachsenbräubestand-
teilen zum Trotz eine zentimeterhohe Schaumkrone
hatte, und prostete den Unterdrückten zu. Nach dem
Absetzen sah Skarlet den Schaumbart an Pauls Mund,
sie sah den Taubenmörder auf Pauls Gesicht starren,
und sie mußte lachen, und plötzlich saß sie wieder
am Kindergartentisch. Paul vor seinem halb aufgeges-
senen Marmeladenbrot und Skarlet vor ihrer Milch-
tasse.

Wer fertig ist, darf sich schon die Sandalen anziehen, sagte Tante Edeltraut und schob die Blumenvase
an das Tischende. Paul kaute an den Resten seines
Marmeladenbrots, und Skarlet starrte auf ihre Tasse,
voll mit ekelhafter lauwarmer Milch. Bummelletzte,

murmelte Matthias Seibt hinter ihrem Rücken. Zwei Minuten, sagte Tante Edeltraut und ging in die Garderobe, um zu prüfen, ob alle Kinder den linken Schuh an den linken Fuß und den rechten Schuh an den rechten Fuß gezogen hatten.

Und da geschah es. Paul griff nach Skarlets Tasse, er trank einen großen Schluck und noch einen, und als Tante Edeltraut das Zimmer betrat, stand die leere Tasse auf dem Tisch. Tante Edeltraut blickte in die Tasse, prüfte die Blumenvase, den Papierkorb, den Wasserbehälter an der Heizung. Immer wieder tastete sie mit ihren Blicken den Raum ab, und es war, als könne sie nicht glauben, was sie sah: die Milchhaut, die zwischen Pauls Nase und Oberlippe klebte. Tante Edeltraut wippte mit den Gesundheitsschuhen. Sie wippte und wippte und wippte. Und Paul in seiner neuen Cordhose saß mit verschränkten Armen auf seinem Stuhl und blickte Tante Edeltraut in die Augen. So lange, bis Tante Edeltraut ihren Kopf abwenden mußte.

Und wie damals im Kindergarten verzog Paul auch in der Mitropa keine Miene, sah den Taubenmörder an. Hob noch einmal sein Glas, trank es leer, und erst dann wischte er sich mit dem Handrücken den Bierschaum von der Oberlippe. Und jetzt hob auch der Taubenmörder sein Glas und prostete Paul zu. Ist eigentlich heute oder morgen Silvester? fragte er.

Vor dem Eingang der Tankstelle standen drei Männer und rauchten. Einer von ihnen ähnelte mit seiner breiten Nase und dem tiefen Haaransatz dem Taubenmörder. Aber wahrscheinlich hatte Skarlet schon

Halluzinationen. Zu seinen Füßen stand ein Sixpack. Eine schnelle und unaufwendige Art, den heutigen Tag hinter sich zu bringen. Die Männer rauchten, tranken und schwiegen, und Skarlet sah ihnen an, daß sie es bald geschafft hatten.

Seit sie kein Auto mehr hatte, ging sie oft täglich zur Tankstelle. Die Supermärkte waren zu abgelegen, und die wenigen noch erhaltenen Lebensmittelläden schlossen, bevor Skarlet überhaupt zu Hause war. Was blieb, war die Tankstelle. Hier gab es alles, was Skarlet zum Leben brauchte: Brot, Zeitungen, Zigaretten, Wein, bis hin zu Shampoo und Klopapier.

Sie versuchte, unbemerkt an den Männern vorbei in den Verkaufsraum zu kommen. Doch die Automatik der Tür war träge, und Skarlet prallte gegen das Glas und konnte nicht verhindern, daß sich ein Plakat von der Tür löste und zu Boden rutschte. Sie hörte, wie die Männer neben ihr das Lachen unterdrückten. So betrunken waren sie also doch noch nicht. Und der Freund des Taubenmörders hob das Plakat auf und klebte es wieder an die Scheibe. »CIRCUS RAVIONELLI – Große Silvestergala«, und als könne es Zweifel geben, stand daneben in großen roten Zahlen das Datum: »31. 12.«

IST heute oder morgen Silvester? hatte Paul Judith gefragt. Kurz bevor ihm die Worte abhanden gekommen waren.

3

EIN winziger Schritt brachte sie an diesem kalten Silvestertag von einer Welt in die andere. Sie ging diesen Schritt leicht gebückt durch die zurückgeschlagene Plane auf einer Straße aus Sägespänen. Der Geruch, der ihr entgegenschlug, versprach alles. Singende Seerobben, tanzende Elefanten, Menschen im freien Flug.

Noch lag die Manege im Halbdunkeln. Ein einziger Spot strahlte auf den verblichenen roten Samtvorhang, über dem in großen goldenen Buchstaben »CIRCUS ALFREDO RAVIONELLI« stand.

Noch waren die beiden Tischreihen, die sich um den Manegenrand herumzogen, leer. Die weißen Tischdecken leuchteten im Dunkel wie Schnee, und zwei als Pagen verkleidete Zirkusjungen waren dabei, die Stühle geradezurücken. Die Vorstellung begann erst in einer Stunde, aber die Frau an der Kasse war mitleidig genug gewesen, Skarlet bei der Kälte nicht draußen warten zu lassen.

Sie stieg die Treppe hinauf, verließ den Lichtkegel und suchte sich einen Platz in den oberen Sitzreihen. Jetzt war sie unsichtbar. Sie lehnte sich an das Geländer, legte die Hände um den Pappbecher mit dem Glühwein, den ihr die Frau am Eingang gegeben hatte, und spürte, wie die Wärme langsam in den Körper zurückkehrte. Sie sah einen Mann Girlanden zwischen den Pfeilern spannen und eine Frau Luftballons an ein Seil knoten, das sich quer über die Manege zog: rot weiß grün gelb blau. Sie sah die beiden Pagen Teller bringen, Besteck und Servietten. Und sie sah, wie sie die Papierschlangen verteilten. Nein, kein vorsichtiges Auseinanderziehen, kein Abrollen, die Jungen pusteten sich gegenseitig durch die Ringe an und ließen die Schlangen durch die Luft auf die Tische gleiten. Der Zirkus war ein Ort der Großzügigkeit, ein Spaziergang auf einem dünnen Seil, ohne abzustürzen, ein Flug durch brennende Reifen hoch über den Köpfen der anderen. Man konnte Blumen aus dem Manegensand wachsen lassen, Jungfrauen zersägen oder Kaninchen aus leeren Hüten ziehen. Man konnte Grimassen schneiden, allen die Zunge herausstrecken oder eine Nase zeigen, und man bekam auch noch Applaus dafür.

In den Zirkus ging Skarlet nur mit der Mutter. Jede Art von Kunst war dem Vater suspekt, vor allem wenn er dafür Geld ausgeben sollte. Für ihn waren Künstler Hungerleider, Nassauer, die auf Kosten anderer lebten. Wer würde ihm Geld dafür geben, wenn er sang oder sich im Handstand auf einen Stuhl stellte oder beides zugleich tat? Wer würde ihm die Vierzeiler bezahlen, die er seiner Schwester Hilde jedes Jahr auf die Geburtstagskarte schrieb? Es rauschen die Wälder, die Hilde wird älter. Die Kunst, die er zum Leben brauchte, könne er sich selber machen.

Die Mutter widersprach nicht, ging aber trotzdem mit Skarlet in den Zirkus. Das Kind war noch im Wachstum und sollte sich seine Meinung selbst bil-

52

den. Die Meinung, die sie sich bilden sollte, gab ihr die Mutter auf dem Hinweg vor.

Im Zirkus Sarasani, da ist es wunderschön, da kann man für zehn Pfennig 'ne Riesendame sehn! Je näher sie dem Zirkuszelt kamen, um so fröhlicher wurde die Mutter. Erzählte von dem fliegenden Siegfried, der sich von einem Turm aus Stühlen kopfüber aus der Zirkuskuppel stürzte, von Rudolfo, dem menschlichen Känguruh, und von Ursus, dem stärksten Mann des Universums, der vor aller Augen armdicke Eisenketten zerriß. Hinzu kamen der Wunderrechner Pellegrini, die Dame ohne Unterleib und Larissa mit den Gummiknochen. Die Zirkuswelt der Mutter bestand aus einer Ansammlung merkwürdiger Gestalten, die in eine Zeit gehörten, als ein Ei noch zwei Pfennige kostete und die Kinder auf der Hauptstraße Rollschuh fahren konnten, ohne daß ihnen ein Auto im Weg war. Denn nie trat in den Vorstellungen, die Skarlet besuchte, die dickste Frau der Welt auf, nie spuckte ein Feuerschlucker seine Flammen so weit, daß es den Damen in der ersten Reihe die Hüte ansengte, und nie weigerte sich ein Magier, die zersägte Jungfrau wieder zusammenzufügen. Sie sahen rumänische Schleuderakrobaten, ungarische Pferdedresseure und kasachische Löwenbändiger. Von Jahr zu Jahr wurden die Zirkuszelte größer, die Darbietungen perfekter. Höher, schneller, weiter. Sie waren nicht nur die Sieger der Geschichte, sie waren auch die Sieger der Zirkusgeschichte. Die Vorstellungen glichen Wettkämpfen, niemand versprach etwas, das er nicht halten konnte, und die Mutter wurde von Mal zu Mal stiller.

Erst Jahrzehnte später, bei einem Zirkusbesuch mit Lydia, verstand Skarlet, wie sehr die Mutter damals gelitten haben mußte. Jetzt war es Skarlet, die Geschichten erzählte, von dem Clown, der ungewollt auch seine Unterhosen verlor, von den Seerobben, die Kopfball miteinander spielten, und sie schwelgte in Erinnerungen an das Hundetheater, eine Zirkusnummer, in der Wesen durch die Manege stolzierten, die in ihrem früheren Leben einmal Terrier gewesen waren, Pekinese oder Zwergschnauzer. Es gab Pinscher in Trachtenjacken und Lederhosen, Pudel in Sommerkleidern und Spitze in Anzügen. Kein Beißen, kein Flöhen, kein Beinheben. Der Star war eine weiße Pudeldame, die aufrechter lief als alle anderen und mit winzigen Pudelschritten über die Bühne trippelte. Nie verlor sie ihre Handtasche, und nie ließ sie sich, wie die gewöhnlichen Spitze, schon vor dem Bühnenausgang auf die Vorderpfoten fallen. Sie war Rotkäppchen, Schneewittchen mit den sieben Pinschern und als Höhepunkt der Vorstellung eine Braut, die mit einem weißen Schleier auf der Pudelkrone über die Bühne schritt. Und bevor sich Skarlet in der Beschreibung der Schleppe verlieren konnte, sagte Lydia: Ach ja, ich weiß schon, das war damals, als Krieg war. Nein, sagte Skarlet, Krieg war bei deiner Großmutter. Bei mir war die DDR.

Wobei sie sicher war, daß alles, wonach sie suchte, auf beiden Seiten der Mauer verlorengegangen war. Sie lief in der Vorstellungspause mit Lydia über den Platz zur Tierschau und schwieg beleidigt. Doch dann sah sie das Schild. Das zähnefletschende Untier inmitten einer buntgemalten Savanne: der Tiger von

54

Eschnapur. Eintritt: 1 Mark – Kinder die Hälfte. Der Gottesbeweis. Da waren sie wieder, die Seerobben und das Hundetheater. Sie zog Lydia über den Platz, rempelte sich mit den Ellenbogen durch das Gedränge bis hin zum Kassenhäuschen. Und während sie bezahlte, sah sie das Monster schon vor sich: einen bärtigen Mann im Lendenschurz, tätowiert bis an die Haarwurzeln, gefesselt in Eisenketten, die Arme brüllend in den Himmel gestreckt. Oder war es eher ein armer Student, der dafür bezahlt wurde, damit er im schlotternden Tigerkostüm in einem Käfig auf und ab lief und den Besuchern durch die Gitterstäbe hindurch mit fletschenden Zähnen und animalischen Schreien Angst einjagen sollte? Sie hörte das Gebrüll bereits, während sie unter Plastikpalmen durch den Eingang lief: ein Karree aus Käfigen, an denen auf großen Tafeln der Name, das Alter, die Herkunft und das Gewicht der Tiere standen. Djingis, Amurtiger, 3 Jahre alt. Djingis blinzelte gelangweilt in das Licht der Scheinwerfer und war auch durch das Gebrüll aus den Lautsprechern nicht aus der Ruhe zu bringen. Und wie für Sandro, 287 Kilogramm, und Chiara, sibirischer Tiger, weiß, wäre es ihm wahrscheinlich schon zu anstrengend gewesen, im Käfig auf und ab zu gehen. Und bevor Skarlet die Kraft fand, an den Stäben zu rütteln und die Tiger anzubrüllen, wurde sie von Lydia zurück zum Zirkuszelt gezogen.

Zu Skarlets großer Verwunderung ging Paul nie in den Zirkus, ließ sich aber nach jedem Besuch von ihr alles minuziös erzählen. Und Skarlet beschrieb ihm den Clown, der ähnlich wie Matthias Seibt ständig

55

über seine eigenen Füße stolperte, und sie beschrieb Paul auch die Dame ohne Unterleib, Larissa mit den Gummiknochen und den fliegenden Siegfried, der sich kopfüber von seinem Stuhlturm in die Manege stürzte. Und sie ließ den Feuerschlucker den Besuchern in der ersten Reihe die Haare ansengen. Als Beweis zeigte sie Paul eine rote Stelle an ihrer Hand, denn natürlich hatte Skarlet in der ersten Reihe gesessen. Skarlet steigerte sich in ihren Erzählungen von Zirkusbesuch zu Zirkusbesuch.

JETZT hätte sie nichts erfinden müssen. Es war unfaßbar: Die letzte Girlande war zu kurz. Immer wieder versuchte der Mann auf der Leiter, den Faden in die Länge zu ziehen, erst vorsichtig, dann kräftiger. Doch egal, was er tat, es blieben dreißig Zentimeter, die fehlten. Niemand beachtete ihn. Er setzte sich auf die oberste Sprosse, nahm das Girlandenende zwischen die Zähne und wühlte in seinen Hosentaschen. Nichts. Dann sah er auf seine Schuhe. Skarlet war froh, daß er ihr Lachen in der Dunkelheit nicht sehen konnte. Der Mann auf der Leiter zog sein rechtes Bein an den Körper, fädelte vorsichtig den Schnürsenkel aus seinem Schuh, knotete ihn an den Girlandenfaden und beugte sich zum Pfeiler. Immer noch zu kurz. Jetzt blieb nur noch der andere Schuh. Skarlet spürte, wie sich das Lachen in ihrem Bauch ausbreitete, eine warme, kribbelnde Welle. In dem Moment, in dem sich der Mann wieder vergeblich zum Pfeiler beugte, brach das Lachen aus ihr heraus. Der Mann zuckte zusammen und sah entsetzt zu ihr herüber in die Dunkelheit. Doch dann begann auch er zu lachen, sein Körper vibrierte, die Leiter vibrierte und begann zu schwanken. Aufrecht, die Girlande wie ein Rettungsseil haltend, kippte der Mann zur Seite und fiel mitten in die Manege.

In diesem Moment kamen die ersten Gäste: Ehepaare, Familien, Großeltern mit ihren Enkelkindern, und die Pagen wiesen ihnen den Weg zu ihren Plätzen. Eine Primaballerina verteilte Zuckerwatte, zwei Cowboys balancierten Tabletts mit Glühweinbechern durch die Reihen, und ein Clown mit Bauchladen bot bunte Hüte an.

Zu Hause wurden die Hüte bei Einbruch der Dunkelheit verteilt. Der Vater bekam den Türkenfez mit dem abgegriffenen Goldrand und der herunterhängenden Quaste, die Mutter den spitzen Feenhut mit Schleier, in den die Motten Löcher gefressen hatten. Skarlet war immer der Fliegenpilz. Die Mutter malte ihr mit Lippenstift rote Backen und eine rote Nase, und der Vater klebte sich einen Schnurrbart ins Gesicht. Warum der Vater Silvester ein Türke sein wollte, blieb Skarlet für immer ein Rätsel, denn wenn zu Hause von der Türkei gesprochen wurde, dann nur von den Kümmeltürken. Japaner hießen Japse, Franzosen Franzmänner, die Polacken waren für Unordnung verantwortlich, die Amis für die schlechten Sitten in der Welt, und der Russe war sowieso an allem schuld.

Aber ausgerechnet Silvester fand es der Vater schön, einen Fez mit einer roten Quaste aufzusetzen, und lachte, wenn ihm seine Schwester Hilde auf die Schulter schlug und sagte: Na, du alter Türke! Tante

Hilde, die unter ihrem dünnen Haar litt, nutzte die Gelegenheit und kam als Loreley mit einer blonden Lockenperücke zur Feier. Anfangs warf sie die Locken mit elegantem Schwung über die Schultern, doch zu vorgerückter Stunde wurden die Bewegungen heftiger, und es passierte, daß ihr dabei die Perücke vom Kopf flog. Zu diesem Zeitpunkt war der Bart des Vaters schon mindestens dreimal in die Erdbeerbowle gefallen.

SKARLET sah den Clown von Tisch zu Tisch gehen und die Hüte verteilen. Die meisten Männer wollten Cowboy sein. Es gab Cowboys in Nadelstreifenanzügen, Cowboys mit Lederweste und Krawatte, Cowboys in gemusterten Wollpullovern, Cowboys in Karohemden und Strickjacken. Aber es gab auch Cowboys in Rüschenblusen und Faltenröcken, und nach fünf Tischen gab es keine Cowboyhüte mehr. Jetzt wollten alle Kapitän sein, aber auch das hatte nach vier Tischen ein Ende. Dann kamen die Schornsteinfeger, die Harlekine, und wer zu spät kam, endete als Rotkäppchen.

BEIM Fasching im Kindergarten herrschte ein von Tante Edeltraut verhängtes Cowboyverbot. Sie wollte keine schießenden Trapper und auch keine Tomahawks schwingenden Apachen. Wer den von Tante Edeltraut ausgeschriebenen Kostümwettbewerb gewinnen wollte, mußte als Traktoristin kommen, als Verkehrspolizist oder als Messemännchen. Skarlet wußte schon vorher, daß sie nie für einen Preis nominiert werden würde. Ihr Kostüm stand in jedem Jahr von vornherein fest: eine weiße Strumpfhose, ein roter Pullover und – der Fliegenpilzhut.

Paul kam nie am Faschingstag in den Kindergarten. Wie zu allen Feiern entzog er sich durch plötzliches Fieber, und Skarlet, der diese Fähigkeit nicht gegeben war, mußte den Tag allein überstehen. Sie fühlte sich schutzlos inmitten der lärmenden Kinder, platzenden Luftballons und lauten Musik. Na, ist dein Zwilling heute wieder krank? fragte Tante Edeltraut und stellte Skarlet an die Spitze der Schlange, die in einer Polonaise durch alle Räume zog. Mit schingterassa bum, bum, bum, ziehn wir im Haus herum!

Nur einmal, während der Studienzeit, hatte Paul die Idee gehabt, am Rosenmontag mit einer roten Nase zur Vorlesung zu gehen. Sie hatten sich früh getroffen, und Skarlet hatte Paul mit ihrem Lippenstift eine rote Nase gemalt. Sie hätte gern noch weiße Augenringe gehabt, Vampirzähne oder wenigstens schwarze Tränen, aber Paul hatte festgelegt: eine rote Nase, mehr nicht. Und dann liefen sie wie an jedem Morgen durch das Unigelände, und Paul sah allen, die ihnen entgegenkamen, direkt ins Gesicht und grüßte wie an jedem Morgen höflich distanziert. Und die anderen grüßten verunsichert zurück. Einige drehten sich noch einmal um, aber keiner wagte zu lachen. Und Skarlet sah Paul im Hörsaal sitzen, mit seiner roten Nase und mit seinem blassen, ernsten Gesicht: ein trauriger Clown.

DIE Cowboys und Kapitäne ließen sich von den Pagen eine neue Runde Glühwein bringen. Lautes Anstoßen: Prosit! Mit dem rechten Nachbarn, mit dem linken Nachbarn, mit dem Mann von gegenüber. Sie waren alle eine lustige, Glühwein trinkende Familie.

Gegen Ende ihrer Ehe hatte Skarlet mit Christian nicht mehr allein sein können. Sie waren geflüchtet, wohin sich die Gelegenheit bot, zu Freunden, in Konzerte, ins Kino. Zu Hause lief entweder der Fernseher oder das Radio, und die wenigen Gespräche, die sie noch miteinander führten, glichen militärischen Rapporten. Hast du die Steuererklärung zum Finanzamt gebracht? Hast du die Küche gewischt? Ist das Auto vollgetankt? Kannst du Lydia vom Bahnhof abholen? Die Organisation des Lebens nach siebzehn Jahren Ehe.

Skarlet winkte einem Pagen und ließ sich einen neuen Becher Glühwein bringen. Der Wein war ekelhaft süß, aber der Zucker verstärkte die Wirkung des Alkohols, und sie spürte ein leichtes Schwindelgefühl, das ihr nicht unangenehm war. Alles rückte von ihr ab, und sie wußte nicht, ob die plötzliche Dunkelheit Wirklichkeit oder Einbildung war. Ein Lichtstrahl irrte über die Zeltwände und schwenkte dann zu einem Podium neben dem Manegeneingang, auf dem kleine rote Nußknacker mit Musikinstrumenten saßen. Der Nußknackerdirigent hob den Stab. Die Nußknackerposaunisten spitzten ihre Lippen, die Nußknackerhornisten blähten die Backen. Ein Atemanhalten kurz vor dem Inferno. Drei kurze Schläge auf die Pauke, dann entlud sich die Spannung.

Die Töne schleppten sich durch die Manege, schepperten um die Säulen herum, Töne, die verzweifelt nach ihrem Platz in der Melodie suchten, Töne, die immer im Leben zu spät kamen, die klangen, als würden sie ein Bein nachziehen. Es klingt wie Beerdigung im Zirkus, hatte Skarlet einmal zu Paul gesagt, und wenn sie sich jemals sicher war, daß der Mensch eine Seele hatte, dann war es in Momenten, in denen sie diese Musik hörte, in denen in ihr der Wunsch aufkam, gleichzeitig vor Freude und vor Trauer zu weinen.

UND sie sah sich wieder vor dem Bahnhof von Palermo stehen, an einem Sonntagnachmittag im Juni. Die Stadt hatte sich die Decke über den Kopf gezogen, es gab keine Autos, keine Motorräder, keine Menschen, nur eine schläfrige Stille, mit einigen Senegalesen und Indern als Statisten und Skarlet, die eine der beiden Magistralen in Richtung Oper entlanglief. Die Jalousien der Läden waren heruntergelassen, nichts erinnerte an die großzügigen Sonderangebote vom Vortag, alles war klein, eng, staubig. Und mit dem Staub spürte Skarlet die Langeweile auf der Haut. Dieses Gefühl des ewigen Sonntagnachmittags, das sie jahrzehntelang durch die DDR begleitet hatte. Nichts unterschied einen Sonntagnachmittag in Palermo von einem Sonntagnachmittag in Ost-Berlin oder Dresden. Und inmitten dieser Agonie hörte sie die Musik. Zögernd ging sie den Tönen nach, lief auf den Spuren einer akustischen Fata Morgana durch die Gassen der Altstadt, und als sie fast aufgeben wollte, nur noch diese eine Gasse, stand sie plötzlich den Musikern gegenüber. Zuerst hatte sie es für ein Volksfest gehalten, die Stände mit den Süßigkeiten. Wagenradgroße Lutscher, gebrannte Mandeln, aufblasbare Schäferhunde, rote, langstielige Rosen, die in Wassereimern gegen die Hitze kämpften. Doch dann sah sie das Bild, die betende Nonne mit dem Dorn in der Stirn, mit der blutenden Wunde, auf die vom Kruzifix ein Lichtstrahl fiel. Die Errettung der Heiligen Rita, der Patronin der Wursthersteller und der Schutzheiligen für verzweifelte und hoffnungslose Fälle.

Skarlet kaufte einen großen Strauß roter Rosen. Sie ließ sich die Stiele in Alufolie wickeln, damit die Blumen die wenigen Meter bis zur Kirche überstanden. Doch auch dort war es schwül. Dicht gedrängt standen die Menschen um die Heiligenstatue herum. Es roch nach Rosen, Weihrauch, Mottenpulver, Schweiß und Parfüm. Ein Geruch, der Skarlet fast den Atem nahm. Auf einem Podium in der Mitte des Kirchenschiffs erhob sich die Heilige Rita in Lebensgröße, geschmückt mit Blumengirlanden und Kerzen. *Viva la Santa Rita!* schrie eine Frau, und alle klatschten und drängten sich noch näher an die Statue heran. Wie ein Rockstar stand die Heilige im Meer der hochgestreckten Arme ihrer Fans. Alle waren süchtig nach einer Berührung, nur ein flüchtiges Streicheln der heiligen Hände, nur ein gehauchter Kuß auf das blaue Gewand. *Viva la Santa Rita!* Doch der Meßdiener wachte über die Unschuld der ihm Anvertrauten und ließ nur einen Vater vor, der seinen erwachsenen, an Downsyndrom erkrankten Sohn hinter sich her durch die Menge zog. *Viva la Santa Rita!* Wie oft hatte dieser Vater die Heilige Rita schon um Hilfe gebeten? Allen anderen war es gestattet, einen Zettel abzugeben, Papier gewordene Wünsche, die von dem Meßdiener, und nur von ihm, eingesammelt und an der Statue gerieben wurden und die nach

Rückgabe bei dem jeweiligen Besitzer tiefe Verzükkung auslösten.

In dem Land, aus dem Skarlet kam, war der Glaube über Jahrzehnte abhanden gekommen. Die Kirchen hatten ihre Räume für Veranstaltungen angeboten, als Erntedankfest getarnte Lesungen aus ungedruckten Manuskripten, Konzerte mit ungeliebten Sängern. Das Kreuz gab ihnen politischen Schutz, wenn sie mit Bettina Wegener *Sind so kleine Hände* sangen oder sich bei einer Lesung von Erich Loest auf den Bänken und dem Fußboden einer Sakristei drängten. Und wenn dann zum Abschluß auf Wunsch des Pfarrers gebetet wurde, falteten sie zwar alle willig die Hände, Vaterunserderdubist, aber spätestens nach der Hälfte ging ihnen der Text aus, und sie bewegten nur noch die Lippen.

Der einzige Gott, zu dem Skarlet bisher gebetet hatte, war der Gott für Notfälle, ein Gott, der verlorene Schlüssel wiederfand, rote Ampeln auf Grün schaltete und Flugzeuge schneller fliegen ließ. Noch nie war es um Leben und Tod gegangen, und noch nie hatte sie eine fremde Heilige um Hilfe bitten müssen. Und was konnte sie ihr als Gegenleistung bieten? Sie war weder getauft, konfirmiert noch hatte sie die Kommunion erhalten, sie bereute nichts, was sie getan hatte, und die Christenlehre war auf ärztlichen Rat hin abgebrochen worden. Und worum sollte sie bitten? Sollte sie das schier Unmögliche fordern oder sich nur auf ein kleines Wunder beschränken? Bitte laß ihn wieder ohne Hilfe laufen, laß den Arzt endlich die richtige Therapie finden, mach, daß er operiert werden kann. Oder unverschämt sein und auf vollständiger Heilung bestehen? Sie suchte in ihrer Tasche nach einem Zettel und fand nur die Fahrkarte.

Ich träume davon, meinen Sohn eines Tages zum Kindergarten zu bringen, nur ein einziges Mal mit ihm Hand in Hand durch die Straßen laufen, hatte Paul vor der letzten Chemotherapie zu ihr gesagt.

Sie konnte die Rückseite der Fahrkarte nehmen.

Lukas würde im nächsten Monat ein halbes Jahr alt werden. Sie wünschte Paul, daß er an diesem Tag nicht im Krankenhaus sein müßte, daß er Lukas auf dem Arm halten könnte, ohne Schmerzen zu haben. Nur noch diesen Tag, dachte sie. Nur noch einmal mit ihm lachen, sehen, wie er anfing, allein zu stehen, seine ersten Worte hören, nur noch einmal Weihnachten mit ihm feiern. Nur noch einmal.

Santa Rita, prega per noi! Sie drängelte sich zwischen den delirierenden Fans hindurch in die Nähe der Heiligen, in der einen Hand die Rosen, in der anderen die Fahrkarte, und streckte die Arme nach oben. *Viva la Santa Rita!* Sie schob und schubste, und obwohl sie sich bisher immer gewünscht hatte, kleiner zu sein, war es jetzt von Vorteil, daß sie größer war als alle vor ihr stehenden Sizilianer. Sie beugte sich über einen kleinen Mann und schaffte es, dem Meßdiener ihre Fahrkarte in die Hand zu schieben. Jetzt mußte sie sich bekreuzigen. *Oddio.* Sie sah auf die Frau neben sich: oben, unten, links, rechts, Handrücken an die Lippen. Sie hatte immer gedacht, daß man am Herzen enden müßte. Sie drängelte sich weiter bis zum Seitenschiff, wo sich hinter einer Absperrung die Rosenberge türmten. Ein Duft, der Skarlet fast in die Ohnmacht trieb. Sie dachte, daß es mit Asthma schwierig war, katholisch zu sein. Sie gab ihre Rosen ab, bekreuzigte sich wieder und fühlte sich erschöpft, als hätte sie soeben eine Prüfung abgelegt.

Sie hatte Glück, denn schon ertönte die Glocke, und in einem letzten Aufbäumen drückte sich die Menge gegen die Absperrung, und der Meßdiener riß ihnen die Zettel aus den Händen, zehn, zwanzig gleichzeitig, ein Bündel Wünsche, das nach der Berührung mit der Heiligen zurück auf die Wartenden fiel.

Viva la Santa Rita! Viva la Santa Rita! Begleitet von heiseren Schreien, wurde die Heilige auf einem sargähnlichen Kasten aus der Kirche gerollt. Bei jeder Erschütterung flackerten die elektrischen Kerzen, und die Schleife am Hinterkopf bebte. Skarlet war enttäuscht, daß die Statue nicht getragen wurde, doch dann begann die Kapelle zu spielen, und alles in Skarlets Körper wurde zu Zuckerwatte.

Sie lief direkt hinter der Kapelle, preßte sich zwischen barfüßigen Nonnen durch die engen Gassen. Die Heilige holperte über das Pflaster, und immer wieder mußten sie anhalten, damit eine defekte Kerze ausgewechselt oder die Schleife am Hinterkopf geradegerückt werden konnte. In den kurzen Pausen zückten die Musiker sofort ihre Telefone, klärten mit den Müttern die Speisefolge am Abend, nein, lieber Pasta, kein Risotto, ließen sich die Ergebnisse der Seria A durchsagen, jammerten über den schon drei Tage dauernden Streik der Tankwarte, um kurz darauf wieder zu ihren Instrumenten zu greifen und Skarlet in emotionale Abgründe zu stürzen. Getrieben von dieser Musik, folgte sie der wackelnden Heiligen in

den Innenhof der Feuerwache, hielt mit ihr unter
Balkons, von denen sich Familien die Gunst mit kör-
beweise geworfenen Rosenblättern erkauften. Der
Priester segnete alles, was ihm in den Weg kam. Eine
Padre Pio-Büste in einem neueröffneten Bäckerladen,
einen Säugling, der ihm aus einem offenen Fenster ent-
gegengehalten wurde, die Carabinierestation, in deren Innenhof es eine längere Telefonpause gab, weil
sich der Heiligenschein am Torbogen verklemmt hatte. Immer weiter entfernte sie sich von der Kirche, um-
rundete die Oper, lief in Richtung Justizpalast. Skarlets Gesicht glühte, jetzt war sie selbst heilig, und die
Nonne neben ihr legte ihr die Hand auf die Schulter.

Doch in dem Moment, in dem die Heilige Rita in
eine fremde Kirche geschoben wurde, war alles vorüber. Die Nonnen zogen ihre Schuhe wieder an, die
Musiker verschwanden in den umliegenden Bars, und
Skarlet stand allein auf einem staubigen Bürgersteig
mitten in Palermo.

Auf dem Weg zum Bahnhof ging sie noch einmal
an der Kirche vorbei. Die zweiflüglige Tür stand offen.
Dort, wo vor einer Stunde die Angebetete gestanden
hatte, war ein leerer Fleck. Vor den Absperrungs-
seilen lagen zertretene Rosenblätter, Papierfetzen,
Alufolie. Die Händler an den Ständen stapelten die
Devotionalien zurück in die Kisten: Statuen, Bilder,
Plakate. Die Frauen an den Blumenständen gossen
das Wasser aus den Eimern quer über die Straße.
Skarlet kaufte für Paul eine Holographie im Gold-
rahmen, auf der sie den Lichtstrahl auf dem Gesicht
der Heiligen Rita bewegen und den Engel über dem
Kopf bei Bedarf in den Wolken verschwinden lassen

konnte. Eine alte Frau schenkte Skarlet die fünf letzten Rosen.

Sie ging mit dem Bild und den Rosen durch Palermo und dachte, daß Paul lachen würde, wenn er sie
so sehen könnte.

Was willst du schon wieder in Italien? hatte er vor
ihrer Abreise gefragt.

Komm mit! hatte Skarlet gesagt. Ich bringe dich
ans Meer. Sie hatte Pläne entworfen, eine Fahrt in
einem umgebauten Kleinbus, in dem er liegen konnte,
in einem gecharterten Hubschrauber. Doch er hatte
nur gelacht und auf die Schläuche in seinem Arm gesehen, durch die langsam die künstliche Nahrung in
seine Venen tropfte.

NOCH einmal nach dem Abbruch der Christenlehre
hatte Skarlet versucht, fromm zu werden. Es war während des Studiums gewesen, in der Zeit der Hoch-
rüstung. Die Verteidigung des Sozialismus mit Langstreckenraketen. SS-20 gegen Cruise Missiles. Und
durch die Universität ging das Gerücht, daß Listen
verteilt würden, auf denen jeder unterschreiben sollte, der diese Stationierung befürwortete. Atomare
Sprengköpfe im Namen des Volkes. Begonnen hätte
die Aktion bereits in Karl-Marx-Stadt, Honeckers
Lieblingsbezirk, und es wurde erwartet, daß sie sich
in wenigen Tagen auch auf andere Städte ausdehnte.

Es war eine Unterschrift gegen jede Vernunft, aber
Skarlet wußte, daß sie exmatrikuliert werden würde,
wenn sie nicht unterschrieb. Es sei denn, sie wäre
Christin und könnte ihre Unterschrift vor Gott nicht
rechtfertigen. Eine Hoffnung, die ihr zwar die Miß-

billigung der Universitätsleitung einbringen, sie aber vor einer Exmatrikulation bewahren würde. Skarlet flüchtete sich in die Hoffnung an einen Glauben und ging in die nahe gelegene Kirche zu dem Pfarrer, den sie von den Lesungen und Konzerten kannte. Sie hatte noch nie jemanden um Hilfe gebeten.

Sie trafen sich wenige Tage später zu einem Abend, der sich »Internationaler Workshop gegen Gewalt« nannte. Alle bildeten einen Kreis mit ihren Stühlen, doch bevor sie sich setzen durften, mußte jeder einen Zettel mit der Absichtserklärung für eine gute Tat an die Pinnwand heften. Skarlet hängte ihren Zettel mit »Ich wehre mich gegen die Stationierung von Langstreckenraketen« neben »Ich verpflichte mich, einen Kuchen für den nächsten Gemeindeabend zu backen«. Sie saßen im Kreis, faßten sich an den Händen und sprachen ein Gebet, bei dem Skarlet nur den Mund bewegen konnte. Sie hielten minutenlang innere Einkehr, was auch keine Erleichterung brachte. Sie saß zwischen zwei jungen Frauen, die Jeans und Wollpullover und um den Hals Al-Fatah-Tücher trugen. Und jetzt sprechen wir fünf Minuten mit unserem linken Nachbarn! Die linke Nachbarin kam aus einem kleinen Ort in den Vogesen, und als Skarlet es mit ihrem Schulfranzösisch endlich geschafft hatte, sich vorzustellen, gab der Pfarrer das Kommando zum Wechsel. Und jetzt sprechen wir fünf Minuten mit unserem rechten Nachbarn! Es war eine Studentin aus Reykjavík, die nur wenig Englisch verstand. Gemeinsam sind wir stark, sagte der Pfarrer, und alle faßten sich wieder an den Händen.

Skarlet ging während der Pause.

Sie verbrachte mehrere Tage in Unruhe, bis sie erfuhr, daß die Unterschriftensammlung abgebrochen wurde, weil es Proteste dagegen gegeben hatte: nachts auf die Straße geschriebene Parolen, Aufruhr an einem kleinen Theater.

Paul, dem sie erst nachträglich von ihrem Ausflug in die Kirche erzählt hatte, warf ihr Feigheit vor. Er fürchtete sich nie davor, seine Meinung zu sagen und sie auch durchzusetzen. Er rebellierte gegen unsinnige Seminararbeiten, gegen Willkür bei der Bewertung von Klausuren, gegen das Essen in der Mensa, und als er einmal mit Plakaten den Boykott eines Seminars wegen Unfähigkeit eines Dozenten gefordert hatte, wäre er fast verhaftet worden. Die Hochschulleitung hatte in Solidarność-Zeiten eine geheime Widerstandszelle vermutet, und der gesamte Vorlesungsbetrieb war eingestellt worden. Eine Kommission fahndete tagelang nach den Tätern, und wahrscheinlich war die Überraschung, daß es sich einzig um Paul handelte, so groß gewesen, daß die Hochschulleitung aus Angst vor einer Blamage auf seine Exmatrikulation verzichtet hatte. Paul sah alles gelassen. Er hatte nur vor wenigen Dingen Angst: vor Hunden, Langeweile und vor Ärzten.

Die Nußknacker bliesen zum musikalischen Finale, die Trommelstöcke wirbelten, und der Scheinwerfer richtete sich auf den Vorhang. Skarlet hoffte, daß der Zirkusdirektor der berühmte Magier aus den Erzählungen ihrer Mutter war. Ein alter Mann mit spitzer Nase, der mit einer einzigen Handbewegung

Blumen aus dem Sandboden wachsen lassen konnte. Der Mann, der in das Licht vor dem Vorhang trat, war jung, nannte sich Sebastiano Ravionelli und hielt einen Pappbecher mit Glühwein in seiner Hand: Meine Damen und Herren, meine Herren und Damen! Skarlet hoffte, daß wenigstens die Tiere nüchtern waren.

Es begann mit den Pferden. So wie alle Mütter irrtümlich der Meinung waren, daß sie den Eisenmangel ihrer Kinder mit Spinat beseitigen könnten, erlagen Zirkusdirektoren dem Glauben, daß eine Vorstellung mit einer Pferdedressur beginnen müsse.

Skarlet wußte nicht, was sie daran beeindrucken sollte, daß Pferde im Kreis liefen. Hintereinander, nebeneinander, von ihr aus auch übereinander. Einem Pferd konnte man ein Federbüschel auf den Kopf setzen und eine bunte Decke umhängen, ein Pferd blieb immer ein Pferd. Wozu also der Aufwand? Je ein Dompteur zerrte an einem Pferd. Vorwärts! Rückwärts! Drehen! Hinlegen! Die Männer kämpften, stemmten sich mit ihrem ganzen Körpergewicht auf die Pferderücken und zwangen die Tiere in den Manegensand. Und dort lagen sie nun und machten keine Anstalten, wieder aufzustehen. Erst als der Zirkusdirektor ihnen eine doppelte Menge Futter versprach, besannen sie sich und räumten das Terrain für ungarische Schleuderakrobaten, die, vom Glühwein beseelt, durch die Luft flogen und auffallend häufig daneben sprangen. Hoy! Aber warum mußte ein Mann einem anderen Mann auf den Kopf springen? Warum mußten zwei Frauen in der Luft aneinander vorbeifliegen? Hoy! Hoy!

Vor jeder neuen Darbietung trat der Direktor in die Manege und hob seinen Becher: Lassen Sie uns anstoßen!

PAUL hatte bei einer Feier einmal behauptet, er könne Wodka in Wasser verwandeln. Er hatte die Gläser vollgegossen, Simsalabim. Sie hatten getrunken, und Paul hatte sich geschüttelt und gesagt: Versuch mißlungen!

Sie hatten es wieder und wieder versucht: Schimschalabim! Veschuch mischlunn!

Aber Paul konnte wirklich zaubern. Es war das zweite Geheimnis, nach dem der künstlichen Zähne, das er Skarlet im Kindergarten anvertraute. Er konnte einen Zwieback im Pulloverärmel verschwinden lassen, ohne daß Tante Edeltraut auch nur den Hauch eines Verdachts hegte. Er konnte einen Baustein von der rechten Hand in die linke zaubern und mit einem einzigen Ruck Knoten in Bindfäden lösen. Doch Paul prahlte nicht wie andere Kinder mit seinem Können. Paul zauberte heimlich, in der Ecke zwischen Holunderbusch und Klettergerüst, dem Versteck, in dem sie kurzzeitig vor Tante Edeltraut sicher waren. Hier war er der große Magier Jean-Paul Langanke, der Skarlet Kieselsteine aus der Nase zog. Sie würden im Zirkus auftreten und in einem bunten Wagen um die Welt reisen, so hatte es Skarlet festgelegt. Es würde jeden Tag Vanillepudding geben und so viel Schokoladeneis, wie Paul wollte. Einzig störend war Matthias Seibt, der sie in dem Versteck überrascht hatte und damit drohte, alles Tante Edeltraut zu erzählen, wenn sie ihn nicht mitnehmen würden. Matthias

Seibt, der sich nicht einmal merken konnte, wo rechts und links war, würde nie zaubern können. Sie sagten es ihm, und er war beleidigt und begann, zu streiten und mit Sand zu werfen. Paul schubste ihn nur ein bißchen gegen einen Brennesselbusch, und Matthias Seibt schrie, er würde alles seinem Vater erzählen, und Paul könne gar nicht zaubern, er habe ja nicht einmal einen Vater. Und Skarlet sah zu, wie Matthias Seibt in die Brennesseln fiel.

Paul sprach nie über seinen Vater. Er zuckte nur mit den Schultern, wenn Skarlet ihn danach fragte, und sagte: Wir sind geschieden.

Winter ade, scheiden tut weh, aber dein Scheiden macht, daß mir das Herze lacht, sang Skarlet beim Rundgesang und wäre auch gern geschieden gewesen, geschieden von dem Vater, der alles kontrollierte, was sie tat, sich ständig von ihr hintergangen fühlte und für den alles, was ein Kind betraf, nur eine unnötige Ausgabe war.

Sie beneidete Paul um sein Geschiedensein, es erschien ihr der Himmel auf Erden, nie würde sie allein mit ihrer Mutter wegen Geld streiten, sich nie über das Essen beschweren, ihr reichten Kartoffeln und Quark oder Eierkuchen. Die Mutter würde mehr Zeit haben, sie konnten in den Park gehen oder ins Schwimmbad, und am Abend konnten sie nebeneinander auf dem Sofa sitzen und im Fernsehen angukken, was sie wollten. Alles schien ganz einfach, sie würde ihren Vater dorthin schicken, wo Pauls Vater war, und ein neues Leben konnte beginnen.

Aber Paul zuckte nur wieder mit den Schultern und schwieg.

Nach den Schleuderakrobaten kamen die Drahtseil-
artisten, die Jongleure und die Crocodile-Brothers.
Sie ließen ihre Alligatoren zwischen die Zuschauerreihen laufen und hatten viel Spaß dabei, wenn sich
die Cowboys und Kapitäne vor Schreck auf ihre Stühle retteten.

Dann kam der Messerwerfer. Skarlet erkannte
den Mann von der Leiter wieder. Als Cowboy ver-
kleidet, trat er jetzt vor die anderen Cowboys und
zerteilte mit seinen Messern und einer Peitsche die In-
neneinrichtung eines Saloons. Er traf Luftballons auf
einer rotierenden Scheibe und befreite auf zehn Meter
Entfernung seine gefesselte Assistentin vom Marter-
pfahl. Jedesmal spielte die Kapelle einen Tusch, und
nach dem letzten Tusch trat der Zirkusdirektor mit
seinem Glühweinbecher in die Manege und verlangte
nach todesmutigen Statisten aus dem Publikum. Die
Cowboys in der ersten Reihe zogen sich ihre Hüte tief
ins Gesicht.

Die Kapelle spielte noch einen Tusch, der Zirkusdirektor versprach eine Belohnung, aber nicht einmal
ein Kind meldete sich freiwillig. Und dann schwenkte
der Scheinwerfer durch die Zuschauerreihen, und
Skarlet saß plötzlich allein im Licht. Sie hielt sich eine
Hand schützend vor die Augen und sah durch die Finger, wie der Messerwerfer in ihre Richtung zeigte.
Die Cowboys und die Kapitäne applaudierten.

Schon oft war sie in irgendwelchen Kneipen auf
dem Weg zur Toilette versehentlich zwischen die
Flugbahnen der Dartpfeile geraten. Sie wußte, je ruhiger sie blieb, um so weniger konnte ihr passieren.

Die beiden Pagen schnallten sie mit ausgestreckten Armen an eine Holzwand, und der Messerwerfer prüfte die Entfernung und fragte, ob sie Angst habe und er ihr die Augen verbinden solle. Sie schüttelte den Kopf. In dieser Nacht war sie unsterblich, eine ekelhafte Unsterblichkeit, für die sie sich haßte.

KEINER hatte Paul geglaubt, daß er ernsthaft krank war, sie hatten ihn ausgelacht, wenn er über seine Magenschmerzen geklagt hatte, denn Paul jammerte gern. Bei jedem Schnupfen stand er kurz vor der Lungenentzündung. Bei jedem Schnitt in den Finger beschwor er eine Blutvergiftung, und er wurde geradezu hysterisch, wenn ihm Blut abgenommen werden sollte.

Und dann eine Magenspiegelung. Tagelang vorher hatte er lamentiert, daß sie ein Gefäß verletzen könnten, daß der Schlauch nicht steril wäre. Es würde weh tun, er würde leiden. Und dann käme der Befund: Nie wieder würde er das Krankenhaus verlassen dürfen! Das Wochenende vor der Untersuchung hatte er Judith, die einen Monat vor der Entbindung stand, tyrannisiert: Mein letztes Frühstück, mein letztes Mittagessen, mein letztes Abendessen, meine letzte Nacht. Und alle hatten den Arzt bedauert, der Paul behandeln mußte. Und natürlich war er am anderen Tag mit der Nachricht zurückgekommen, die alle erwartet hatten: Kein Befund. Und auch Skarlet hatte gesagt: Typisch Paul.

SIE spürte den Windzug der Messer, die neben ihr ins Holz schlugen.

SIE hatte Paul ausgelacht und gesagt, daß ihm die Angst, Vater zu werden, auf den Magen geschlagen sei. Und ihm Schreckensszenarien beschrieben, schlaflose Nächte mit einem zahnenden Kleinkind, den Verlauf von Windpocken, Ziegenpeter und Scharlach. Nur noch ein Monat, dann würde das furchtbare neue Leben beginnen, und es war richtig, daß er jetzt schon Fencheltee trank statt Whiskey.

NACHDEM die Pagen sie befreit hatten, sah Skarlet ihre Silhouette im Holz: aus Messern.

Sie lief zwischen den Tischreihen hindurch zurück zu ihrem Platz, durch ein Spalier ängstlicher Cowboys, die eifrig auf ihre Uhr schauten und erleichtert aufatmeten. Sie hatten es endlich geschafft, es war kurz vor Mitternacht. Alle griffen nach ihren Jacken und nach den Plastiktüten mit den Raketen.

Skarlet stellte sich abseits, hinter das Kassenhäuschen. Sie sah nach oben in den Himmel, der wolkenverhangen war und keine Sterne hatte. Vielleicht würde es in dieser Nacht noch Schnee geben. Sie fand ihre Zigaretten in der Jackentasche, aber wie immer kein Feuerzeug. Sie erschrak über die Flamme vor ihrem Gesicht. Neben ihr stand der Messerwerfer. Sie sahen zu, wie die Cowboys ihr Geld in die Luft schossen. Alle um sie herum schrien: Prosit Neujahr! Der Messerwerfer stand neben ihr und sagte nichts. Wofür sie ihm unendlich dankbar war.

4

Es roch nach Holz, nach Tannenzweigen und nach frisch geschlagenem Kiefernholz. In der Mitte des Wohnzimmers, neben dem Weihnachtsbaum, stand der Sarg. Judith hatte den Tisch beiseite gerückt und eine Plane ausgebreitet. Das Wohnzimmer war der einzige Ort, an dem sie ausreichend Platz hatten. Skarlet setzte sich aufs Sofa. Vor ihr stand der Sarg. Das Holz war hell und unbehandelt, eine weiche, etwas fasrige Oberfläche, wie ein Pelz. Judith brachte aus dem Keller einen Karton mit Farbdosen und Pinseln. Sie war blaß, noch blasser als sonst. Aber ihre Bewegungen wirkten entschlossen, zu entschlossen. Wie bei einem Kind, das etwas aus Trotz tat. Und sie hatte noch immer diesen Blick, dieses Brennen, das zeigte, daß sie am Leben war. Sie wurde getrieben von einer scheinbar unerschöpflichen Kraft, der Kraft, die jemand brauchte, um monatelang zuzusehen, wie ein Mensch, den man liebte, starb. Und um dem anderen, dem winzigen Menschen, der nichts von alldem wußte, Aufmerksamkeit und Liebe zu geben. Judith hatte Lukas gefüttert, gewickelt, ihn gebadet, mit ihm gespielt. Sie war mit Paul zu Ärzten gefahren, hatte Paul ins Krankenhaus gebracht, hatte ihn wieder abgeholt, hatte ihm Fieber gemessen, ihm Infusionen gegeben, Schmerzmittel gespritzt, sie war nachts aufgestanden, wenn Lukas geweint hatte und wenn Paul zur Toilette mußte. Sie war die Telefonistin, die alle

Anrufe abwehrte, nein, sie sollten sich keine Sorgen machen, sie war die Empfangsdame, wenn Besuch kam, sie war die Köchin und bereitete alle Speisen zu, auf die Paul in einem Anflug von Hoffnung Appetit hatte. Gerichte aus seiner Kindheit: Hefeklöße mit Heidelbeeren, Schmorgurken oder Grützwurst mit Sauerkraut. Und Paul gab die Zutaten vor, nur Spreewälder Sauerkraut durfte es sein, und um die Grützwurst zu kaufen, mußte Judith kilometerweit zu einem bestimmten Fleischer durch die Stadt fahren. Paul versprach, alles zu essen, diesmal war er ganz sicher, und dann würgte er schon nach den ersten Bissen. Der Kühlschrank war voller Töpfe, voll von: Was wäre, wenn. Was wäre, wenn Paul doch noch einmal essen könnte.

JUDITH stellte die Farbdosen neben den Sarg: Gelb, Blau, Weiß, Rot. Farben, mit denen sie vor einem Jahr die Regale im Kinderzimmer gestrichen hatten, Behandla-Holzlasur, Willkommen bei IKEA. Gemeinsam mit Freunden hatte Paul die Möbel aufgebaut: die Wickelkommode, das Gitterbett, den Kleiderschrank, die Regale für die Spielsachen, die nach Pauls Meinung weitgehend leer bleiben sollten. Denn während des Streichens hatte Paul seine Erziehungsstrategien verkündet. Wenig Spielzeug, niemals einen Fernseher. In dem Zimmer seines Sohnes würde es nie aussehen wie in einer Spielwarenabteilung. Und auch sonst wehrte er sich gegen die üblichen Einrichtungsmuster, gegen Mickey Mouse-Tapete, gegen Kätzchen auf der Bettwäsche, gegen Ponys auf den Vorhängen. Er hatte Mäander auf die Wände gemalt.

Paul war der Meinung, daß alle Eltern von dem Wahn befallen waren, ihre Kinder seien an Tieren interessiert. Und es gebe sogar Menschen, die mit geheuchelter Tierliebe ihr Geld verdienen würden, sagte Paul, und er sagte es mit einem Seitenblick auf Skarlet, die seit Jahren als Pressesprecherin im Zoo arbeitete.

Paul war radikal in seiner Ablehnung. Verzweifelt suchte er nach Strampelanzügen ohne Teddybäraufnäher, nach Jäckchen ohne Bambi oder Marienkäfer, nach Mützen ohne Biene Maja und fand nach langer Suche endlich einen Katalog, in dem er für viel Geld Strampelanzüge in Bürograu bestellen konnte. Dann kauf ihm doch gleich einen Hugo Boss-Anzug, hatte Skarlet gesagt.

Sie erinnerte sich, wie sie Jahre zuvor bei Lydias Geburt für jede Baumwollwindel anstehen mußte und wie glücklich sie über jeden geschenkten Samtstrampler aus dem Westen gewesen war, egal, mit welchem Bild.

PAUL hatte seine Angst vor Tieren schon im Kindergarten zu verstecken versucht, denn selbst Tante Edeltraut, die jeder Fliege etwas zuleide tun konnte, hielt Tierliebe für eine Tugend und Zoobesuche für den Höhepunkt in einem Kindergartenleben. Einen Höhepunkt, dem sich Paul durch Fieber nicht entziehen konnte, denn die Zoobesuche richteten sich nach dem Wetter. Der Satz: Kinder, heute scheint die Sonne, heute gehen wir in den Zoo! überraschte alle Kinder, auch Paul.

Wie bei jedem Spaziergang gingen sie ordentlich

in Zweierreihen, blieben stehen, wo immer es Tante Edeltraut für richtig hielt, beobachteten eine halbe Stunde lang das Familienleben vietnamesischer Hängebauchschweine, heuchelten Interesse, wenn sich rotärschige Paviane gegenseitig die Flöhe aus dem Fell lasen, und liefen mit vor den Mund gepreßtem Taschentuch durch stinkende Raubtierhäuser, um schläfrige Tiger und vom Hospitalismus befallene Löwen zu betrachten. Angeblich höchst gefährliche Tiere, die sie, wenn sie zu nah an die Käfige herantraten, sofort fressen würden, und nicht einmal Matthias Seibt wagte es, einen seiner ungelenken Finger zwischen die Gitterstäbe zu stecken. Doch ungeachtet aller Gefahren, endete jeder Zoorundgang mit einem Besuch des Streichelzoos, einem Ort, an dem aus erzieherischen Gründen Kinder und Tiere zusammengesperrt wurden.

Sie mußten das umzäunte Gehege durch eine Schleuse betreten und zusehen, wie hinter ihnen die Türen mit einem Riegel wieder fest verschlossen wurden. Es gab kein Entrinnen, keine Möglichkeit zur Flucht, gerechterweise weder für die Kinder noch für die Tiere. Sie waren sich gegenseitig ausgeliefert, um Freundschaft zu schließen, und Skarlet begriff nicht, was sie mit einem zwei Monate alten Huhn verbinden sollte. Sie rannten zwischen zitternden Lämmern über den staubigen Platz, und es war auf den ersten Blick nicht ersichtlich, wer vor wem mehr Angst hatte.

Paul litt.

Unter Aufsicht eines Tierpflegers streichelten sie alles, was ihnen Tante Edeltraut unter die Hände schob: Schafe, Ziegen, Kühe, Schweine, selbst das milbenzerfressene Fell eines Esels, und wie alle anderen Kinder auch faltete Paul gehorsam seine Hände zu einer Kuhle und ließ sich ein Hühnerküken hineinsetzen. Er wußte, daß ihn Tante Edeltraut beobachtete, er durfte das Küken weder vor Angst zerquetschen, noch es vor Schreck fallen lassen, er mußte es einfach nur halten und an das nächste Kind weitergeben.

Skarlet war immer neben ihm, verjagte aufdringliche Ziegenböcke, die versuchten, einen Keks aus Pauls Hosentasche zu fressen, schob eine Ente mit dem Fuß beiseite, die sich ihnen in den Weg stellte, um zu scheißen. Die schnelle Verdauung hatten alle Tiere gemeinsam. Überall luden Ziegenkot, Hühnerkacke und Kuhfladen zum Ausrutschen ein, und Matthias Seibt, der, selbst wenn er die Schuhe am richtigen Fuß hatte, unablässig über seine Füße stolperte, lag ständig am Boden. Und auf dem Heimweg, wenn sie wieder in Zweierreihen gehen mußten, jammerte er darüber, daß ihn niemand aus der Gruppe anfassen wollte.

Aber noch waren Pauls Leiden nicht vorüber, denn wie immer blieben sie kurz vor dem Ausgang an dem Elefantengehege stehen, und wie immer sagte Tante Edeltraut: Na, wer will denn heute unserem Elefanten einen Keks geben? Die Aussicht auf einen erzieherischen Erfolg setzte alle FÜTTERN VERBOTEN-Schilder außer Kraft, und zwangsläufig traf der Tante Edeltraut-Blick eines Tages auf Paul.

Es gab keinen Widerspruch. Paul ließ sich den Keks auf die Hand legen, streckte wie befohlen seinen Arm über das Geländer und versuchte, ein gleichgültiges Gesicht zu machen. Und der Elefant trat an den Wassergraben, pendelte mit seinem Rüssel über der Entengrütze und fixierte das andere Ufer.

Paul kämpfte gegen das Zittern.

Du wirst doch nicht etwa Angst haben? sagte Tante Edeltraut und drückte Paul gegen das Geländer. Der Elefant schwenkte seinen Rüssel über den Graben und nahm sich den Keks ganz sanft, ohne Pauls Hand zu berühren. Und noch bevor Tante Edeltraut das Kommando zum Weitergehen geben konnte: Abmarsch in Zweierreihe! Wer drängelt, kommt an meine Hand! schwenkte der Rüssel erneut heran, tauchte kurz durch die Entengrütze in das brackige Wasser und richtete sich dann auf Tante Edeltrauts Gesicht.

Von diesem Tag an liebte Paul Elefanten. Er wußte alles über sie, wie sie lebten, wovon sie sich ernährten und daß ihre angeblich dicke Elefantenhaut sehr durchlässig und empfindlich war. Er bewunderte sie dafür, daß sie nie etwas vergaßen, ein untrügliches Gedächtnis hatten und Menschen, von denen sie einmal gequält worden waren, auch noch Jahrzehnte später erkannten und bestraften. Paul behauptete, daß die Summe der getöteten Dompteure gleich der Summe der in Gefangenschaft gestorbenen Elefanten sei.

VIELLEICHT sollten wir einen Elefanten auf den Deckel malen, sagte Skarlet. Judith nickte. Und sie sahen beide weiter auf den Sarg, der unberührt in der Mitte des Zimmers stand. Er stand im trüben Licht dieses Neujahrsmorgens, und Skarlet überlegte, ob es ein Jahr des Elefanten gab. Schwein, Ratte, Pferd, Schlange. Aber kein Elefant. Skarlet spürte den Druck hinter ihren Augen, einen Druck, der sich dumpf bis zu den Schläfen zog. Die erwartete Umwandlung des Glühweins in Kopfschmerzen. Folgen, die sie aus früheren Zeiten gewohnt war. Getränke mit den Namen Wilthener Vierfruchtwermut, Pommello, Erlauer Stierblut oder der als »blauer Würger« bekannte Kristallwodka hatten sie durch die gesamte Studienzeit begleitet. Und Skarlet hatte nach dem Fall der Mauer zu Paul gesagt, die wirkliche Überraschung im neuen Leben sei die Erkenntnis, daß man vom Weintrinken nicht zwangsläufig Kopfschmerzen bekommen mußte.

Skarlet scheute sich davor, Judith um eine banale Aspirin zu bitten. Sie versuchte, den Schmerz nicht zu beachten, sich abzulenken mit der Entscheidung, in welcher Farbe sie den Sarg grundieren sollten. Rot schied in einem ehemals kommunistischen Land von vornherein aus, Grün als Farbe der Hoffnung erschien ihr als Ironie, und das Blau in der Dose erinnerte an FDJ-Hemden.

Als Kind hatte sie gedacht, daß Särge zwangsläufig schwarz sein müßten, schwarz und glänzend, so wie die Särge, die sich in der Toreinfahrt zur Sargtischlerei Bunse stapelten. Nach der Schule hatten sie oft in den Höfen der umliegenden Häuser Verstecken gespielt, sich hinter die abgestellten Fahrzeuge der Karosseriewerkstatt, die Brötchenkisten der Konsumbäckerei und zwischen die übereinandergestapelten Särge gezwängt. Und das einzige, wovor sie sich gefürchtet hatten, war der Geselle, der allen Kindern, die er zwischen seinen Särgen greifen konnte, die Ohren langzog. Wenn ihr mir noch einen Kratzer an den Lack macht, bringe ich euch um!

Gelb? sagte Judith.

Ja, gelb! sagte Skarlet und drückte den Deckel der Farbdose mit einer Schere nach oben. Über der Farbe hatte sich eine durchsichtige Flüssigkeit abgesetzt, Skarlet nahm einen Kochlöffelstiel und begann umzurühren. Sie rührte, bis ihr die Kraft ausging. Sie suchte nach einem Flachpinsel. Die Borsten waren nach dem letzten Streichen nicht richtig ausgewaschen worden und hart. Sie stauchte die Borsten auf den Boden, bis sie weich wurden. Brutal, aber wirkungsvoll.

Während ihrer Studienzeit hatte sie alle möglichen Arbeiten angenommen, in Betriebsküchen Geschirr gewaschen, Linsen verpackt und als Garderobenfrau im Theater Mäntel bewacht, eine angenehme Beschäftigung, die allerdings schon nach wenigen Wochen abrupt endete, weil Skarlet während der Vorstellungen der Verlockung nicht widerstehen konnte, sich mit fremden Mänteln und Hüten im Spiegel zu betrachten. Es hatte niemandem geschadet, aber leider hatte sich die Besitzerin eines Kaninchenfellmantels, der nicht einmal einen schönen Schnitt hatte und eher aussah wie ein Dackelfellmantel, entschieden, vorzeitig zu gehen. Danach hatte Skarlet, die seit ihrer Schulzeit handwerkliche Tätigkeiten haßte, für eine Malerfirma gearbeitet. Es waren Arbeiten, die keiner machen wollte: Wände abwaschen, Tapeten abkratzen, Decken streichen. Jede Mark hatte Unabhängigkeit bedeutet. Die Unabhängigkeit, ohne das Geld des Vaters zu leben.

Sie tauchte den Pinsel in die Farbe, nur so tief, daß sich die Borsten vollsaugen konnten. Sie strich die Farbe am Dosenrand ab. Je ordentlicher sie den Pinsel abstrich, um so weniger Farbe tropfte auf den Fußboden und lief ihr beim Streichen über die Finger am Arm entlang.

EINMAL hatte sie in einer Poliklinik Fenster gestrichen, Abend für Abend nach Ende der Sprechstunden. Große, mehrfach unterteilte Jugendstilfenster. Sie mußte die alte Farbe mit Spachtel und Drahtbürste abkratzen, den Kitt ausbessern, die Wetterschenkel, wenn nötig, firnissen, dann die Rahmen vorstreichen, außen zweimal, innen einmal, und lackieren. Fünf Mark in der Stunde zahlte die Poliklinik, und für ein Fenster waren fünf Arbeitsstunden festgelegt. Und Skarlet strich alle einundzwanzig Fenster im Haus und überschritt die vorgegebenen einhundertfünf Stunden. Wochenlang atmete sie Farbgeruch ein, hustete, bekam Halsschmerzen und war in der leeren Poliklinik immer nahe am Asthmaanfall. Sie verfluchte die Arbeit, aber am Ende bekam sie fünfhundertfünfundzwanzig Mark ausgezahlt, eine unglaubliche Summe, die mehrere Monate Stipendium bedeuteten. Und genau diese fünfhundertfünfundzwanzig Mark kostete der Flug von Berlin nach Varna, und es tat ihr nicht leid. Sie wollte einmal in ihrem Leben sofort ankommen und nicht wie sonst tagelang mit der Eisenbahn unterwegs sein, sich nicht wegen doppelt verkaufter Platzkarten streiten und dann vor Erschöpfung, über ihren Rucksack gebeugt, im Gang einschlafen, nie wieder wollte sie die Nächte im Schlafsack auf fremden Bahnhöfen verwarten, jederzeit gewärtig, von der Polizei vertrieben zu werden. Obwohl es das erste Mal war, daß sie flog, empfand sie keinerlei Ehrfurcht. Sie aß und trank alles, was ihr die Stewardeß brachte, und hob nichts auf, nicht die Interflug-Pralinen in der schmalen roten Schachtel, nicht den Weinbrandverschnitt, sie ließ die kleinen Salz- und Pfeffertüten großzügig zurückgehen und klaute nicht wie das Ehepaar vor ihr auch noch ein Besteck. Die Frau das Messer, der Mann die Gabel. Und sie wußte, daß ihr Vater ohnmächtig würde, wenn er von diesem Flug erfuhr.

KENNST du die Geschichte von Pauls erstem Flug? fragte Skarlet. Judith nickte. Der Rundflug?

Sie hoben den Sargdeckel hoch und stellten ihn auf die Plane. Dann kippten sie das Unterteil und versuchten, beim Umdrehen möglichst nicht auf die bereits gestrichenen Stellen zu fassen. Der Sarg hatte vier kleine Beine, die wie angeklebte Bauklötze von dem Sargboden abstanden.

PAULS Mutter hatte bei einem Stadtfest einen Rundflug gewonnen, und Paul war mit einer AN-24 eine Stunde lang über der Stadt gekreist.

Als er am darauffolgenden Montag in den Kindergarten kam, war Paul ein anderer. Nach einer Stunde wußten alle Kinder, daß eine Antonow 24 eine Spannweite von 29,20 m hatte, eine Länge von 23,53 m und 8,32 m hoch war. Und er hatte nur ein bedauerndes Lächeln für Matthias Seibt, der ständig die Reichweite von 2440 km mit der Dienstgipfelhöhe von 8400 m verwechselte.

Tagelang malte Paul selbst in der Spielzeit Flugzeuge, mit Buntstiften, Ölkreide und auch mit den sonst von ihm gehaßten Wasserfarben, und als ihn die strebsame Cornelia Zippel, die sich sogar die maximale Startmasse von 21 000 kg merken konnte, darauf hinwies, daß ihm die Farben ineinanderliefen, sagte Paul nur: Bist du schon einmal geflogen?

SKARLET versuchte, den Pinsel möglichst lang auszustreichen, denn das Holz sog die Farbe sofort auf, und dort, wo sie neu ansetzte, gab es dunklere Stellen. Zuerst strichen sie die Beine, dann die Kanten, dann die großen Flächen, sie knieten auf der Plane, und nur das Schmatzen der Farbe war zu hören und das rhythmische Schleifen des Pinsels über das Holz. Sie gönnten sich keine Pause, und obwohl die Farbe wasserlöslich war, spürte Skarlet bei jedem Schlucken einen Druck im Hals, das Gefühl, keine Luft mehr zu bekommen.

Dann endlich hatten sie es geschafft. Gelb gestrichen, lagen die beiden Sarghälften nebeneinander. Jetzt mußten sie warten, bis die Farbe getrocknet war, bevor sie den Sarg wieder umdrehen und weiterarbeiten konnten. Beim Aufstehen spürte Skarlet den Schmerz in ihrem Kopf, das heftige Hämmern, das jetzt unaufschiebbar nach einer Tablette verlangte. Doch Judith war sich nicht sicher, ob sie überhaupt ein einfaches Schmerzmittel im Haus hatte. Morphium ja, aber Aspirin?

Sie trat hinter Judith in Pauls Zimmer. Die Decke auf dem Bett war zurückgeschlagen, und auf dem Kopfkissen lag der blaue Schlafanzug. Es schien, als wäre Paul soeben aufgestanden, ins Bad gegangen oder in die Küche, um Teewasser aufzusetzen. Er hätte jeden Moment wieder zur Tür hereinkommen können, wären da nicht die Hausschuhe gewesen, hellbraune Cordhausschuhe mit heruntergetretenen Hacken. Sie standen ordentlich neben dem Bett, so, wie Paul sie zum letztenmal ausgezogen hatte.

Skarlet konnte nicht aufhören, die Hausschuhe anzusehen. Tante Edeltraut hätte nie geduldet, daß jemand die Hacken seiner Hausschuhe heruntertrat. Wer beim Schuheausziehen die Schnürsenkel nicht aufband, wurde bestraft. Skarlet sah auf die Haus-schuhe und auf die Waschschüssel daneben, auf den hellgrünen Lappen, der über den Rand hing und an dessen Spitze sich ein kleiner See gebildet hatte. Ein Wasserarm zog sich an der Parkettfuge entlang und griff mit dünnen Fingern nach den Schuhen. Skar-let hätte sie retten können, aber dazu hätte sie den Lappen hochnehmen und auswringen müssen, und schon der Gedanke daran ließ sie erstarren. Es schien ihr unmöglich, irgend etwas in diesem Zimmer zu berühren. Sie fürchtete sich davor, so wie sie sich vor Monaten gefürchtet hatte, dieses Zimmer überhaupt zu betreten.

WOCHENLANG hatte sie Paul nicht gesehen, Wochen, in denen er im Krankenhaus gelegen hatte, allein in einem abgedunkelten Zimmer, und niemand außer Judith ihn besuchen sollte. Und dann, als er seine selbstgewählte Einsamkeit aufheben wollte, hatte Skarlet den Besuch immer weiter hinausgezögert. Sie konnte sich Paul nicht krank in einem Bett vorstellen. Der Gedanke, ihn hilflos zu sehen, war ihr unangenehm. Sie dachte, daß es ihm peinlich sein müßte, und sie wußte nicht, wie sie beide diese Peinlichkeit überstehen würden. Sie hatte viel über die Veränderungen nach einer Chemotherapie gehört und gelesen und versucht, sich Paul ohne Haare vorzustellen und ohne Bart. Und sie hatte sich vorgenommen, nicht zu erschrecken. Sie wollte einfach in das Zimmer hineingehen, tun, als wäre sie erst gestern dagewesen und rein zufällig noch einmal vorbeigekommen.

Und dann stand sie vor dieser Tür und mußte sich zwingen anzuklopfen. Sie war erleichtert, als sie Pauls Stimme erkannte. Und sie trat ein, und sie erschrak nicht. Sie konnte nicht erschrecken, denn es war nicht Paul, der in dem Bett lag, es war ein Außerirdischer, ein Außerirdischer mit grünschimmerndem Gesicht, mit einer Haut aus Papier, die sich über den Wangenknochen spannte. Der Außerirdische hatte keine Haare, keinen Bart, nicht einmal Augenbrauen, und dort, wo ein Mund sein sollte, war ein schmaler weißer Strich.

Setz dich, sagte die Stimme von Paul.

Skarlet nahm einen Stuhl und setzte sich neben das Bett. Sie sah nicht weg, sie sah den Außerirdischen an, und der Außerirdische sah auch nicht weg und sagte: Ja, so ist das nun.

Sie dachte, daß sie Paul seit der Kindergartenzeit nie wieder im Schlafanzug gesehen hatte.

Kannst du dich noch an deinen Sandmannschlafanzug erinnern? fragte Skarlet.

Oje, sagte Paul, der mit Herrn Fuchs und Frau Elster und den häßlichen Knöpfen.

Durchgehend! sagte Skarlet, denn der Schlafanzug war ein Strampelanzug, zwar ohne Füße, aber eindeutig ein Strampelanzug. Ein Geschenk von Pauls Tante, vorbeugend gegen Blasenentzündung, wo der Junge doch immer so empfindlich war. Und Skarlet, die sah, wie sehr sich Paul in diesem Schlafanzug schämte, wollte ihn erlösen und schlug vor, mit der Bastelschere Löcher in den Stoff zu schneiden. Aber Paul lehnte ab, er wollte weiter leiden und an jedem Montag als Märtyrer den frischgewaschenen Schlafanzug wieder mit in den Kindergarten bringen. Er wurde nur von Matthias Seibt übertroffen, der eine Zeitlang in dem rosageblümten Nachthemd seiner großen Schwester in den Mittagsschlaf geschickt wurde.

Bei der Erinnerung daran wippte Paul mit dem Oberkörper und schlug vor Lachen mit den Händen auf die Bettdecke. Es war eine typische Bewegung, und auch sein Lachen war das gleiche geblieben.

Sie konnte die Augen schließen und sich vorstellen, alles wäre wie früher. Sie schwelgten in Erinnerungen, tranken Tee, und es war viel leichter, als sie und wahrscheinlich auch Paul es sich gedacht hatten. Im Angesicht der Krankheit verschwand die Krankheit. Der Schrecken kehrte erst in dem Augenblick zurück, in dem Skarlet die Zimmertür hinter sich schloß.

Über den Himmel vor dem Fenster zog ein Schwarm Vögel, ukrainische Saatkrähen, die wie an jedem Win tertag zur Futtersuche in die Stadt einfielen. Das Vogelhaus vor dem Fenster war leer. Skarlet hatte es im Herbst für Lukas mitgebracht, und dann hatte der Tierhasser Paul es auf sein Fensterbrett gestellt und von seinem Bett aus die Meisen beobachtet.

Das Bett stand in der Mitte des Zimmers, Judith hatte es so gerückt, daß Paul aus dem Fenster sehen konnte. Am Anfang, als er noch die Treppen steigen konnte, hatte sie ihm einen Liegestuhl auf die Terrasse gestellt, aber Paul wollte weder in der Sonne sitzen noch im Rollstuhl durch den Park gefahren werden. Er wollte in seinem Bett liegen, allein sein und auf die Tropfen sehen, die im monotonen Rhythmus aus der Flasche mit der Glukoselösung in seinen Arm flossen. Und es war schon ein Zugeständnis gewesen, daß Judith am Morgen die Vorhänge zurückziehen durfte.

Judith schob den Tropf beiseite, der vor dem Schrank mit den Medikamenten stand. Der halbleere Beutel schlug gegen die Metallstange. Skarlet hätte nie gedacht, daß es so mühsam war, einen Körper mit den notwendigen Kalorien zu versorgen. Tropfen für Tropfen. Drei Stunden für siebenhundert Kalorien, ein normales Mittagessen, das oft in weniger als zehn Minuten gegessen war.

Paul hatte sich immer über Diäten lustig gemacht, über die Kalorientabellen, die in der Mensa kursierten, über die Aufrechnung von Gemüse gegen Fleisch, über verschmähte Kartoffeln und den Kult mit den Brotscheiben, die nur gegessen werden durften, wenn sie weniger als drei Millimeter dick waren. Er hatte gelacht und gesagt, daß nach dem Krieg die Menschen von dem vielen trockenen Brot besonders dick geworden wären. Er aß, worauf er Appetit hatte.

Skarlet dagegen führte einen permanenten Krieg gegen zu dick aufs Brot gestrichene Butter, gegen fette Wurstränder, Harzer Käse, Speck, Blutwurst, gegen das nur aus großporiger Haut bestehende Geflügelklein in der Nudelsuppe. Der Satz: Nun iß wenigstens das Fleisch! verfolgte sie durch ihre ganze Kindheit, und für Tante Edeltraut, die Wächterin über verschwendete Lebensmittel, war klar: Nur für Kinder, die ihren Teller leer aßen, würde am nächsten Tag die Sonne scheinen.

In dem Schrankfach stapelten sich Schalen aus grauer dickwandiger Pappe, die an Eierverpackungen erinnerte. Neben den Brechschalen lagen die Medikamente. Morphiumampullen, Schlafmittel, Schmerzzäpfchen, Antibiotika. Griffbereit und ordentlich sortiert. Und hinter einem Paket Zellstoff fand Judith endlich eine Schachtel Aspirin.

Der Sarg faßte sich noch immer feucht an. Eine Zeitlang saßen sie nebeneinander auf dem Sofa und starrten auf die gelben Hälften, die wie breitgelaufene Sandburgen auf der Plane lagen. Und Skarlet dachte, daß Judith jetzt eine Witwe war, eine Witwe wie Tante Edeltraut, die am Ringfinger ihrer rechten Hand zwei Eheringe übereinander trug. Tante Edeltraut, die wie so viele andere auch prophezeit hatte, daß Skarlet und Paul einmal heiraten würden. Es gab keine Freundschaft zwischen Mann und Frau. Warum war diese Gesetzmäßigkeit bei Paul und ihr außer Kraft gesetzt?

Wir müssen uns beeilen, sagte Judith. In zwei Stunden bringt meine Schwester Lukas zurück. Sie ging ins Bad und kam mit einem Fön zurück. Abwechselnd fönten sie den Sarg, bis er so trocken war, daß sie ihn umdrehen konnten. Die Farbe war trotz aller Vorsicht unter dem Rand hindurch nach innen gelaufen, und das trockene Holz hatte die Feuchtigkeit aufgesogen. Es wirkte wie eine nicht beendete Bastelarbeit, und Skarlet sah ihren Werklehrer Herrn Nottelmann auf den Sarg gucken und traurig mit dem Kopf schütteln. Bucklitzsch wie immer fünf.

Normalerweise werden Särge mit Stoff ausgeschlagen, sagte Judith.

Bist du sicher?

Wir könnten den Bestatter anrufen.

Der ißt jetzt seinen Karpfen.

Es war Neujahr, mittags um eins, und wie bei allen ordentlichen Familien in dieser Stadt würde es Petersilienkartoffeln geben, braune Butter und Karpfen blau.

Schon der Gedanke an den Geruch ließ Ekel in Skarlet aufkommen. Am scheußlichsten schmeckte die Haut, wabbelig mit einer dicklichen Fettschicht auf der Innenseite. Es wird alles mitgegessen! Nie würde Skarlet das Geräusch vergessen, mit dem der Vater den Karpfenkopf aussaugte: die Kiemen, das Gehirn und zuletzt die Augen.

SIE konnten Paul nicht zumuten, auf das bekleckerte Holz zu gucken. Der ordentliche Paul, bei dem in der Schule nie die Frühstücksbrote zwischen den Seiten der Lehrbücher klebten und bei dem die Federmappe

93

auch nach einem Jahr so aussah, als hätte er sie soeben im Schreibwarenladen gekauft, würde sich wahrscheinlich im Sarg auf den Bauch drehen, um sich diesen schrecklichen Anblick zu ersparen. Und war nicht die Innenseite im Deckel das wichtigste, die Bilder, die sie Paul mit in die Dunkelheit gaben? Zu den ersten Dingen, die ein Säugling sah, gehörte der Himmel, der sich über seinen Stubenwagen spannte.

Sie grundierten und fönten. Skarlet sah, wie Judiths Bewegungen immer langsamer wurden. Sie schafft es nicht, hatte Judiths Mutter noch vor wenigen Tagen am Telefon zu Skarlet gesagt, ich habe Angst um mein Kind. Doch, sie schafft es, hatte Skarlet geantwortet und die Momente verschwiegen, in denen sie selbst daran gezweifelt hatte. Die Momente, in denen Judith im Sitzen auf einem Stuhl eingeschlafen war, die kurzen Augenblicke der Entspannung, in denen Skarlet mit Lukas auf dem Fußboden saß und mit den Bausteinen spielte und sich dabei mit Paul die alten Geschichten von Tante Edeltraut erzählte. Weißt du noch? Weißt du noch, wie sich Matthias Seibt die Zunge mit Seife waschen mußte, weil er Scheiße gesagt hatte, und das Stück so klein gewesen war, daß er es versehentlich verschluckte, und sie beide danach sicher waren, daß er jetzt beim Sprechen Seifenblasen machen würde? Und noch während sie lachten, war Judith in panischer Angst hochgeschreckt und hatte sich für ihre Müdigkeit entschuldigt.

Skarlet bewunderte Judith, die Selbstverständlichkeit, mit der sie Paul aus dem Krankenhaus nach Hause geholt hatte und ihn pflegte. Es war keine zur

Schau gestellte Opferbereitschaft, kein Jammern. Judith war einfach da, wenn Paul sie brauchte, und sie wechselte Infusionsbeutel, achtete auf die Einnahme der Medikamente, half Paul, durch die Wohnung zu laufen, und fuhr ihn im Rollstuhl, wenn es nötig war. Sie brachte ihn zur Chemotherapie und holte ihn nach der Tortur wieder ab. Sie hoffte mit Paul vor den Arztgesprächen, und sie ertrug Pauls tagelanges Schweigen danach.

Manchmal saßen Judith und Skarlet, nachdem sie Paul besucht hatte, in der Küche und versuchten, sich gegenseitig Mut zu machen, und Skarlet erzählte Judith von Paul, dem Kindergartenkind, Paul, dem Schulkind, Paul, dem Studenten. Und Skarlet war selbst verwundert darüber, wie viele Erinnerungen sie mit Paul verbanden. Schon Tante Edeltraut hatte sie »Die Zwillinge« genannt. Na, haben die Zwillinge wieder einmal keine Lust zum Rundgesang? Die Zwillinge bummelten beim Essen, zeigten beim Wettrennen keinen Ehrgeiz und versagten bei allen Bastelarbeiten. War Tante Edeltraut noch darauf bedacht, sie während dieser Beschäftigungsstunden an getrennte Tische zu setzen, damit sie sich nicht gegenseitig helfen konnten, machte sich in der Schule niemand die Mühe, Paul und Skarlet zu trennen. Acht Schuljahre lang saßen sie in der vierten Bank der Fensterreihe, schwatzten während des Unterrichts, schrieben voneinander ab und spielten U-Boot-Versenken oder Galgenraten, wenn sie der Schulstoff langweilte. Trotzdem hatte es immer Dinge gegeben, die sie trennten. Skarlet gründete mit Freundinnen eine Bande, mit der sie für die Gleichberechtigung von

Mädchen kämpfen wollte. Wobei der Kampf darin bestand, schwächeren Jungen aufzulauern und sie so lange zu provozieren, bis es zu einer Schlägerei kam, die sie natürlich gewannen. Sie spielte Handball, wurde der erste weibliche Diskjockey der Schule, gründete eine Band, in der niemand ein Instrument spielen konnte, und interessierte sich nach dem Fall der Mauer für asiatische Kampfsportarten.

Paul dagegen war still, er war nie, so wie Skarlet, von vielen Freunden umgeben. Je älter er wurde, um so mehr entzog er sich allem. Er las viel, saß als Student oft wochenlang im Lesesaal der Bibliothek, und der Schreibtisch in seiner Wohnung lag immer voller Papierstapel. Paul war Skarlets Berater. Er versuchte, sie davon abzuhalten, sich, nur weil sie zu Hause ausziehen wollte, freiwillig für einen Einsatz an der sibirischen Erdgastrasse zu melden, er brachte sie dazu, ihr Abitur an der Abendschule nachzuholen, und er prophezeite ihr auch, daß sie sich nach wenigen Jahren Ehe langweilen würde.

Du hast doch nur Angst, selbst zu heiraten, hatte Skarlet gesagt.

Es war selbstverständlich, daß sie sich gegenseitig ihre jeweiligen Freunde vorstellten, und es war, als brauchte jeder den Segen des anderen.

KANNST du den Deckel auch außen bemalen? fragte Judith.

Skarlet nickte.

Sie hatte noch nie gern gemalt, weder im Kindergarten noch in der Schule. Sie fürchtete sich vor jeder Art Bastelarbeit und litt mit der gleichen Heftigkeit, mit der Paul bei seinen Zoobesuchen gelitten hatte, unter Tante Edeltrauts Bastelstunden. Und es war ein ständiges Leid: Wir basteln für die Mutti, den Vati, die Patenbrigade, wir basteln die Kranken im nahe gelegenen Krankenhaus gesund und die Genossen der Volksarmee kampfbereit. Wir basteln für den Frieden, zum Frauentag, zum Tag des Chemiearbeiters, für Weihnachten, für Ostern. Nie gelang es ihr, die Punkte im gleichen Abstand auf ein ausgeblasenes Ei zu tupfen, ganz abgesehen davon, daß sie das Ei entweder aus Angst, es zu zerdrücken, zu locker in der Hand hielt und fallen ließ, oder aus Angst, es fallen zu lassen, zu fest hielt und zerdrückte. Ein Sarg war wenigstens nicht zerbrechlich. Aber es verbot sich jedes beliebige Muster. Mit Punkten würde er aussehen wie ein Osterei, mit Streifen wie eine Tigerente. Skarlet entschied sich für Mäander. Paul hatte immer Mäander gemalt, auf seine Hefte, auf die Schulbänke und zuletzt an die Wände des Kinderzimmers. Mäander hatten etwas Philosophisches, ein verworrener Pfad in die Unendlichkeit, einen Schritt vor und zwei zurück.

Sie nahm einen dünnen Pinsel und begann. Doch so sehr sie sich auch bemühte, die Mäander sahen aus wie Nasen. Nasen, die auf zu kurzen Beinen an der Sargkante entlangliefen, etwas nach vorn gebeugt, als wären sie auf der Flucht. Und hinter ihr stand in seinem blauen Kittel Herr Nottelmann und sagte: Lockerlassen! Denn der Bastelwahn fand in der Schule seine Fortsetzung. Es war eine verschärfte Variante, die hieß Werkunterricht. Wir flechten uns einen Papierkorb, stanzen eine Kohlenschaufel und sägen für unsere Mutti ein Schmuckkästchen zum Geburtstag. Und während die anderen Schüler bereits beim Bemalen waren, sägte Skarlet noch unter dem Einsatz ihres ganzen Körpers an der Bodenplatte. Als sie dabei ihre Hand traf und das Blut auf die Späne tropfte, fiel Matthias Seibt, der ihr auch in der Schulzeit erhalten geblieben war, in Ohnmacht, direkt mit dem Hinterkopf gegen einen Schraubstock.

Trotz aller Anstrengung gelang es ihr nicht, die Mäander in gleicher Größe zu malen, die Nasen wurden immer kleiner. Es war wie mit dem Topflappenhäkeln. Skarlet war die Erfinderin des spitzen Topflappens. Nie erreichte sie die Maschenanzahl der vorhergehenden Reihe, und der Topflappen wurde nach oben immer schmaler. Paul ging der Sache von Anfang an aus dem Weg, in dem er nur Luftmaschen häkelte. Eine mehrere Meter lange Schlange, die, wenn sie jemals zu einem Topflappen geworden wäre, wahrscheinlich ein ganzes Fußballfeld bedeckt hätte. Auch das Häkeln war staatlich verordnet, denn der Werkunterricht wurde noch von einem anderen Unterrichtsfach übertroffen: der Handarbeit. Wir häkeln unserer Mutti einen Topflappen, nähen ihr einen Einkaufsbeutel aus buntem Dederonstoff und knüpfen ihr einen Wandbehang aus Wollresten. Und in einer klassenlosen und geschlechtslosen Gesellschaft nähten, strickten und häkelten selbstverständlich auch die Jungen.

Skarlet hatte Basteln immer für ein Wesensmerkmal des Sozialismus gehalten. Eine aus Mangel und Materialknappheit entstandene abstruse Verhaltensform, die das Land zu einem Provisorium gemacht hatte. Aber zu Skarlets großer Überraschung war der Bastelwahn gesamtdeutsch, Deutschland einig Bastelland. In einer Gesellschaft, die auf Perfektion bedacht war, galt es als heldenhaft, seine Freizeit mit dem Zusammenbau fünfundachtzigteiliger Lamellenschränke zu verbringen und, statt einen Handwerker zu bestellen, alle Elektroleitungen selbst zu verlegen und fortan beim Berühren jedes Lichtschalters mit der Gefahr zu leben, daß ein Pol verwechselt worden war. Aber ein deutscher Mann nahm auch einen Herzstillstand in Kauf.

HERR Nottelmann würde in die Hände klatschen, wenn er Skarlet jetzt sehen könnte. Na endlich!

Und Paul? Paul würde lachen und sich dabei auf die Oberschenkel schlagen. Paul konnte weder malen, singen noch Knöpfe annähen, aber er konnte es mit einer solchen Selbstverständlichkeit nicht, daß ihm die Lehrer für das Beharren auf seinem Nichtkönnen gute Noten gaben. Originell, hatte die Handarbeitslehrerin zu Pauls Luftmaschenschlange gesagt und ihm eine Zwei plus ins Klassenbuch geschrieben.

Ob es Paul nach alldem für möglich gehalten hätte, daß Skarlet seinen Sarg bemalte? Alles hatte er für seine Beerdigung festgelegt, die Gästeliste, er hatte Skarlet um eine Rede gebeten, die Musik bestimmt und diesen Wunsch noch am Tag seines Todes geändert. Und nur eines blieb überraschend unbestimmt: Ob er in einem Sarg oder in einer Urne beerdigt werden wollte. Warum war ihm das egal gewesen?

Anfangs hatte sie gedacht, sie könnte einen Elefanten auf den Deckel malen. Aber abgesehen davon, daß sie überhaupt keinen Elefanten malen konnte, war ein Elefant ungünstig. Er würde die ganze Breite einnehmen, und um so deutlicher würde die leere Fläche darunter und darüber sichtbar werden. Auch zweifelte sie daran, daß ein Elefant das ideale Motiv für eine Beerdigung war. Dann schon eher ein Engel. Ein Engel wäre angemessen, und was von besonderem Vorteil war, sie konnte ihn lang über den gesamten Deckel malen. Vorausgesetzt, sie konnte einen Engel malen. Sie hatten es nicht gelernt, weder bei Tante Edeltraut noch bei Herrn Nottelmann. Unerwartete Fragen tauchten auf: Waren bei einem Engel die Füße zu sehen? Oder reichte das Engelsgewand bis zum Boden? Was machte ein Engel beim Fliegen mit seinen Armen? Breitete er sie zusammen mit den Flügeln aus, oder hielt er sie ausgestreckt?

Skarlet nahm ein Blatt Papier und übte. Engel stehend, Engel schwebend, Engel seitlich, fliegend. Flugzeuge mit Kopf, Raben ohne Schnäbel, Hexen ohne Besen. Jeanne d'Arc mit erstarrten Flügeln über ihrem Scheiterhaufen, bereit zum Absturz. Wenn sie die Flügel breiter malte, wurden es Schmetterlinge.

Ich weiß nicht, sagte Judith. Vielleicht hätten wir doch einen Sarg aus dem Katalog nehmen sollen.

Paul hatte Dilettanten gehaßt: Kellner, die Bestellungen verwechselten, Taxifahrer, die sich verfuhren, Schaffner, die keine Auskunft geben konnten. Wie alle DDR-Bürger war auch Paul ein Meister der Improvisation gewesen, aber Menschen, die auch viele Jahre nach dem Fall der Mauer ihre Irgendwie-wird-esschon-werden-Mentalität noch nicht abgelegt hatten, brachten ihn aus der Fassung. Und als er in seinem

Hausflur mit ansehen mußte, wie sich ein lettischer Bauarbeiter mit einem Taschenmesser durch eine Rigipsplatte quälte, wäre er beinahe zum Mörder geworden.

Und jetzt wollten sie Paul in einem Sarg beerdigen, der aussah wie eine verunglückte Weihnachtsbastelei?

Judith brachte das Branchenbuch. Maler und Tapezierbetriebe, Innungsfachbetriebe, Dekorationsmaler, Kunstmaler. Erstaunlicherweise standen unter der Rubrik Kunstmaler, einem Begriff, den Skarlet mit Folklore verband, alle Professoren der Kunsthochschule. Hehre Künstler, die früher Jeanne d'Arc über einem Scheiterhaufen gemalt hatten, nie engelsgleich, sondern immer mit einem roten Banner in der Hand.

Jonas, rief Judith. Jonas! Die Rettung hieß Jonas B. Schimschak. Ein alter Freund, der hin und wieder mit Paul Schach gespielt hatte, ein junger Wilder, dem seine skurrilen Bilder und die Wirren des Umbruchs Ausstellungen in New York und vielen großen Städten Europas beschert hatten. Sehr zum Leidwesen aller Jeanne d'Arc-Maler, die darüber beleidigt waren und sich verkannt fühlten.

Skarlet hörte, wie Judith mit Jonas telefonierte. Natürlich würde er es für Paul tun, und sie könnten den Sarg sofort in sein Atelier bringen.

Jeder eine Hälfte, sagte Judith.

Vorsichtig, ohne anzustoßen, trugen sie die beiden Teile aus der Wohnung. Im Fahrstuhl mußten sie den Sarg hochkant stellen. Skarlet hielt den Deckel mit beiden Händen fest und ging etwas in die Knie, um das

Rucken auszugleichen. Sie sah auf das gelbe Holz. Der Deckel reichte eine Handbreit über ihren Kopf und war kaum so breit wie ihre Schultern. Sie konnte sich nicht vorstellen, daß Paul genügend Platz in diesem Sarg haben würde. Bequem war es jedenfalls nicht.

Judiths Auto stand direkt vor der Tür. Sie lehnten die Sarghälften an die Hauswand und begannen, den Kofferraum auszuräumen und die Rückbank nach vorn zu klappen. Einige Passanten blieben stehen, und ein Dackel beschnupperte das frisch gestrichene Holz. Skarlet schrie auf, als er ein Bein heben wollte. Nun haben Sie sich nicht so, sagte der Hundebesitzer, der tut doch nichts.

Nach dem ersten Versuch, den Sarg in das Auto zu schieben, wurde klar, daß sie auch den Beifahrersitz umklappen mußten. Sie stellten den Sarg zurück auf den Gehweg, und von der anderen Straßenseite zeigte ein Junge herüber und rief: Guck mal, Mama, ein Sarg! Und die Mutter sagte: Sei still, das ist nur Spaß.

Skarlet verdrängte den Gedanken, daß der Sarg nicht in das Auto passen könnte und sie mit offener Kofferraumklappe durch die Stadt fahren müßten. Aber auch ein erneuter Versuch brachte keinen Erfolg. Judith zog durch die geöffnete Beifahrertür an dem Sarg, und Skarlet stemmte sich mit aller Kraft dagegen, aber der Deckel steckte fest und schabte mit einem quietschenden Geräusch am Dichtungsgummi. Der Sarg war mindestens einen Zentimeter zu hoch. Vielleicht würden sie ihn mit Gewalt in das Auto hineindrücken können, aber die Gefahr, daß sie ihn nicht wieder herausbekamen, war groß.

Sie müssen die Hälften ineinanderstellen, sagte ein
junger Mann, der ebenfalls stehengeblieben war, und
half Skarlet beim Ausladen. Sie hoben das Unterteil
in den Deckel und hatten endlich Glück, die Heck-
klappe schloß millimetergenau. Na, dann gesundes
neues Jahr, rief der junge Mann.

Jonas B. Schimschak hatte blutige Hände. Neben
ihm auf dem Küchentisch lag der aufgeschnittene
Karpfen. Es kam Skarlet merkwürdig vor, daß die Familie des Malers am Neujahrstag Karpfen aß. Schon
allein, daß ein Maler, der mit dem Attribut »wild« bedacht war, eine Familie hatte, war überraschend.

Als Studentin hatte sie einmal den Sänger einer
stadtbekannten Punkband auf der Straße getroffen.
Von weitem hatte sie ihn an seinem Irokesenschnitt
und seinem bodenlangen Ledermantel erkannt, und
sie hatte sich gewundert, daß er einen Wäschekorb
unter dem Arm trug. Sie waren gemeinsam ein Stück
gegangen, und dann hatte er sich verabschiedet und
gesagt, daß er sich beeilen müsse, weil er noch zur
Heißmangel wollte. Sie hätte nie gedacht, daß ein
Punksänger, der als Vorbild für jedwede Auflehnung
gegen jedwede Autoritäten galt, seine Bettwäsche bü-
geln ließ.

Der Maler sagte, daß er den Karpfen noch mit
Petersilie und Salbei füllen würde, und griff in den
Karpfenbauch.

Als Kind hatte Skarlet im Fischgeschäft zusehen
müssen, wie die Verkäuferin mit der weißen Haube
und der blutverschmierten Gummischürze den Karpfen aus dem Becken herausfischte, den Kescher nach

oben hielt und die jeweilige Kundin nickte. Das war das Todesurteil, der Beginn seiner öffentlichen Hinrichtung. Die Fischverkäuferin packte den Karpfen, drückte ihn auf den Hackklotz und schlug mit einem großen Holzhammer zu. Ein kurzes Zucken, dann wurde der Karpfen auf die Waage geworfen. Zweitausendvierhundert Gramm? Und die Kundin achtete darauf, daß die Verkäuferin beim Wiegen nicht ihren Daumen auf den zappelnden Karpfen drückte. Soll ich ihn ausnehmen?

Der Maler zog die Eingeweide aus dem Bauch und legte sie auf ein Stück Küchenrolle. Dann spülte er sich das Blut von den Händen.

Am Tag der Diagnose hatte Paul sie angerufen. Skarlet hatte seine Handynummer auf ihrem Display gesehen und sofort gewußt, daß etwas passiert war. Paul telefonierte nur ungern, und wenn er sie anrief, dann abends zu Hause und nie von seinem Handy aus. Und erst zwei Tage zuvor waren sie zusammen essen gewesen. Paul hatte statt Whiskey Kamillentee getrunken, und Skarlet hatte gesagt, dein Gesicht ist schon so gelb wie dein Tee, und wenn du jetzt nicht noch einmal zum Arzt gehst, kündige ich dir die Freundschaft.

Ich wollte es dir selbst sagen, sagte Paul mit seiner traurigen Stimme, die noch trauriger war, ich bin im Krankenhaus, sie haben etwas gefunden, heute nachmittag wird eine Gewebeentnahme gemacht.

Sie schwiegen eine Weile. Was sagt man in einem solchen Moment? Es wird schon nicht so schlimm werden? Ich drücke dir die Daumen? Halt die Ohren steif? Die Gedankenlosigkeit, mit der sie mit Sprache umgingen, war erschreckend. Sie schwiegen beide. Dann sagte Skarlet: Ruf mich an, wenn ich dich besuchen soll! und legte auf.

Da war sie, die große Szene im Film, in der alle anfingen, hysterisch zu weinen, um sich dann unter Tränen um den Hals zu fallen und gegenseitig Beistand zu schwören. Der Beginn eines Dramas, das in den meisten Filmen am Ende ein Irrtum war. Und wenn sie nicht gestorben sind.

Sie haben etwas gefunden. Ein Satz, der in allen seinen Bestandteilen vage war. Wer waren sie? Was war etwas? Hatten sie etwas gefunden, wonach sie gesucht hatten, oder etwas, wonach sie nicht gesucht hatten?

Sie haben etwas gefunden. Ein banaler, austauschbarer Satz. Und doch ein Satz voller Klarheit, ein Satz, der von einer Sekunde zur anderen alles veränderte.

Nun warte erst einmal ab, sagte am Abend eine Freundin, wer weiß, was die Ärzte gesagt haben, du kennst Paul.

Sie kannte ihn, und sie kannte ihn zu lange, um daran zu zweifeln, daß es ernst war. Er hatte nicht gejammert.

Sie erstellte mit ihrem medizinischen Halbwissen die ganze Nacht lang eine Liste in ihrem Kopf: Soll und Haben. Suchte nach Möglichkeiten, den Schrecken zu halbieren. Sie lag im Dunkeln auf dem Teppich. Durch die geöffnete Balkontür konnte sie in den Himmel sehen. Wie oft in der Nacht hörte sie Puccini. *Madame Butterfly*, eine alte Aufnahme aus der Mailänder Scala mit Maria Callas. *Con onor muore.* Es waren die Pausen, diese winzigen, manchmal nur fühlbaren Verzögerungen, die das Herz fast zum Stillstand brachten.

Der Vater hörte nie Musik. Nur am Sonntag zum Mittagessen liefen im Radio *Die lustigen Musikanten* vom Deutschlandfunk. Und wenn sie länger als vorgesehen am Tisch saßen und die darauffolgende Opernsendung mit einer Koloraturarie begann, schrie der Vater: Gebt dieser Frau was zu essen!, stürzte zum Radio und suchte nach einem anderen Sender.

Es hatte Jahre gedauert, bis Skarlet Opernarien hören konnte, ohne daß sie an weichgekochten Speck in Rouladen oder an den sich am Tellerrand absetzenden Hammeltalg denken mußte. Erst die Faszination der Stimme von Maria Callas hatte Skarlet von dieser zwanghaften Erinnerung befreit.

Sie hörte die Musik und heulte. Sie konnte überhaupt nicht mehr aufhören damit. Und sie hatte nur einen Gedanken: Nie würde Lukas seinen Vater kennenlernen können. Nie.

Sie wußte es nach Pauls Anruf, fühlte es, bevor die Ärzte alle Untersuchungen beendet und ihr endgültiges Urteil gefällt hatten.

Aber warum gerade Paul? Warum Paul, der alles anders machen wollte?

Und weshalb wollte sie jetzt in Jonas B. Schimschaks Küche bedauert werden? Skarlet hatte keinen Grund, aus der Küche des Malers zu flüchten. Sie hätte einfach wegsehen können, als er den Karpfen unter das fließende Wasser hielt und ihm das geronnene Blut aus dem Bauch spülte. Oder sich wie Judith zu den anderen an den Tisch setzen können. Niemand würde sie zwingen, etwas zu essen, niemand würde an einer Gräte würgen und niemand das Gehirn aussaugen. Es war eindeutig Selbstmitleid, daß sie jetzt ihre Jakke nahm und nach Hause ging.

5

ERINNERST du dich oft an deinen Vater? hatte Paul
sie gefragt. Und sie hatte mit den Schultern gezuckt
und gesagt: Manchmal. Sie hatte es so beiläufig wie
möglich gesagt und das Thema gewechselt. Es war,
wie wenn sie bei einer Krankenhausaufnahme auf die
Frage »Rauchen Sie?« mit »Gelegentlich« antwortete.

Doch je mehr sich Paul in einen Außerirdischen
verwandelte, um so weniger hatte er diese Antwort
gelten lassen. Was ist deine erste Erinnerung? Was
war das Unverwechselbare an deinem Vater? Es waren
Fragen, denen sie sich nicht mehr entziehen konnte.
Und sie hatte nachgegeben und ihm von den Heften
erzählt. Und dann hatte er so lange gedrängt, bis sie
die Hefte vom Boden geholt hatte.

Sie war sich nicht sicher, ob sie sich dafür schämen
sollte. Dafür, daß es diese Hefte überhaupt gab, und
dafür, daß sie die Hefte jemandem zeigte. Aber ein
Außerirdischer sah die Dinge anders, ein Außerirdischer war eine Ausnahme. Zögernd hatte sie ihm das
erste Heft auf die Bettdecke gelegt, und der Außerirdische hatte darin gelesen, als wären es Botschaften
von einem fremden Stern.

JETZT lagen sie vor ihr auf dem Küchentisch, ein
Stapel linierter Schulhefte in einem schmutzigen, abgegriffenen Packpapiereinband. Noch war dieser

Neujahrstag nicht vorüber, Paul war tot und Skarlet allein mit ihren Erinnerungen.

1.1. Neujahr – gegen 9.00 Uhr aufgestanden.

12.00 Uhr Karpfen blau mit Petersilienkartoffeln und brauner Butter. Spaziergang von 15.00– 16.30 Uhr im Sportforum-Dammkrone (kalter Wind).

Jeden Abend saß Skarlets Vater an seinem Schreibtisch. Es mußte keine Strafe angedroht werden, um zu wissen, daß er dabei nicht gestört werden durfte. Meist schrieb er in linierte Hefte, die allerdings nicht wie Skarlets Schulhefte in lächerlich bunte Plastikhüllen eingeschlagen waren, sondern in vergilbtes braunes Packpapier. In jenes Packpapier, das, auf eine große Rolle gewickelt, oben auf dem Kleiderschrank lag und das einzig und allein für das Einschlagen dieser Hefte verwendet werden durfte und nicht, wie die Mutter immer wieder vorhatte, zum Auslegen der Küchenschrankfächer. Das verblichene Papier gab den Heften etwas Geheimnisvolles. Und während Skarlet auf Zehenspitzen durch das Wohnzimmer schlich, versuchte sie vergeblich zu erkennen, was der Vater gerade schrieb.

26.3. Dampfbad – liegengelassene Brille abgeholt.

29.3. Möhreneintopf mit Fleischeinlage 0,75 M (Nachschlag geholt)

Nach dem Schreiben nahm er den Tintenlöscher, rollte ihn mehrmals über die Seiten, und erst, wenn er ganz sicher war, daß die Schrift nicht mehr abfärbte, schlug er das Heft zu, strich über den Einband und legte es in das linke Schreibtischfach auf den Stapel mit den anderen Heften. Dann verschloß er das Fach und steckte den Schlüssel in seine Jackentasche. Oft hatte Skarlet versucht, die spiegelverkehrte Schrift auf dem Löschpapier zu entschlüsseln, aber es war ihr nie gelungen.

28. 3. Sonntag – Schreibtisch aufgeräumt –
16.00 Uhr Kurzer Spaziergang im Sprühregen.

Die Länge der Sonntagsspaziergänge richtete sich nach dem Wetter. An jedem anderen Tag in der Woche war Skarlet das Wetter egal, nur nicht am Sonntag. Sie hörte, wie der Vater seinen Mantel von der Garderobe nahm, hörte den leeren Kleiderbügel gegen das Holz schlagen, das Vibrieren der Schuhspanner und als letztes das Geräusch, mit dem der Schlüssel in die Manteltasche rutschte. Dann fiel die Tür ins Schloß. Es war, als atmete die Wohnung auf.

Skarlet tat nichts, was sie nicht auch getan hätte, wenn der Vater zu Hause geblieben wäre, aber plötzlich wurden ihre Lieblingslieder im Radio gespielt, das Buch, das sie las, wurde spannender, und selbst die Hausaufgaben verloren ihren Schrecken. In der Zeit, in der ihr Vater spazierenging, machte Skarlet keine Fehler. Doch sobald er zurückkam, wurde die Wohnung zu einem Ort, an dem Skarlet nur zu Gast war. Ein Museum, in dem sie in Filzpantoffeln auf vorgeschriebenen Wegen zwischen den Ausstellungsstücken hindurchschlurfte.

Sie erzählte dem Außerirdischen davon und spürte sofort wieder die Beklemmung, die ihr weder erlaubte, etwas zu berühren noch zu sprechen. Obwohl die Zimmer groß waren, empfand Skarlet Enge. Eine Enge, die ausschloß, daß sie durch die Wohnung rannte oder laut lachte. Sie hatte das Gefühl, daß sie beim Hüpfen mit dem Kopf an die Decke stoßen würde. Und das schlimmste war, sie verzichtete darauf und verhielt sich so, wie es von ihr verlangt wurde.

Als sie klein war, hatte sie den Vater auf seinen Spaziergängen begleiten müssen, doch mit zunehmendem Alter wurde es ihr peinlich, ihren Freunden zu begegnen. Niemand sollte sehen, wie sie an der Hand ihres Vaters durch den Park lief. Und mit zehn Jahren hatte sie endlich den Mut und sich dagegen gewehrt. Sie hatte aufgehört, »seine Tochter« zu sein, sie wollte nicht mehr vorgezeigt werden, keinen Knicks machen müssen beim Gutentagsagen und als nettes Mädchen daneben stehen, wenn sich der Vater unterhielt. Es war die erste Auseinandersetzung mit ihm gewesen, und sie war überraschend als Siegerin daraus hervorgegangen. Allerdings war es nur ein scheinbarer Sieg, denn auch wenn Skarlet die Spaziergänge verweigerte, konnte sie nicht tun, was sie wollte, die Sonntage gehörten der Familie. Skarlet durfte weder allein das Haus verlassen, noch durften Freunde zu ihr kommen, und bei schlechtem Wetter ordnete der Vater gemeinsame Spiele an: Mühle, Dame, Halma. Als er merkte, daß Skarlet häufiger als er gewann, wechselte er zu Würfelspielen und Rommé. Die Ergebnisse trug er in sein Heft ein: Mutti 146 Punkte, Skarlet 57 (2 x Handrommé).

Du hast oft gewonnen, sagte der Außerirdische.

Ach was, sagte Skarlet. Es war ihr peinlich, daß er es sah.

Im Kindergarten hast du dich nie angestrengt.

Und du hast nicht einmal Tante Edeltrauts Spielregeln begriffen.

Das Leben war dazu da, um zu siegen, so jedenfalls sah es Tante Edeltraut. Doch sie beließ es nicht bei dem üblichen Wettrennen oder Wetthüpfen. Für sie war der gesamte Kindergartentag ein Kampf. Sie setzte die Ziele: Wer hat zuerst seinen Teller leer gegessen, seine Schuhe angezogen oder sich die Hände gewaschen? Wer sang das schönste Lied, wer kam zum Fasching mit dem originellsten Kostüm? Festlichkeiten eigneten sich besonders gut für Wettbewerbe.

Paul ignorierte Tante Edeltrauts tägliche Herausforderungen. Nie bemühte er sich, seinen Teller als erster leer zu essen, nie malte er das schönste Bild, und es war ihm egal, ob er nach dem Händewaschen die saubersten Fingernägel hatte. Mit seiner ruhigen, aber bestimmten Art war er unabhängig von jeder Bewertung und mußte weder gelobt noch getadelt werden. Und es gelang ihm, über ein Jahr lang weder im guten noch im schlechten Sinne aufzufallen. Bis zu dem Tag, an dem ihm Tante Edeltrauts Kugelschreiber direkt vor die Füße fiel und es nicht zu vermeiden war, daß er diesen Kugelschreiber aufhob und zurück auf den Schreibtisch legte.

Vielen Dank, Schangbol, sagte Tante Edeltraut gerührt. Dafür bekommst du einen roten Punkt.

Und alle Kinder sahen neidisch auf Paul und wünschten sich, daß sie es gewesen wären, die diesen Kugelschreiber aufgehoben hätten.

An der Wand hinter dem Schreibtisch, neben dem

Ämterdienstplan, auf dem wöchentlich festgelegt wurde, wer den Tisch decken, die Blumen gießen oder beim Austeilen des Bastelmaterials helfen durfte, hing die Punktliste. Eine Leiter, an der Papiermännchen um die Wette nach oben stiegen. Es gab rote und blaue Punkte. Die roten für die guten Taten, ordentliches Aufräumen, Hilfsbereitschaft jeder Art, die blauen für Nicht-Aufessen, Schwatzen beim Mittagsschlaf oder Drängeln beim Treppensteigen. Bedenklich wurde es für diejenigen, die schon am unteren Blattrand hingen, denn dann folgte der gefährliche Abstieg auf Edeltrauts Schreibtisch. Dort gab es für die Papiermännchen drei Stationen: auf der Schreibunterlage, unter der Schreibunterlage und als Endstation die Schublade. Wer dort lag, ging bei der Verteilung von Süßigkeiten leer aus und mußte beim Spazierengehen als letzter laufen.

Komm zu mir, Schangbol, sagte Tante Edeltraut mit unerwarteter Großherzigkeit. Du darfst dein Männchen selbst eine Sprosse nach oben setzen.

Schon allein sein Männchen in die Hand nehmen zu dürfen war eine Auszeichnung. Aber Paul stand vor der Punktliste und rührte sich nicht.

Nun, Schangbol?

Zögernd griff Paul nach einer Figur. Sie hatte einen rotgemalten Pullover und einen blauen Rock an, und jedes Kind in der Gruppe wußte, daß diese Figur Cornelia Zippel gehörte.

Aber Schangbol! Weißt du denn nicht?

Tante Edeltraut begriff, während sie es aussprach: Paul wußte nicht, welches sein Männchen war. Da mühte sie sich Tag für Tag um seine Erziehung, und

dann wußte er nicht einmal die einfachsten Dinge.
Alle Kinder hielten die Luft an und warteten, daß sie
Paul anschreien würde. Aber es blieb ganz still, und
Tante Edeltraut sagte leise: Aber Schangbol, wenn du
nicht weißt, welches dein Männchen ist, dann bist du
ja ein Jahr umsonst in den Kindergarten gegangen!

FÜR den Vater gab es nur eine Spielregel: Sparen.
Täglich führte er einen Kampf gegen die Höhe des
Haushaltsgeldes. Seine Gegner waren die unnötigen
Ausgaben. Nach jedem Einkauf mußte der Kassenzet-
tel vorgelegt werden, und wehe, Skarlet hatte ihn im
Laden vergessen. Noch heute zuckte sie zusammen,
wenn sie an der Kasse jemanden sagen hörte: Kann
ich bitte den Zettel haben? Der Vater sammelte die
Kassenzettel in einer braunen Zigarrenschachtel und
übertrug sie jeden Abend in sein Heft. Zuerst kam das
Datum, dann der Gegenstand und zum Schluß der
Preis. Jeweils am Ende der Seite stand die Gesamt-
summe, die als »Übertrag« auf der nächsten Seite
erschien. Noch nach dreißig Jahren konnte Skarlet
nachlesen, daß der Vater am 10. Oktober 1967 für
50 Pfennige die *Fußballwoche* Nummer 41 gekauft
hatte.

Der Vater ordnete sein Leben nach den Terminen
der Gehaltszahlungen, die jeweils auf dem Einband
standen, 16. 4.–17. 4. 1972, und auch Skarlets Leben
fügte sich in diesen Rhythmus. Sie konnte nachlesen,
wieviel ihre Winterstiefel im Jahr 1969 gekostet hatten und daß sie zum Schulanfang eine Zuckertüte mit
Märchenmotiv für 4,25 M und mit Tüllschleife für
0,85 M bekommen hatte, in der 1 Beutel Kokosflok-

ken mit Schokoladenüberzug 200 g für 1,10 M und 1 Gummiball Durchmesser 20 cm für 2,55 M waren.

Der Gummiball füllte den oberen Teil der Zuckertüte und beanspruchte den Platz von mindestens fünf Beuteln Süßigkeiten. Allerdings zerstörte Skarlet die damit beabsichtigte Kosteneinsparung mit einem gezielten Wurf auf die Stehlampe, die ins Wanken geriet und auf die Kaffeetafel fiel.

AUCH Paul brachte der langersehnte Schulanfang kein Glück. Traurig, an seine Zuckertüte geklammert, wartete er auf den Beginn der Feier, und fast hätte ihn Skarlet nicht erkannt, was weniger an seinem neuen dunkelblauen Popelineanzug als vielmehr an seinem kurzgeschorenen Haar lag. Paul stand mit seiner Sandmann-Zuckertüte vor dem Schulgebäude und sah aus wie ein kleiner, trauriger Hoteldiener.

Paul war immer stolz auf sein langes Haar gewesen, so wie der kleine Berthold aus seinem Lieblingsbuch *Das Schwein beim Friseur*, und wie auch Berthold hatte Paul es hingenommen, wenn er mit einem Mädchen verglichen wurde. Na, Schangbol, möchtest du heute mit den anderen Mädchen in der Puppenecke spielen?

Einmal im Monat durfte ihm seine Mutter mit einer Nagelschere das Haar ein kleines Stück abschneiden, und wie Berthold hätte sich Paul lieber drei Bakkenzähne ziehen lassen, als einmal zum Friseur zu gehen.

Bei einem Kindergartenkind hatte Pauls Mutter das noch hinnehmen können, aber als Schulkind mußte Paul einsehen, daß seine Mutter das lange Haar nicht mehr dulden konnte. Ein Schulkind brauchte einen ordentlichen Haarschnitt. Und in einem allerletzten Aufbäumen hatte er sich gewünscht, zu einem Friseur in der Nähe des Zoos zu gehen. Ein Wunsch, den Pauls Mutter zwar nicht verstand, aber wenigstens in diesem Punkt hatte sie nachgegeben. Doch es war nicht, wie Paul gehofft hatte, ein Friseurladen, in dem die Kinder auf lebenden Tieren saßen und die Männer vor dem Rasieren mit Schlagsahne eingeseift wurden. Der Friseur, der Paul die Haare schnitt, war nicht einmal ein Friseur, sondern eine dickliche Friseuse in einem hellblauen Dederonkittel. Sie mähte mit einer Maschine, die, wenn Skarlet Paul Glauben schenkte, die Größe eines Staubsaugers hatte, in wenigen Minuten alle Haare von Pauls Kopf. Und zum Beweis zeigte er Skarlet eine rote Stelle an seinem linken Ohr, an der die Friseuse ein bißchen danebengemäht hatte. Doch Paul war tapfer geblieben und hatte bis zum Schluß gehofft, daß er, wenn er schon nicht zusammen mit der Friseuse auf einem Schwein durch die Stadt reiten würde, wenigstens wie Berthold nach dem Haareschneiden einen neuen Vater fände.

Aber auch dieses Wunder war ausgeblieben, und Paul stand mit seinem Igelschnitt allein neben seiner Mutter vor dem Schultor.

SKARLET verstand nicht, wieso Paul unbedingt einen Vater haben wollte. Ein Vater war eine Behinderung, die Paul bisher erspart geblieben war. Niemand verbot ihm, selbst an den Sonntagnachmittagen hinzugehen, wohin er wollte, er durfte Roller fahren, Fußball spielen oder im Park auf der Wiese liegen und in den Himmel gucken, solange es ihm gefiel. Skarlet hatte Paul immer um seine Freiheit beneidet.

Nur einmal hatte ein fremder Mann Paul von der Schule abgeholt, ein Mann, den Paul den Mann, der bei uns wohnt, nannte. Doch der Mann, der bei Paul wohnte, war nicht mit einem Vater zu vergleichen. Er kontrollierte keine Schulhefte, numerierte nicht die Seiten, und Paul bekam keine Ermahnung, wenn er eine Zeile frei ließ. Und wenn Paul wollte, konnte er in seinem Kinderzimmer zwei Lampen gleichzeitig brennen lassen. Der Mann, der bei Paul wohnte, hieß mit Nachnamen Frenzel. So jedenfalls stand es auf einem Stück Heftpflaster, das unter dem Namensschild von Pauls Mutter an der Wohnungstür klebte. H Punkt Frenzel. Etwa DER FRENZEL? hatte Matthias Seibt gefragt, und Paul hatte nur leicht mit dem Kopf gewackelt, was sowohl ja als auch nein bedeuten konnte. DER FRENZEL war ein berühmter Stürmer und Kapitän der städtischen Fußballmannschaft. DER FRENZEL hatte im letzten Spiel drei Tore hintereinander geschossen. Einen Hattrick, sagte Paul und war plötzlich zum Fußballexperten aufgestiegen.

Fast jeden Tag, selbst im Winter, spielten die Jungen auf der Parkwiese Fußball, und normalerweise sah Paul ihnen aus sicherer Entfernung zu. Er wußte selbst, daß er zu langsam war, und war es leid, immer nur als Verteidiger mitspielen zu dürfen. Doch nun, so hatte es Matthias Seibt allen erzählt, wohnte DER FRENZEL bei Paul zu Hause, was die Situation schlagartig veränderte. Paul war plötzlich zu einem gefragten Stürmer geworden. Jeder wollte ihn in seiner

Mannschaft haben, und zu Skarlets großer Verwunderung wurde aus dem Sportmuffel Jean-Paul Langanke der Mittelstürmer Paul Frenzel, der versuchte, schneller als die anderen zu rennen und mit seinen wenigen Schüssen das Tor zu treffen. Doch bereits nach einer Woche war klar, daß guter Wille und ein berühmter Name nicht ausreichten, und Paul wurde wieder in die Verteidigung versetzt. Und bald darauf verschwand auch das Heftpflaster an Pauls Wohnungstür, und Paul lebte wieder mit seiner Mutter allein.

ÜBER seinen richtigen Vater sprach Paul nie. Warum wollte er nicht mehr dein Vater sein? Wohin ist er gegangen? Hast du ein Bild von ihm? Skarlets Fragen prallten an Paul ab wie Gummibälle. Nur ein einziges Mal, als Matthias Seibt behauptet hatte, daß Paul nicht zaubern könne, hatte Paul Skarlet von seinem Vater erzählt. Die Geschichte vom großen Heinz Langanke, der auf Reisen gegangen war, um ein berühmter Zirkuskünstler zu werden, und der eines Tages zurückkommen würde, um Paul zu holen. Dann würde es eine Zirkusvorstellung nur für Paul und seine Freunde geben.

Und Skarlet lag abends im Bett und wünschte sich, daß auch ihr Vater davongehen würde, um ein berühmter Künstler zu werden. Aber was sollte er tun in einem Zirkus? Er konnte weder jonglieren, zaubern noch auf einem Seil laufen. Aus Skarlets Vater hätte höchstens ein Wunderrechner werden können.

22.2. 1 Tasse Kaffee Zimmer 905 à 0,50 M
23.2. keinen Kaffee (Kollegin Fels kocht
nicht mehr)

Wenn Skarlets Vater nicht zu Hause in sein Heft schrieb, arbeitete er im Rathaus. Bereich Finanzen, Abteilung Steuern. Zimmer 932. »Herr Bucklitzsch – Hundesteuer«, stand auf dem Schild neben seiner Tür, und darunter handgeschrieben: »Bitte einzeln eintreten.« Der Vater verbrachte seinen Arbeitstag mit dem Ausfüllen von Formularen: Name des Hundehalters, Name des Hundes, Alter des Hundes. Adresse. Rasse. Die wenigsten Hunde waren reinrassig. Meistens trug er Bastard in diese Zeile ein und ließ sich auch nicht, wenn er den Antragsteller kannte, zu Mischling überreden. Bastard war der Fachbegriff, und dabei blieb es. Der Vater ließ jeden spüren, daß er einen Hund für eine unnötige Ausgabe hielt.

27. 11. Spaziergang im Rosental –
2 Hunde ohne Marke (1 Pudel, 1 Bastard)

EINMAL im Jahr ging Skarlet den Vater besuchen, Mitte Dezember, zur betrieblichen Weihnachtsfeier. Dazu wurden die Kinder aller Mitarbeiter eingeladen. Die Raschel-Zwillinge aus der Abteilung Innere Verwaltung, der dicke Bernd Postel von der Vermögenssteuer, Verena Schmitz von der Erbschaft. Sie alle trafen sich zu einer gemeinsamen Feier im Rathaussaal, ließen ein Puppenspiel über sich ergehen, eine Rede des Bürgermeisters und die abschließende Bescherung. Doch in einem Jahr fiel die Feier aus. Es gab keinen Kakao, keine Weihnachtsstolle, keinen bunten Teller mit Apfel, Apfelsine, Nüssen und Pfefferkuchen, und es gab keinen Weihnachtsmann, der mit seinem Sack durch die Reihen ging und Quartettspiele verteilte. Statt dessen sollte es eine Busreise geben in eine ferne Stadt in den Bergen zu einem besonders schönen Weihnachtsmarkt und einem Museum voller Spielzeug. Auf der Einladung stand, daß für alles gesorgt sei, aber die Kinder sich bestimmt über ein kleines Taschengeld freuen würden.

Die Reise begann schon am Morgen, und beim Warten auf den Bus zeigten sich die Kinder gegenseitig ihr Geld, der dicke Bernd Postel prahlte mit einem Zwanzigmarkschein, und Skarlet fürchtete sich davor, von jemandem nach ihrem Taschengeld gefragt zu werden. Doch bevor es dazu kam, geschah das Unfaßbare: Im Beisein aller Kinder und Eltern öffnete der Vater sein Portemonnaie, ein kleines, halbrundes Lederportemonnaie zum Aufklappen, so wie es die Jungen aus Skarlets Klasse besaßen, schüttelte das Kleingeld heraus und zog vor aller Augen einen Zehnmarkschein hervor. Noch nie in ihrem Leben hatte Skarlet so viel Geld besessen. Immer wieder tastete sie während der Fahrt nach dem Schein in ihrer Anoraktasche, hörte auf das leise Knistern und rechnete sich aus, was sie sich davon kaufen könnte: zwanzig kandierte Äpfel, zehn Pfefferkuchenherzen, elf Rostbratwürste.

Den ganzen Tag lang, während der Busfahrt, beim Mittagessen, beim Museumsbesuch, sah sie vor ihren Augen Berge von gebrannten Mandeln, Pfefferminztalern, Karamelbonbons, Gummischlangen. Und als es dann endlich soweit war, lief sie mit ihrem Geld in der Hand von Bude zu Bude, sah zu, wie sich die Raschel-Zwillinge Nußbruch kauften und Verena Schmitz eine doppelte Portion Zuckerwatte. Und Skarlet fragte sich, ob sie ihr Geld wirklich für etwas verschwenden sollte, das nichts weiter war als ein Eßlöffel voll aufgeblasenem Zucker? Wollte sie mit klebrigem Mund und klebrigen Händen über den Weihnachtsmarkt laufen und dafür auch noch Geld ausgeben? Es gab nichts, das ihr gut genug erschien, um gegen den knisternden Schein getauscht zu werden. Sie verzichtete auf Dominosteine und Printen und fand es geradezu eklig, den dicken Bernd Postel eine gefüllte Waffel essen zu sehen.

Nur noch einmal kam sie in Versuchung, als sie die Pyramiden sah, nur wenige Zentimeter hoch, mit winzigen Rehen und Tannenbäumen und das Stück für nur 1,25 M. Immerhin würden Skarlet dann noch 8,75 M bleiben. Aber sagte der Vater nicht immer, wenn der Schein einmal gewechselt ist, dann gibt sich der Rest wie von selbst aus? Würde sie nach diesem Kauf den Dominosteinen, der Zuckerwatte und den Bratwürsten erliegen?

Sie irrte über den Weihnachtsmarkt und war froh, als endlich die Zeit zur Abfahrt gekommen war. Sie saß im Bus und beobachtete, wie sich die anderen Kinder ihre Einkäufe zeigten. Aber wer würde sich schon über ein Paket Original erzgebirgische Räucherkerzen oder eine neue Weihnachtsbaumspitze freuen? Sie faßte in ihre Tasche, wartete auf das vertraute Knistern, vergebens. Sie hatte sich getäuscht, suchte auf der anderen Seite, doch auch diese Tasche war leer. Der Zehnmarkschein war verschwunden, verloren, gestohlen, vielleicht hatte sie ihn zusammen mit dem Taschentuch herausgezogen? Sie wußte es nicht mehr. Sie lehnte den Kopf an die Scheibe, sah in die Lichter des Gegenverkehrs, und als sie kurz vor der Ankunft aus reiner Gewohnheit noch einmal in die Tasche griff, fand sie das Loch im Futter und den nach innen gerutschten Schein. Erschöpft verließ Skarlet den Bus.

Der Vater wartete mit den anderen Eltern an der Haltestelle. Guck mal, was ich dir mitgebracht habe, schrie der dicke Bernd Postel seiner Mutter entgegen und schwenkte seine häßliche Weihnachtsbaumspitze.

Und was hast du dir für das Geld gekauft? fragte der Vater.

Nichts! sagte Skarlet. Mir war das Geld zu schade.

Der Vater lächelte stolz. Und dann streckte er seine Hand aus und sagte: Dann kannst du es mir ja jetzt wiedergeben.

Und? fragte der Außerirdische.

Was und? antwortete Skarlet wütend.

Es gab kein Und. Skarlet hatte dem Vater das Geld zurückgegeben und dabei keine Miene verzogen. Sie hatte gelernt, auch bei Dingen, die ihr wichtig waren, unbeteiligt zu erscheinen. Sie hatte es ihm zurückgegeben wie einen abgefahrenen Straßenbahnfahrschein, den er zur Registrierung in sein Buch klebte. Im Laufe der Jahre perfektionierte sie die Fähigkeit des Sich-nichts-anmerken-Lassens. Es gab einen grundlegenden Unterschied zwischen dem, was sie dachte, und dem, was sie tat. Sie konnte aufmerksam den Erklärungen von Herrn Nottelmann über den Aufbau einer Bohrmaschine folgen und sich dabei vorstellen, wie sie ihm aus Rache für ihre schlechten Noten die Finger im Schraubstock zerquetschte.

Sie mogelte sich mit diesem Das-ist-ja-interessant-Gesicht durch ihr Studium, und während sich andere in den Vorlesungen langweilten, plante sie Urlaube, Umzüge und schrieb in Gedanken Abschiedsbriefe an überflüssige Liebhaber. Sie konnte in einem Vortrag über das Waldsterben sitzen, ein betrübtes Gesicht machen und an Sex denken.

Als Kindergartenkind hatte Skarlet ihre Gefühle nur schwer verbergen können. Tante Edeltraut hatte ihr sofort angesehen, daß sie Angst hatte, sich allein einen Roller aus dem Keller zu holen, und sie hatte bemerkt, wenn es Skarlet gelungen war, eine Käseschnitte unter die Tischplatte zu kleben.

Zu Hause flüchtete sich Skarlet bei Kummer hinter die Übergardine im Wohnzimmer. Zwischen Übergardine und Wand stand der Akkordeonkasten. Braunmeliert, mit einem Koffergriff, bereit, auf eine Reise mitgenommen zu werden. Das Akkordeon gehörte dem Vater, so jedenfalls behauptete es die Mutter. Früher, lange bevor Skarlet geboren wurde, hatte der Vater Akkordeon gespielt. Auf Geburtstagsfeiern, zu Silvester, zum Fasching, er sei ein beliebter Musiker gewesen, und als Beweis galt ein Foto, auf dem der Vater mit seinem Akkordeon auf einer girlandengeschmückten Bühne stand, spielte, sang und dabei lachte. Sooft sich Skarlet das Foto auch ansah, es gab keinen Zweifel, es war der Vater. Aber vielleicht hatte er nur gelacht und sich hinter seinem Lachen schon vorgestellt, wie er später die Haushaltsausgaben in linierte Hefte eintragen würde.

Auf dem Akkordeonkasten hinter der Übergardine konnte Skarlet traurig sein, ohne daß es jemand merkte. Hier besprach sie mit ihrer Lieblingspuppe alle Ungerechtigkeiten. Es machte sie wütend, für etwas beschuldigt zu werden, das sie nicht getan hatte. Sie hatte gesehen, wie der Vater den Blumentopf umgeworfen hatte. Aber natürlich konnte er es nicht gewesen sein, weil ein Vater niemals einen Blumentopf umwarf. Skarlet hatte wieder einmal gelogen, um ihre Tat zu vertuschen. Es nützte nichts, daß sie sich dagegen wehrte, sie war der Streithammel, der bestraft werden mußte. Der Vater hatte immer recht. Dafür sorgte die Mutter. Der Vater kam nie zu spät, der Vater vergaß nie etwas, und der Vater log nie, auch wenn Skarlet das Gegenteil beweisen konnte.

Skarlet weinte stumm auf den weichen Körper ihrer Puppe, der unter der gehäkelten Jacke schon ganz fleckig war. Glücklicherweise waren wenigstens die Arme, die Beine und der Kopf aus Kunststoff. Die Puppe sah Skarlet mit ihren blauen Glasaugen an, was Skarlet als Zustimmung nahm. Sie holte ein Schokoladenplätzchen aus ihrer Hosentasche, zerbrach es und drückte es Stück für Stück in den halboffenen Mund der Puppe. Skarlet teilte alles mit ihr, ihren Kummer und ihre Schokolade. Im Laufe der Zeit wurde die Puppe immer schwerer, und Skarlet mußte ihr beim Tragen den Kopf stützen wie bei einem Säugling. Doch eines Tages konnte der Körper, dessen Füllung mit der Zeit klumpig geworden war, selbst mit Skarlets Hilfe den Kopf nicht mehr halten. Er löste sich aus dem Stoff, fiel zu Boden, rollte über den Teppich und zog eine Spur stumpfe, grünschimmernde Schokolade hinter sich her.

Was hatte sie sich nur dabei gedacht! Die schöne

Puppe war kaputt, und dann diese ganze Schweinerei! Und Skarlet holte wie befohlen Schaufel und Besen aus der Küche und kehrte die verschimmelte Schokolade zusammen.

Von diesem Tag an weinte Skarlet nicht mehr. Ihre neuen Verbündeten wurden die Bücher, fremde Welten, in die sie sich flüchten konnte. Sie trieb als Huckleberry Finn auf einem Floß den Mississippi stromabwärts, rettete Onkel Tom und kämpfte gegen die Vertreibung der Indianer. In allen ihren Träumen war sie eine Heldin.

Doch die eigentliche Rettung war die Musik. Stundenlang saß Skarlet vor dem Radioapparat im Wohnzimmer und wartete auf ihr Lieblingslied. Sie beobachtete das magische Auge, einen grünen, sich verändernden Punkt, der wie ein Herz im Rhythmus der Musik schlug. Die Radioskala versprach eine Reise um die Welt. Eine Welt mit den geheimnisvollen Namen Hilversum, Warszawa, Monte Carlo. Namen, die sich wie Treppenstufen über die erleuchtete Scheibe zogen. Strasbourg II, Milano, Napoli I, Städte, die in Skarlets Erdkundeunterricht nicht vorkamen. Und wenn sie den roten Zeiger über die Skala wandern ließ, hatte Skarlet das Gefühl, etwas aufregend Verbotenes zu tun. Je nach Wetterlage und Empfang trieb sie auf den fröhlichen Wellen von Radio Luxemburg oder paddelte durch das Rauschen der Europawelle Saar. Sie wickelte Stanniolpapier um das Antennenkabel, verharrte oft minutenlang in einer Pose, um den Empfang zu verbessern. Sie kannte alle Sprecher: Oliver, Frank, Sabine, Helga, und alle Plazierungen der Hitparaden. Doch die Freude war begrenzt. Sobald der Vater nach Hause kam, bestimmte er, welcher Sender gehört wurde: *Das Echo des Tages*, die Berichte vom Deutschlandfunk. Nach dem letzten Ton des Zeitzeichens war es genau 20 Uhr. Skarlet litt, wenn der Vater die Kommentare hörte, während auf einem anderen Sender die Hitparade begann.

SKARLET träumte von einem eigenen Radio, einem Kofferradio, das sie überall mit sich herumtragen und nachts mit in ihr Bett nehmen konnte. Doch sie mußte Geduld haben, denn es gab nur eine einzige Möglichkeit, sich diesen Traum zu erfüllen.

2. 4. Jugendweihe Skarlet
Mit der Straßenbahn nach
Musikalischer Komödie gefahren.
Hilde, Franz, Steffi, Waltraud, Mutti,

Vati – 6 Fahrten-Sammelkarte	1,– M
Garderobe in Musikalischer Komödie	1,50 M
Straßenbahn zum Ratskeller: Hilde,	
Franz, Heinz, Steffi, Waltraud, Mutti,	
Vati, Skarlet – 8 Fahrten	1,40 M
Ratskeller 8 Gedecke (Heinz-Peter	
war hinzugekommen) à 10,30 M	82,40 M
2 Flaschen Lindenblättrigen	
à 11,– M	22,– M
Rundung als Trinkgeld	5,60 M
Gesamt	110,– M
Heimfahrt: Steffi, Franz,	
Waltraud, Heinz-Peter, Skarlet,	
Vati – 6 Fahrten-Sammelkarte	1,– M

(Mutti und Hilde waren schon
vorausgegangen, um letzte Handgriffe
an die Kaffeetafel anzulegen.)

Es war ein verregneter Sonntag gewesen, an dem ihr
der Eintritt in die Erwachsenenwelt verkündet werden sollte. Sie fror, während sie auf die Straßenbahn
warteten. Es war für die Jahreszeit viel zu kalt, aber
schlechtes Wetter war in der Kleiderordnung nicht
vorgesehen. Wo kämen wir denn hin, wenn wir auch
noch einen Mantel gekauft hätten! Sie trug ein dun-
kelblaues Kostüm und eine weiße Bluse. Ein dunkel-
blaues Kostüm konnte man immer gebrauchen. An
der Haltestelle traf sie ihre verkleideten Klassenka-
meraden: Cornelia Zippel, die in ihrem langen weißen
Kleid aussah wie eine verstoßene Braut, und Matthias Seibt, dem zwar das Kleid seiner Schwester erspart geblieben war, der aber in seinem auf Zuwachs
gekauften Anzug wirkte wie ein entlaufener Sträf-
ling. In dem schäbigen Foyer des Theaters, in dem sich
niemand die Mühe machte, den bröckelnden Wand-
putz zu verdecken, wartete Paul mit seiner Mutter.
Auch er trug einen Anzug, modischer Cord mit Bund-
jacke. Auf den ersten Blick schien es, als wäre er
noch einmal davongekommen. Doch dann sah Skarlet das zugeknöpfte Hemd und den Schlips um seinen Hals und Pauls halboffenen Mund. Paul machte
ein Gesicht, als würde er nie wieder im Leben richtig
atmen können.

Sie alle litten klaglos, ertrugen mit stoischem
Gleichmut ihre Verkleidung, die Verwandtschaft und
die Rede, die ihnen vom Sinn ihres zukünftigen Le-

bens erzählte. Sie sollten werden wie Pawel Kortscha-
gin, der seine ganze Kraft der Befreiung der Mensch-
heit geweiht hatte. Sie waren die Kampfreserve der
Partei, die Erbauer der Zukunft, und während sie der
Redner zu den Siegern der Geschichte ernannte, rechnete sich Skarlet die zu erwartenden Geschenke aus.

1 Kofferradiogerät Sternhobby	
(Skarlet bezahlt, 1 Jahr Garantie)	
Anteil Mutti und Vati	100,– M
Anteil Hilde und Franz	50,– M
Anteil Steffi und Heinz-Peter	30,– M
Anteil Familie Zukowski	20,– M
Anteil Frau Schröder	10,– M
Anteil Sammlung Hausgemeinschaft	10,– M
Gesamt	220,– M
2 Flachbatterien 1,5 V für	
Radiogerät à 0,32	0,64 M
(Skarlet bezahlt)	

Neben Skarlet saß Paul, der beim Rechnen die Finger
leicht bewegte. Er träumte von einem Fahrrad, blau
verchromt, mit einem Rennlenker. Skarlet brauchte
kein Fahrrad. Mit einem Fahrrad kam man höchstens
in eine nahe gelegene Stadt. Mit einem Radio aber
bis ans Ende der Welt.

Es war eine Sehnsucht geblieben. Oder eher eine
Sucht? Noch immer erwachte sie am Morgen mit dem
Wunsch nach einem bestimmten Titel. Es war wichtig, mit welcher Musik sie den Tag begann. Sie hatte
gelesen, daß dem Menschen das Empfinden für Dur

und Moll angeboren war. Es gab Tage, an denen sie nur Klaviermusik hören wollte, andere dagegen ertranken im Blues. Es gab Fado-Tage, Woodstock-Wochenenden, Tom Waits-Nächte. Wie andere Medikamente nahmen, brauchte Skarlet eine tägliche Dosis Musik. Und da dies selbst mit einem Kofferradio nicht immer möglich war, erlernte sie die Fähigkeit, die gehörte Musik in ihrem Gedächtnis zu speichern und auf Wunsch abzuspielen, während einer Sitzung oder einer Zugfahrt. Ihr Körper wurde zur Jukebox, aus der sie jederzeit die Titel abrufen konnte. *Madame Butterfly*, Astor Piazzolla, *Bobby McGee*, wahlweise in Englisch oder Italienisch. Sie wurde wahnsinnig, wenn sie merkte, daß sie eine Textzeile vergessen hatte.

Paul hatte darüber gelacht. Aber bei seiner ersten Amerikareise hatte er extra einen Abstecher nach Austin gemacht und im Tabakladen in der Nähe der Universität eine Zeitung gekauft, jener Universität, an der die Kunststudentin Janis Joplin 1963 bei den Misswahlen zum *Ugliest Man on Campus* gewählt wurde. Und wahrscheinlich hatte sich an der Spießigkeit des Ortes seit Jahrzehnten nichts geändert, denn in der Zeitung wechselten Sportergebnisse mit Schlußverkaufsangeboten.

Erst als Außerirdischer begann Paul wieder, Musik zu hören. Weder las er, noch sah er fern, sondern lag tagelang, wochenlang, monatelang in seinem Bett und spielte die alten ausgeleierten Kassetten von damals. Aufnahmen, die vermischt waren mit dem Rauschen der Mittelwelle und die jeden Musikliebhaber in die Flucht geschlagen hätten. Aber damals waren

es Schätze gewesen. Wer hatte zuerst *Angie* aufgenommen und wer zuerst *Bobby McGee*? Und der
Außerirdische tauchte mit dem Rauschen immer weiter ein in seine Vergangenheit. Ein Eintauchen, das
ihn und Skarlet bei ihren Besuchen zurück in Tante
Edeltrauts Bastelstunden führte und in Herrn Not-
telmanns Werkunterricht. Und gemeinsam blätterten
sie in den Heften von Skarlets Vater.
50 Aroma Filtertüten 0,77 M; 10 Briefmarken
à 10 Pf. (Zeitungsstand Petershof) 1,– M.

ICH habe an meinen Vater geschrieben, sagte der Au-
ßerirdische.
Aber woher? Woher hast du seine Adresse?
Ich wußte immer, wo er wohnt.
Und warum hast du ihn dann nie besucht?
Der Außerirdische sah auf seine Hände, die auf
der Bettdecke lagen. Schmale weiße Hände. Die Haut
war glatt und durchsichtig, und die Finger wirkten
länger als an gewöhnlichen Händen. Auch an den Fingern waren die Haare ausgefallen.
Er soll mich besuchen. Jetzt.
Und plötzlich war er wieder der vierjährige
Junge, der hinter der halboffenen Badtür stand und
zusah, wie sich der Vater anzog und seinen Koffer
nahm, den braunen Pappkoffer mit den zerkratz-
ten Metallecken. Die Pappwände wölbten sich nach
außen und mußten von zwei Riemen zusammengE-
halten werden. Der Vater ging nicht hastig, nicht
wie sonst, wenn sich die Eltern stritten und er barfuß in Hausschuhen auf die Straße rannte. Der Vater zog ganz langsam seine Lederjacke an und band

sich die Schleifen an seinen Schuhen mit Doppelknoten. Dann legte er den Wohnungsschlüssel auf
die Kommode und griff nach dem Koffer. Der Vater
ging zur Wohnungstür, ohne sich nach Paul umzu-
drehen.

In Pauls Lieblingsbuch mit der Berthold-Geschich-
te waren es meist die Kinder, die ihre Eltern allein ließen. Fünf Jahre lang war Felix am Weihnachtsabend
unterwegs, um Senf zu holen, und die Eltern wagten
nach seiner Rückkehr nicht, mit ihm zu schimpfen.
Und Fritz und Franz, die von einem Zauberer im Zirkus nur vorübergehend weggezaubert werden sollten,
verschwanden für immer. Und dann gab es noch die
Geschichte von Peter, der eines Tages vor verschlos-
sener Tür stand und der seine Mutter zusammen mit
einem Polizisten im Fundbüro für verlorengegangene
Eltern suchte.

Skarlet kannte alle Geschichten. Sie kannte sie
von Paul, der sie ihr immer wieder erzählt hatte. Und
sie war nie ganz sicher, ob diese Geschichten wirklich so in Pauls Buch standen. Denn wer außer Paul
sollte sich die Geschichte von Arthur ausgedacht haben, von Arthur mit dem langen Arm, der die Hand
seiner Schwester nicht loslassen wollte, obwohl sie
mit dem Zug davonfuhr.

Auch der Außerirdische hatte diese Geschichten
nicht vergessen, und um Skarlet zum Lachen zu bringen, verstellte er die Stimme und leierte wie damals
das Gedicht von der *Weltreise* herunter, und es war,
als würden sie noch immer in ihrer Ecke hinter dem
Holunderbusch sitzen.

Ihr bindet einen Schleier vors Gesicht
Und sagt, ihr müßtet unbedingt verreisen
Nach Madagaskar, Schottland oder Meißen.
Wohin, ist Wurst. Nur bleiben dürft ihr nicht.

Früher hatten sie viel über das Weggehen gesprochen. Einfach in einen Zug steigen und davonfahren.
Sie hatten sich nie Gedanken über das Zurückkommen gemacht.

Vor dem Fenster war es dunkel geworden. Sie sah
auf die Straße, der Gehweg glänzte im Lichtkegel der
Straßenlampe. Wie eine silberne Folie zog sich der
Rauhreif über die zerfetzten Raketen, ausgebrannten
Blitzknaller und Glasscherben. Um diese Zeit ging
niemand mehr spazieren. Skarlet sah, wie nach und
nach hinter den Fenstern im Haus gegenüber das
Licht erlosch. Es war die erste Nacht im neuen Jahr,
eine Nacht, in der die meisten zeitig zu Bett gingen.
Und sie saß immer noch mit den Heften ihres Vaters
am Küchentisch. Morgen, nein, heute war ein ganz
normaler Tag, an dem alle wieder zur Arbeit gehen
mußten, auch Skarlet.

Sie schlug die Hefte zu, legte sie ordentlich übereinander und steckte sie zurück in die Papiertüte.

Skarlet hoffte, daß sie in dieser Nacht nicht träumen würde.

133

6

Wie an jedem Morgen, an dem sie den Zoo betrat, mußte Skarlet auch an diesem zweiten Januartag an Paul denken. Sie tat es beiläufig, es war ein Gedanke, der wie selbstverständlich dazugehörte und der ihr erst heute bewußt wurde.

Und wie immer war es kurz nach dem Eingang, genau in dem Moment, als sie um die Ecke bog und auf das Elefantengehege zulief. Sie sah den Elefanten mit seinem Rüssel über dem Wassergraben pendeln, doch es gab nichts, was er erbetteln konnte. Noch fehlten die Besucher und die Kindergruppen mit den Tante Edeltrauts. Statt der Entengrütze zog sich eine dünne Eisschicht über das Wasser. Es war noch immer kalt, und Skarlet fragte sich, was der Elefant um diese Zeit im Außengehege zu suchen hatte. Aber wahrscheinlich waren die Pfleger beim Ausmisten, und es hatte eine Auseinandersetzung zwischen den beiden Elefantenkühen gegeben.

Es war Rani. Skarlet erkannte sie beim Näherkommen an den kleinen Ohren und dem gebogenen Rücken. Im Laufe der Jahre hatte Skarlet gelernt, die Tiere zu unterscheiden. Fast fünfzehn Jahre war sie jetzt schon hier, viel zu lange, vor allem deshalb, weil sie seit Jahren behauptete, aufhören zu wollen. Die unermüdliche Retterin der Tiere, hatte Paul immer gelästert und ihr gleichzeitig vorgehalten, daß sie mit ihrer Arbeit eingesperrte Tiere populär mache.

Nicht, weil er dagegen gewesen wäre, daß Tiere hinter Gittern gehalten wurden, ganz im Gegenteil, aber er fand es scheinheilig, dafür zu werben, daß Menschen ihre freie Zeit damit verbringen sollten, sich diese Tiere anzusehen.

Damals, als ihr nach dem Studium die Stelle angeboten wurde, hatte sie sich wenig Gedanken darüber gemacht. Der Zoo lag in der Nähe ihrer Wohnung, Lydia war klein, und Skarlet, die in ihrem Verhältnis zu Tieren eher auf Distanz bedacht war, hatte gesagt, nur so lange, bis Lydia in die Schule kommt, und dann hatte sie immer wieder neue Gründe zum Bleiben gefunden. Und jetzt war Lydia schon seit einem halben Jahr als Austauschschülerin in Chicago, und Skarlet war immer noch hier.

Rani sah gelangweilt zu ihr herüber, sie wußte, von Skarlet war kein Keks zu erwarten. Und als wollte sie dagegen protestieren, drehte sie sich um und ging zurück zum Dickhäuterhaus. Die meisten Tierhäuser waren denkmalgeschützte Backsteinbauten, an denen jeder Umbau einer Genehmigung bedurfte. Die Käfige und Anlagen waren klein und funktional. Das unterschied einen Zoologischen Garten von einem Tierpark, in dem alles viel weitläufiger war. Ein Zoo war eher eine Aufbewahrungsanstalt, eine Forschungsstätte, und noch heute behauptete der Direktor, daß sie eine wissenschaftliche Einrichtung seien. Er war nicht an Besuchern interessiert und vergaß dabei, daß sie seit dem Mauerfall auf die Eintrittsgelder angewiesen waren. Er lebte noch immer in einer Zeit, in der es egal war, ob sie drei Nashörner hielten oder acht, und es niemand wagte, sich über geschlossene Tierhäuser zu beschweren. Seine Liebe galt dem amerikanischen Löffelstör, und wahrscheinlich waren sie der Zoo mit der weltweit größten Löffelstörzucht. Und wenn er im Eilschritt mit nach vorn gebeugtem Kopf und wehenden weißen Haaren durch den Zoo lief, wirkte er wie eine Figur aus den Erich Kästner-Geschichten, die Paul Skarlet im Kindergarten erzählt hatte.

Paul liebte es, wenn sie von ihrem Direktor erzählte. Paul sammelte Geschichten, wie andere Briefmarken sammelten. Der Zoo war eine Fundgrube für ihn, die Papageien, die aus dem Eingangsbereich entfernt werden mußten, weil sie in Erinnerung an alte Zeiten hin und wieder Heil Hitler riefen, oder die erschossenen Zirkuslöwen, die nach erfolgreicher Jagd für alle Tierfreunde im Zoo aufgebahrt wurden.

Rani lief ausgesprochen langsam, und Skarlet sah, daß die Steine der Außenanlage mit einer dünnen Eisschicht überzogen waren, und sie fragte sich, ob auch ein Elefant auf Glatteis ausrutschen konnte. Und sie sah schon die Titelseiten der Zeitungen vor sich: »Ausgesperrt – ausgerutscht – erfroren!« Tiere eigneten sich immer für eine Schlagzeile. Und Paul, der Tierhasser, hatte recht: Ein erkälteter Elefant erregte mehr Aufsehen als zehn erfrorene Obdachlose.

Skarlet lief weiter. Wie immer bei Westwind roch es nach Mähnenwolf, ihr Büro lag in der Mitte des Zoogeländes zwischen Affenanlage und Wolfsgehege. Es war ein kleines Gebäude, in dem hin und wieder Seminare und Vorträge stattfanden und das vor allem von den Präparatoren genutzt wurde. Der Eingangsbereich war vollgestellt mit Skeletten und ausgestopften Tieren, und Paul hatte prophezeit, daß Skarlet, wenn sie nicht bald kündigte, eines Tages ausgestopft daneben stehen und einmal in der Woche von ihrem unsterblichen Direktor mit einem Federmop abgestaubt würde.

Der Biber auf dem Treppenabsatz beobachtete mit seinen Glasaugen, wie sie nach oben stieg, die Tür aufschloß und zwischen einem Makakenskelett und einer ausgestopften Stockente nach dem Lichtschalter suchte. Die Neonröhren in Skarlets Büro begannen zu flackern, und sie blickte in den Raum, der ihr in diesem kalten, armseligen Licht fremd vorkam. Ein verlassenes Büro mit einem Schreibtisch voller Papier, in den Ecken stapelten sich Kartons und Bücher und in den Regalen Papierrollen und Plakate. Auf dem Besuchertisch stand ein vertrockneter Tannenstrauß, die graugrünen Nadeln waren auf die verstaubte Glasplatte gefallen. Jetzt, im neuen Jahr, wirkte alles wie eine Attrappe, wie das Bühnenbild einer seit Monaten abgesetzten Inszenierung. Es roch nach abgestandenem Rauch und vergilbtem Papier. Skarlet hatte vor den Feiertagen die Jalousien heruntergelassen, damit der Raum nicht zu sehr auskühlte.

Sie ging zum Fenster. Sie blickte in einen Innenhof. In viel zu kleinen Käfigen wurden hier die Vögel gehalten, die in den Außenvolieren keinen Platz fanden. Hinzu kamen vom Zoll beschlagnahmte Tiere, für die erst ein neuer Aufenthaltsort gefunden werden mußte. Der Papagei als Urlaubserinnerung und Geldanlage. Und dann gab es noch die Quarantänestation, in der seit Monaten die Bonobos wohn-

ten: sechs Zwergschimpansen, die nicht aus Platz-
mangel im Asyl waren, sondern wegen Erregung
öffentlichen Ärgernisses vor den Besuchern versteckt
werden mußten. Und auch das war eine Geschichte,
die den Außerirdischen immer wieder zum Lachen
brachte.

Die Bonobos waren von einem niederländischen
Zoo angeboten worden, und Skarlet hatte sich gewundert, daß sie die einzigen waren, die sich für
diese Tiere interessierten. Doch der Direktor war
ganz begeistert gewesen, und Skarlet hatte über die
Ankunft der neuen Zoobewohner eine Pressemel-
dung herausgegeben. Und alle waren gekommen:
Zeitungsjournalisten, Rundfunkreporter, Fernseh-
teams und natürlich sämtliche Tierfreunde der Stadt.
Affen waren immer eine Attraktion. Doch schon
kurz nach dem Eintreffen der Bonobos wurde klar,
warum sich keine anderen Bewerber gefunden hatten. Alle sechs Bonobos waren männlich, ein Um-
stand, der nicht nur die Nachzucht ausschloß, sondern vor allem für Entrüstung unter den älteren
Zoobesuchern sorgte. Denn ein Bonobo tat es immer
und mit jedem. Und wenn er nicht gerade onanierte,
trieb er es mit seinem Nachbarn. Der Bonobo nahm,
was durchs Gehege lief. Das konnte nicht geduldet
werden. Die Tierfreunde mußten vor diesem Anblick
geschützt werden, und es erheiterte Skarlet immer
wieder, daß alle ihre Besucher wie zufällig am Fenster stehenblieben und gebannt nach unten blickten.
Jetzt saßen die Bonobos friedlich wie eine Hippie-
kommune beieinander.

Skarlet hatte heute zwei Termine, den ersten mit

einem Fotografen und den zweiten mit ihrem Direktor. Der Jahresbericht mußte fertiggestellt werden, wie viele Geburten, wie viele Todesfälle, wie viele Besucher, und vor allem die Erfolge in der Löffelstörzucht mußten dokumentiert werden, weshalb der Bericht unter den Mitarbeitern auch »Der Löffelstörbericht« hieß.

Auf ihrem Schreibtisch lag ein Notizzettel.

Paket abholen

Lydia anrufen

Paul Weihnachtsgeschenk

Skarlet zerknüllte den Zettel und warf ihn in den Papierkorb. Sie dachte, daß sie Judith anrufen müßte, und in dem Moment, in dem sie nach ihrem Handy griff, begann es zu vibrieren, und Skarlet erschrak. »Paul«, stand auf dem Display.

Der Bestatter hat angerufen, sagte Judith. Der Beerdigungstermin steht fest. Übermorgen, elf Uhr auf dem Südfriedhof.

Ja, sagte Skarlet.

Und er nervt wegen der Rede.

Wieso?

Er will sie vorher lesen. Tut mir leid, sagte Judith, er meint, es wäre besser für dich.

Es ist besser für dich! Ein Satz, der Skarlet durch ihre Kindheit begleitet hatte. Es ist besser für dich, deinen Teller leer zu essen, zeitig schlafen zu gehen, Pionier zu werden, deinem Vater nicht zu widersprechen.

Skarlet legte das Handy zurück auf ihren Schreibtisch. Es war kurz vor neun. In wenigen Minuten wartete der Fotograf am Przewalskipferdegehege.

Skarlet ging wieder nach unten. Es beunruhigte sie, dem Biber in die Augen zu sehen.

Sie genoß diesen Morgen, das schnelle Laufen wirkte befreiend, ihr Atem trieb kleine Wolken in die kalte Luft. Um diese Zeit war es im Zoo am schönsten, selbst im Winter. Friedlich von Platanen und Linden gesäumt, zogen sich die Alleen durch das Gelände. Die Äste waren mit Rauhreif überzogen, den die wenigen Sonnenstrahlen glänzen ließen. Es glänzten die Dächer der Tierhäuser, die Steineinfassungen, die Eisengitter. Noch versperrten ihr die Besuchergruppen nicht die Sicht.

Viele beneideten sie um diese Arbeit. Wofür andere Eintritt bezahlten, bekam sie Gehalt. Sie konnte, wann immer sie es wollte, im Gelände herumlaufen, Tiere streicheln, Tigerbabys auf dem Arm halten. Und galt es überhaupt als Arbeit, wenn sie die Bevölkerung zur Namenssuche für ein Giraffenbaby aufrief oder zu Spenden für eine neue Löwenanlage, damit der arme, schon fast erblindete Löwe wenigstens im Alter Platz hatte? Alle Dinge, die im Zoo passierten, wurden mit großem Wohlwollen aufgenommen, und natürlich hatte es eine Pressesprecherin bei den Verkehrsbetrieben schwerer, wenn sie ständig Verspätungen entschuldigen, Fahrpreiserhöhungen schönreden und bei Unfällen die Opfer verschweigen mußte.

Vielleicht war Skarlet undankbar, aber sie betrachtete die Tierliebe der Besucher mit Mißtrauen. Abgesehen davon, daß ihr Vater Tierhaltung für eine unnötige Ausgabe hielt und ein Tier nur ein gutes Tier war, wenn es gekocht oder gebraten auf seinem Teller lag, hatte Skarlet nie den Wunsch nach einem Haustier gehabt. Im Gegensatz zu ihrer Tochter Lydia. Lydia war die geborene Tierfreundin. Schon aus ihrem Kinderwagen heraus kreischte sie beim Anblick jedes Sperlings vor Vergnügen, und kaum daß sie laufen konnte, stand sie im Terrarium und küßte durch das Glas knittrige Leguane. Das Kinderzimmer war vollgestellt mit Käfigen und Glasbehältern. Schildkröten, Wellensittiche, Hamster, Meerschweinchen, Hasen gehörten zu den ständigen Mitbewohnern. Jeder Vogel, der im Umkreis von zehn Kilometern aus dem Nest fiel, wurde von Lydia gefunden und mit nach Hause gebracht. Die wenigsten Tiere starben altersbedingt, meistens waren es Unfälle. Und in Skarlets Garten reihten sich die Gräber. Den Todesfällen gingen oft dramatische Rettungsversuche voraus, nächtliche Fahrten in die Tierklinik. Skarlet erinnerte sich an die Taxifahrt mit einem asthmatischen Meerschweinchen. Lydia saß mit dem Käfig auf dem Rücksitz und weinte durch das Gitter auf das zuckende Tier. Und der mitleidige Fahrer nahm die Kurven ganz sanft, vermied es, direkt über Gullydeckel zu fahren, und beim Abschied wünschte er ihnen noch gute Besserung, was leider zu spät war, denn der diensthabende Arzt nahm das Meerschweinchen in die Hand und sagte: Oh, das fühlt sich ja schon ganz labbrig an.

SKARLET sah den Fotografen von weitem. Sie erkannte ihn an seiner Weste. Alle Fotografen trugen Westen, als wären sie zur Kriegsberichterstattung unterwegs. Er hatte ausgewaschene Jeans an und Cowboystiefel und lehnte lässig am Geländer des Pferdegeheges. Er rauchte und versuchte, in Anbetracht der Urwildpferde den Eindruck zu erwecken, er wäre der Camel-Mann. Allerdings nur bis zum Ertönen der Begrüßungsdurchsage: Guten Morgen, liebe Besucher, wir begrüßen Sie und möchten Sie darauf hinweisen, daß unser Zoo seit kurzem ein Nichtraucherzoo ist, im Interesse der Tiere und der Besucher. Der Camel-Mann zuckte zusammen, trat seine Zigarette aus und wurde wieder zu einem Fotografen in einer graugrünen C&A-Weste.

Er begann mit seiner Arbeit. Dana mit Shona, Pjotr mit Sandy, Dana mit Shona und Sandy. Porträts, Gruppenfoto mit Hengst, Stutengruppe. Skarlet gab ihm Anweisungen. Sie sollte die Ausstellung für einen Kongreß vorbereiten. Stammbäume erstellen, Bildtafeln, Zuchtberichte: eine Dokumentation der Fruchtbarkeit. Obwohl es kein Kongreß über Löffelstöre war, was den Direktor zwangsläufig betrübte, war er doch stolz über diese Tagung. Immerhin würden sich die Przewalskisachverständigen aus aller Welt in seinem Zoo treffen.

Was ist eigentlich das Besondere an diesen Pferden? fragte der Fotograf.

Sie haben eine Stehmähne und keine Hängemähne, sagte Skarlet.

Ah, sagte der Fotograf.

Sie gingen zurück zu Skarlets Büro. Der Fotograf strich der Stockente im Vorübergehen über den Kopf, und Skarlet fragte ihn, ob er später auch ausgestopft und gestreichelt werden wolle.

Der Fotograf zuckte wieder zusammen, wahrscheinlich war er schreckhaft, und wagte erst, sich eine Zigarette anzuzünden, als Skarlet ihm einen Aschenbecher auf das Fensterbrett stellte. Denn natürlich stand auch der Fotograf am Fenster und sah auf die Quarantänestation. Oh, da haben Sie ja eine schöne Aussicht.

Ja, sagte Skarlet, Zoobesuche sind immer sehr lehrreich.

Der Fotograf schwieg eine Weile, und dann sagte er, daß er ihr die Bilder auch am Abend nach Hause bringen könnte. Wenn es dringend wäre. Skarlet dachte, daß er, abgesehen von seiner Weste und seinen Stiefeln, gar nicht so schlecht aussah. Sie fühlte sich wie ein Stürmer, der allein am Elfmeterpunkt stand, das Tor war frei, und der Torwart hatte sich flach auf den Boden gelegt. Doch statt zu schießen, sagte sie, daß es nicht dringend sei und er die Fotos beim Pförtner abgeben solle. Der Fotograf guckte noch einmal bedauernd aus dem Fenster, drückte seine Zigarette aus und ging.

Und dann stand Skarlet am Fenster und sah nach unten auf die Bonobos in der Quarantänestation.

SIE hatte alles anders machen wollen. Anders als ihre Eltern. Sie wollte beweisen, daß man als Familie glücklich zusammenleben konnte, und hatte im Gegensatz zu Paul nie daran gezweifelt, daß sie einmal heiraten und Kinder haben würde. Drei oder vier, und sie war sicher, daß es die einzig gültige Lebensform war.

Sie hatte es früh geübt. Auch Skarlet war im Kindergarten eine Puppenmutti gewesen und hatte mit den anderen um den einzigen Wagen gestritten. Und sie hatte sogar geduldet, daß Matthias Seibt, der immer der Vater sein wollte, neben ihr lief. Paul überließ ihm kampflos diesen Platz. Paul wollte kein Vater sein, der neben dem Wagen herlief, wenn schon, dann wollte er eine Puppe für sich allein haben.

Skarlet hatte Christian auf einer Geburtstagsfeier getroffen. Sie hatten sich angesehen, und von diesem Augenblick an war alles anders gewesen. Skarlet war der Meinung, daß sich die Beziehung zwischen zwei Menschen innerhalb der ersten Sekunden entschied. Sie hielt nichts von langsamer Annäherung. Es genügte ein Blick. Nicht mehr und nicht weniger. Allerdings lehnte sie Pauls Theorie, daß alles nur ein biochemischer Vorgang sei, ab. Das war ihr zu unromantisch. Sie hatte das Fach Chemie in der Schule gehaßt und wollte mit ihren Gefühlen nicht abhängig von Eiweißverbindungen sein. Aber wahrscheinlich hatte Paul recht. Sie beobachtete es immer wieder bei den Tieren. Die unter großem Aufwand inszenierten Nachzuchtprogramme scheiterten oft schon in den ersten Minuten. Was interessierte einen Katzenbär oder Schabrackentapir der Artenschutz und die monatelangen Sitzungen der Auswahlkommission? Die Tiere rochen an ihrem neuen Partner und begannen entweder sofort mit der Nachzucht oder zeigten deutlich ihre Abneigung. Üblich waren Zähnefletschen, Fauchen, Krallenzeigen oder Kratzen, aber es gab auch Fälle, in denen die paarungsunwilligen Tiere keinen Zweifel aufkommen lassen wollten und den neuen Partner kurzerhand totbissen.

Skarlet hatte sich neben Christian gesetzt, und noch am selben Abend hatten sie den Namen ihres ersten Kindes festgelegt: Lydia. Heute war es für Skarlet schwer zu begreifen, warum sie sich ausgerechnet Christian ausgesucht hatte. Er war weder ein von der Welt verkannter Gitarrist noch ein gescheiterter Hürdensprinter. Er plante keine Expedition in den Kaukasus, wollte nicht mit dem Fahrrad bis Bulgarien fahren und träumte auch nicht davon, im Frachtraum eines Schiffes um die Welt zu reisen. Er war Bauingenieur, groß und kräftig, hatte eine tiefe, beruhigende Stimme und die Absicht, eine Familie zu gründen. Er hatte klare Vorstellungen von dem Leben, das vor ihm lag, und bereits für seine zukünftige Familie eine Dachgeschoßwohnung ausgebaut und eingerichtet. Küche, Bad, Wohnzimmer, Schlafzimmer, Kinderzimmer. Und keiner ihrer Freunde, auch nicht Paul, der ihr immer ein Leben im Chaos vorhersagte, hätte es für möglich gehalten, daß Skarlet ihre große, wenn auch schwer zu beheizende Wohnung in einem Jugendstilhaus aufgab und zu Christian zog. Aber vielleicht war Skarlets Verhalten gar nicht verwunderlich, denn auch bei den Tieren suchten sich die paarungswilligen Weibchen einen Partner, der ihnen ein Nest baute und von dem sie glaubten, daß er ausreichend für den Nachwuchs sorgen und ihn beschützen würde.

Von nun an lebten sie wie die Hirschmäuse, monogam und ausschließlich auf ihr Familienleben konzentriert. Skarlet heiratete in einem roten Kleid, rot wie die Liebe. Nach Lydias Geburt schienen sich die Kindergartenträume zu erfüllen. Jetzt waren sie eine richtige Familie mit Vater-Mutter-Kind. Und Skarlet war sicher, daß es immer so bleiben würde. Nach fünf Jahren begann das, was man Ernüchterung nennt. Es war wie das Erwachen nach einer durchzechten Nacht. Der Morgen danach, wenn man weiß, gleich werden die Kopfschmerzen beginnen, und man sich vor jeder Bewegung fürchtet. Man ist gezwungen, liegen zu bleiben, reglos, und die Gedanken verdrängen die letzte Hoffnung auf Schlaf. Gedanken, die man nie haben, über Dinge, die man nie wissen wollte, eine überscharfe Wahrheit.

Diese Wahrheit traf Skarlet in einer Rossmann-Drogerie. Sie stand mit den entwickelten Urlaubs-fotos zwischen Waschmittelregalen an der Kasse. Und weil die Schlange lang und die Verkäuferin langsam war und Skarlet überlegte, ob sie der vor ihr stehenden Frau, die nicht aufrücken wollte, mit dem Korb in die Kniekehlen stoßen sollte, nahm sie, um sich abzulenken, die Fotos aus dem Umschlag. Sie sah eine fremde Familie, eine Familie mit sichtbarem Ansatz zum Übergewicht. Eine Frau in einem bunten, unvorteilhaft taillierten Sommerkleid und einen Mann, der versucht hatte, sich seine Bermudashorts bis unter die Achselhöhlen zu ziehen. Unter seinem T-Shirt zeichnete sich ein Brustbeutel ab. Eine häßliche Beule, Zeichen der Angst, von einem Ausländer bestohlen zu werden. Skarlet sah zum erstenmal, daß Christian angewachsene Ohrläppchen hatte wie ihr Vater. Und ihr wurde bewußt, was sie seit Jahren verdrängte: Auch Christian rechnete elektronisch gedruckte Kassenbons nach und kontrollierte in regelmäßigen Abständen die Zählerstände. Aus Umweltgründen. Er wolle nur wissen, wieviel Energie sie verbrauchten, und das sei auch der Grund, weshalb er bei jedem Tanken akribisch den Kilometerstand in ein Heft eintrug, das immer im Handschuhfach lag, und wütend wurde, wenn Skarlet die Eintragung vergaß. Aber noch erschreckender als der Verdacht, daß sich Christian zu einem Ebenbild ihres Vaters entwickelte, war der Gedanke, daß das alles für immer wäre. Bis daß der Tod euch scheidet! Was sie vorher beruhigt hatte, machte ihr jetzt angst. Sie begann zu bedauern, daß sie sich nie wieder verlieben sollte, und sie begann, Paul zu beneiden, der sich in regelmäßigen Abständen eine neue Liebe suchte.

Schon in der Schule hatte er gesagt, daß er nie heiraten wolle, wer nicht heiratete, brauchte sich nicht scheiden zu lassen, und wer mit niemandem zusammenlebte, konnte nicht verlassen werden. Er behielt seine Wohnung mit Blick auf den Hinterhof, in die er sich jederzeit zurückziehen konnte. Er führte das Leben eines von Frauen betreuten Junggesellen, und es schien, als würde sich an diesem Zustand nie etwas ändern, auch nicht, als die Zeit der Hugo Boss-Anzüge anbrach. Alle nahmen es für eine Modeerscheinung, ein Zeichen der Zeit, und als sich Paul dann endlich entschloß, nach zehn Jahren neuer Welt eine andere Wohnung zu mieten, vermutete niemand, daß er damit seinen Prinzipien untreu würde. Es war für jeden verständlich, daß er jetzt in seinem Hugo Boss-Anzug auf einer Dachterrasse sitzen wollte. Nie hätte

Skarlet geglaubt, daß es jemand schaffen könnte, Paul von seinen Lebensgrundsätzen abzubringen. Erst, als sie ihn an einem Sonntagnachmittag beim Ausführen von Judiths Hund traf, ahnte Skarlet, daß es ernst war.

Doch sie war viel zu sehr mit sich selbst beschäftigt, um länger über die Ungeheuerlichkeit dieses Vorgangs nachzudenken. Und während Paul schwere Symptome von Verliebtsein zeigte, war Skarlet, als Folge einer andauernden Ernüchterung, gerade dabei, sich von Christian zu trennen. Obwohl sich Skarlet ihrer Entscheidung sicher war, fürchtete sie sich vor einer jahrelangen, für beide Seiten entwürdigenden Scheidung, so wie sie es oft genug in ihrem Freundeskreis erlebt hatte. Aber alle Bedenken waren unbegründet, Christian und Skarlet trennten sich so leidenschaftslos, wie sie sich kennengelernt hatten, von einem Tag auf den anderen. Wahrscheinlich waren sie beide froh, daß es endlich vorüber war. Die Zucht war beendet.

SIE sah noch immer nach unten auf den Innenhof. Jetzt war es bei ihr ein wenig wie bei den Bonobos. Sie mußte nehmen, was zur Tür hereinkam, und sie wußte, sie würde es noch bedauern, daß sie den Fotografen so einfach davongeschickt hatte.

Sie setzte sich an ihren Schreibtisch und starrte auf das Telefon. Sie hatte Judith versprochen, einige Freunde anzurufen, und jetzt, wo der Beerdigungstermin feststand, gab es keinen Grund mehr, diese Anrufe hinauszuzögern. Sie wählte die Nummer eines ehemaligen Studienfreundes. Sie hörte an seiner Stimme, daß er in Eile war.

Paul ist gestorben, sagte Skarlet.

Was? So plötzlich? sagte der Freund.

Er war fast ein Jahr lang krank, sagte Skarlet.

Ich habe immer gehofft, daß er es schafft.

Er hat es geschafft, sagte Skarlet.

Mein Gott, wie kannst du so etwas sagen!

Übermorgen um elf Uhr ist die Beerdigung, sagte Skarlet, wenn du Zeit hast, kannst du ja kommen.

Natürlich komme ich, sagte der Freund entrüstet.

Die Anrufe ähnelten sich: Wer hätte das gedacht ..., so jung ..., ich hatte mir im neuen Jahr fest vorgenommen, ihn zu besuchen ..., ich wollte ihm schreiben, aber ich wußte nicht, wie ich den Brief beginnen sollte, schade, daß ich ihn nicht noch einmal gesehen habe.

Einige fingen am Telefon an zu weinen und ließen sich von Skarlet trösten. Ich bin so traurig, ich bin so traurig, stammelte ein Freund immer wieder.

Ich auch, sagte Skarlet und legte auf.

Sie war erleichtert, als das Telefon klingelte und der Direktor sie zu ihrer Besprechung rief.

Das Büro des Direktors lag in einer Villa am Rande des Zoogeländes. Inzwischen waren die Wege verstellt von Besuchergruppen, die sich nur schleichend fortbewegten und jeden Quadratzentimeter am Wegrand mit den Augen absuchten, als vermuteten sie in jedem Knallerbsenbusch eine Seidenraupenzucht und in jedem Papierkorb ein Straußennest. Skarlet kämpfte sich mühsam voran und war froh, als sie den Hauptweg verlassen konnte.

Vor dem Tierkindergarten stand eine Kindergruppe Schlange. Und obwohl Skarlet nichts verstehen konnte, sah sie an den Gesten der Erzieherin, daß die Kinder belehrt wurden, den Tieren nicht ins Maul zu fassen, sie nicht am Schwanz zu ziehen und ihnen nicht mit den Fingern in die Augen zu stechen. Es hatte sich nichts geändert. Noch immer kreuzten zitternde Lämmer die Wege, suhlten sich vietnamesische Hängebauchschweinfamilien im Schlamm und fraßen stinkende Ziegenböcke den Kindern die Kekse aus der Tasche.

Skarlet lief jetzt durch den weniger besuchten Teil des Zoos, ein abgelegenes Waldstück, das ihnen die Stadt zugesprochen hatte. Dieser Teil war den Waldtieren vorbehalten, die Gehege waren groß, und die Tiere hatten genügend Möglichkeiten, sich vor den Besuchern zu verstecken.

Von weitem sah Skarlet den Direktor auf seinem Balkon stehen, genau so, wie sie es Paul immer beschrieben hatte. Wenn der Direktor nicht vor dem Löffelstörbecken saß, stand er auf diesem Balkon und bewachte wie ein Feldherr sein Reich. Der erste Blick am Morgen galt dem Zoo und auch der letzte Blick am Abend.

Skarlet stieg nach oben in das Arbeitszimmer des Direktors. Er saß jetzt an seinem Schreibtisch und wippte mit dem Oberkörper wie ein vom Hospitalismus befallener Gorilla, was bedeutete, daß er nachdachte. Und wie immer in diesen Momenten dachte Skarlet, daß es das beste wäre, sich eine neue Arbeit zu suchen.

ALS Kind hatte sie etwas Großes werden wollen, nicht wie die anderen Mädchen Lehrerin, Friseuse oder Verkehrspolizistin, sondern Weltmeisterin, Forscherin oder eine die Welt von allem Übel befreiende Revolutionärin. Am liebsten wäre ihr Kosmonautin gewesen, aber da ihr schon beim Anblick einer Achterbahn schwindlig wurde, entschied sie sich für Kybernetik. Wenn sie schon nicht selbst flog, dann wollte sie wenigstens die Bahnen berechnen. Doch die Raumschiffe mußten ohne ihre Hilfe starten, Skarlet war kein Arbeiterkind und nicht zwangsläufig für die Abiturstufe bestimmt. Das Reglement sah vor, daß zuerst die Arbeiterkinder gefördert wurden und dann der Rest. Und der Vater, der als Angestellter den ganzen Tag an seinem Schreibtisch saß, war eindeutig der Rest. Während Pauls Mutter, die als Sekretärin arbeitete, eine Eingabe an den Staatsratsvorsitzenden schrieb und um einen Abiturplatz für ihren Sohn bat, begrüßte Skarlets Vater die Regelung. Zwei zusätzliche Schuljahre wären nur zusätzliche Kosten gewesen, Skarlet sollte endlich arbeiten gehen und Geld verdienen. Paul dagegen hatte Glück, der Bitte seiner Mutter wurde stattgegeben, und er durfte nach der achten Klasse auf die erweiterte Oberschule wechseln. Es war das erste Mal, daß sich Skarlets und Pauls Wege trennten.

DER Direktor hielt in seiner Bewegung inne, sah Skarlet an und sagte: Sie müssen eine Rede schreiben!

Skarlet war froh, daß der Stuhl, auf dem sie saß, Armlehnen hatte, an denen sie sich festhalten konnte.

Bis übermorgen, sagte der Direktor.

Ja, sagte Skarlet. Ich weiß nicht, womit ich beginnen soll.

Mit der Anrede, immer mit der Anrede!

Alles klang falsch. Meine Damen und Herren? Liebe Freunde? Oder sollte sie sich für: Liebe Trauergemeinde, entscheiden?

Hochverehrte Tierfreunde und Liebhaber der Przewalskipferdezucht! sagte der Direktor. Ich begrüße Sie in unserem Zoologischen Garten.

Konnte man so auch die Gäste einer Trauerfeier begrüßen? Herzlich willkommen zu unserer heutigen Beerdigung?

Warum hatte sie diese Dinge nicht in der Schule gelernt? Sie konnte das Volumen einer Pyramide berechnen, kannte die Kohlevorkommen im Donezkbecken und wußte, worüber Lessing in seinem 17. Literaturbrief geschrieben hatte. Aber sie fühlte sich völlig hilflos, wenn sie an ihre Rede dachte.

Wußten Sie, daß im letzten Jahr auf einen Löffelstör 23 452 Besucher kamen? sagte der Direktor. Das sollten Sie unbedingt in die Einleitung schreiben.

Eine Einleitung? Würde sie eine Einleitung brauchen? Bis zu Judiths Anruf hatte sie die Illusion gehabt, daß sie sich einfach hinstellen und irgend etwas über Paul erzählen würde. Aber schon die Frage, wo sie sich hinstellen würde, war ungeklärt. Gab es bei Trauerfeiern eine Bühne, gab es ein Rednerpult, ein Mikrophon? Wenn ja, sollte sie den Bestatter um eine Mikrophonprobe bitten?

Zuerst sollten Sie sich Stichpunkte machen, sagte der Direktor.

153

Normalerweise bereitete es ihr keine Mühe, frei zu sprechen. Sie liebte die Improvisation und die damit verbundene Spannung. Aber würde sie diese Spannung auch bei Pauls Beerdigung aushalten?

Ich denke, Sie sollten mir das Konzept noch einmal vorlegen, sagte der Direktor. Sind Sie mit übermorgen einverstanden?

Ich würde gern zwei Tage Urlaub nehmen, sagte Skarlet.

Sie sehen blaß aus, sagte der Direktor, wenn Sie wollen, können Sie zu Hause arbeiten.

Skarlet war überrascht. Der Direktor nahm Veränderungen an Menschen selten wahr, und wenn, dann äußerte er sich darüber in einer ungewöhnlichen Form. Erst vergangene Woche hatte er zu seiner Sekretärin, die mit frisch gefärbten Haaren vom Friseur gekommen war, gesagt: Sie haben so stumpfes Fell, sie sollten mehr Auslauf haben.

Es ist jemand gestorben, sagte Skarlet.

Der Direktor schwieg eine Weile und sagte dann: Alle sterben, auch die Löffelstöre. Damit war das Gespräch beendet.

PAUL war von seiner Mutter zum Mediziner auserkoren worden. Aus ihrem Sohn sollte etwas Besonderes werden, ein Chefarzt oder wenigstens ein Oberarzt. Und Paul widersetzte sich nicht, ihm gefiel der Gedanke an die Verantwortung, die er haben würde. Und es war selbstverständlich, daß er sich nicht dazu berufen fühlte, entzündete Nasenschleimhäute zu betrachten oder kranke Zähne aufzubohren. Er wollte als Chirurg im Operationssaal stehen und mit seinem Geschick über Leben und Tod entscheiden. Sofort nach dem Abitur begann er mit dem einjährigen Praktikum, das die Voraussetzung für eine Studienbewerbung war. Er arbeitete in einem Krankenhaus außerhalb der Stadt, dessen Gebäude wie die Tierhäuser im Zoo noch aus dem vorletzten Jahrhundert stammten. Und als Skarlet ihn einmal dort besuchte und die Ärzte mit wehenden Kitteln über den gepflasterten Hof laufen sah, war sie jederzeit gewärtig, Virchow zu treffen oder Semmelweis, den Retter der Mütter. Und auch der Professor, der Paul betreute, sah aus wie der Hauptdarsteller aus einem UFA-Ärztefilm, ein großer, hagerer Mann mit Nickelbrille und Spitzbart, der in Paul seinen seit Jahren gesuchten Nachfolger zu erkennen glaubte. Und so wurde der Aushilfspfleger Langanke auserwählt, bei schwierigen Operationen die Klemmen zu halten.

Und wer weiß, was aus dem aufgehenden Stern am Chirurgenhimmel geworden wäre, wenn die Einberufung zur NVA die Karriere nicht unterbrochen hätte. Paul verpflichtete sich nicht wie alle anderen angehenden Medizinstudenten, die nicht nur die Menschen, sondern auch den Sozialismus retten wollten, für die erwarteten drei Jahre Militärdienst, sondern nur für achtzehn Monate. Das war ein Affront.

Die Briefe, die er Skarlet schrieb, handelten von einer unbekannten Welt, von nächtlichen Gewaltmärschen durch die Heide, von eisernen Rationen, Stubendienst, Spindkontrolle und Ausgangssperre. Die Menschen in den Briefen hießen Einjähriger,

Zweijähriger oder EK. Es gab den Entlassungskandidaten Schubert, der sich ein Stück Quarkkuchen quer in den Mund stecken konnte, und den Einjährigen Koslowski, der eine Flasche Bier trank, ohne dabei zu schlucken.

Doch das Hauptthema in den Briefen war die Langeweile. Paul, der nie Zeit hatte, der immer mit einer wichtigen Sache beschäftigt war, schrieb, daß er sich langweile. Noch nie habe er so viel Zeit in seinem Leben gehabt, und noch nie habe er so wenig mit dieser freien Zeit anfangen können. Pauls Leben bestand aus Warten. Dem Warten auf den Morgenappell, Warten auf das Frühstück, Warten auf die Wachablösung. Warten am Morgen, am Tag, am Abend und selbst in der Nacht.

Nach einem verwarteten Jahr geschah, was immer nach einem Jahr Armeedienst geschah, alle Soldaten wurden zum Gefreiten befördert. Doch der Soldat Langanke wollte für seine sinnlos verwartete Zeit nicht befördert werden. Und während alle anderen Soldaten aus seiner Kompanie das Ritual über sich ergehen ließen, tat der Soldat Langanke etwas, das noch nie jemand vor ihm getan hatte, er trat während der Zeremonie vor und sagte, daß er es nicht wert sei, befördert zu werden. Wofür sollte ein Soldat, der danebenschoß, im Wald beim Manöver die Orientierung verlor und die meiste Zeit im Bett lag und sich langweilte, belobigt werden?

Das hatte es noch nie gegeben. Der Major, der Oberleutnant und die Offiziere waren sprachlos und zogen sich zur Beratung zurück, und Paul wartete auf die Entscheidung. Einen Tag, zwei Tage. Für einen Moment hatte er den Armeealltag aus dem Gleis gebracht. Doch es war nur ein scheinbarer Sieg, denn der Soldat Langanke wurde nach drei Tagen dennoch zum Gefreiten befördert: wegen Ehrlichkeit.

Es war Paul egal, daß er durch diese kleine Revolte endgültig seinen Studienplatz verlor, er lehnte es ab, als sich der Professor für ihn verwenden wollte. Unter diesen Bedingungen wollte er nicht mehr Medizin studieren.

SIE bewarben sich beide an der städtischen Universität und wählten ein Fach mit dem dehnbaren Begriff Kulturwissenschaften, das alle bevorzugten, die sich in diesem Land nicht festlegen wollten. Für den Geschichtenerzähler Paul, der sich durch die Vorkommnisse während seines Armeedienstes selbst den Stempel der politischen Unzurechnungsfähigkeit auf die Stirn gedrückt hatte, war es die einzige Möglichkeit, sich einem anderen Traum zu nähern, wenn auch auf große Entfernung. Und Skarlet war nach mühsam bestandenem Abitur auf der Abendschule froh, überhaupt einen Studienplatz zu haben.

So saßen sie in der Mensa zwischen den verklebten Sprelacarttischen, den halbvollen Tellern mit den verkrusteten Essensresten und den Zigarettenkippen, beobachteten die Leute und dachten sich Filme über sie aus. Es war die Zeit, in der sie fast täglich ins Kino gingen, mindestens dreimal, viermal in der Woche, je nach dem Programm. Es war wie in einem geheimen Klub während der Zeit der Prohibition, alle im Kino kannten sich, gemeinsam sahen sie Filme von Fassbinder, Visconti, Pasolini, Truffaut und natürlich von Fellini, und sie hatten dabei das Gefühl, etwas Verbotenes zu tun. Es waren Bilder aus einer anderen Welt, einer Welt, nach der sie süchtig waren. Die Filme wurden immer nur einmal gezeigt, und sie lebten in der ständigen Angst, etwas zu verpassen. Und dann gab es Filme, die nie gezeigt wurden. Sie lasen alle verfügbaren Drehbücher und ließen in ihren Köpfen die Bilder dazu entstehen. Sie sahen Buñuels Viridiana, die Zwergin, den Bettler, den Blinden und den Aussätzigen an einer Tafel sitzen, gebratenes Lamm essen und Wein trinken, ein Abendmahl der Verlorenen. Und sie hörten die Schwangere sagen: Und ich wäre fast gestorben, ohne je von solch einer Tischdecke gegessen zu haben. Oft waren die Bilder, die sie sich ausdachten, schöner als der wirkliche Film.

Und obwohl es Paul damals nie aussprach, wußte Skarlet, daß es einer seiner Träume war, selbst einmal einen Film zu drehen.

ABER dann gab es unerwartet einen Film, in dem sie mitspielten, in jenem Herbst, in dem das Unmögliche möglich wurde und sie auf den Straßen standen, miteinander redeten und die Polizisten überzeugten, nicht zu schießen. Ein Volk stürzte seine Regierung, diese Dinge hatte es bisher nur im Kino gegeben. Und war es Wirklichkeit oder doch nur eine Filmszene, als Paul in jener Novembernacht, getrieben von den nachdrängenden Demonstranten, die Stasizentrale stürmte?

Paul war unter den ersten, die unaufgefordert das

Gebäude betraten. In seinen Erzählungen machte er
es mit links, setzte den linken Fuß in die Tür, drückte dann mit seinen Hintermännern die sprachlosen
Posten beiseite, rannte die Treppen nach oben, vorbei an dem Pförtner, vorbei an der Büste von Feliks
Dzierzynski, dem obersten Tschekisten, er rannte
durch neonhelle Gänge, stieß Türen auf und stand
atemlos in einem Raum voller Relaisschränke, Schalt-
tafeln und Tonbandgeräte. An den Schreibtischen saßen Menschen mit Kopfhörern und stenographierten
den Wortlaut der Gespräche. Eine Abhörzentrale wie
aus einem Spionagefilm. Der Raum war erfüllt von
einem Summen, die Relais klickten, und die Stifte
kratzten über das Papier. Paul war fasziniert von diesen Geräuschen. Er stand mitten im Herz des Bösen,
er, Jean-Paul Langanke. Aufhören! schrie er. Sofort
aufhören! Und es dauerte einige Minuten, bis die
Mitarbeiter an den Tischen begriffen und ihre Kopf-
hörer abnahmen. Aber vielleicht war diese ganze
Szene nur gespielt, Teil einer Inszenierung, die sie davon ablenken sollte, daß an anderer Stelle Türen zu-
gemauert und Akten vernichtet wurden. Und vielleicht waren alle absichtlich in diesen Raum geleitet
worden. Sie sollten sehen, was sie sehen wollten.
Aber in diesem Moment hatte niemand an dem Sieg
gezweifelt, in diesem Moment waren sie noch die
Helden gewesen.

NOCH wenige Wochen zuvor hatte Skarlet im Zoo
den vierzigsten Republikgeburtstag gefeiert, es gab
Freibier, Kartoffelsalat und gegrillten Mähnenspring-
ger. Der Direktor hielt eine Rede über die fortschrei-

tende Entwicklung in der Löffelstörpopulation, und Skarlet überlegte, ob es nach seinem Tod ein großes Löffelstöressen geben würde. Und während sie feierten, zog Paul mit den anderen Demonstranten durch die Innenstadt, jederzeit gewärtig, daß die Polizei eingreifen und die Situation eskalieren könnte. Skarlet trank Bier, aß folgsam die ihr zugedachte Portion Mähnenspringer und vermied es, wie alle anderen auch, über ein Land zu sprechen, auf das sie eigentlich anstoßen sollten. Skarlet schämte sich für diese Heuchelei und betäubte ihr schlechtes Gewissen mit Bier. Und als sie schwankend nach Hause lief, waren auf den Straßen weder Polizei noch Demonstranten zu sehen, es gab niemanden, mit dem sie reden konnte. Sie fühlte sich einsam in dieser geräuschlosen Dunkelheit. Als sie endlich zu Hause angekommen war, weckte sie Christian, um ihm einen Vortrag über die gegenwärtige politische Lage zu halten. Doch bevor sie damit beginnen konnte, wurde ihr übel.

Mir ist das Essen nicht bekommen, sagte sie.

Ach, sagte Christian. Und was hast du gegessen?

Mähnenspringer.

DAS vierzigste Jahr war das letzte für das Land gewesen. Was hat sich geändert, seit du vierzig bist? hatte Paul sie noch vor einem Jahr gefragt, und sie hatte gesagt: Ich bin in die Nähe des Friedhofs gezogen.

Damals hatten beide gelacht.

AUF dem Rückweg von dem Büro des Direktors mied Skarlet die Hauptwege. Sie war sich nicht sicher, ob es eine gute Idee gewesen war, um Urlaub zu bitten. Je länger sie darüber nachdachte, um so mehr fürchtete sie sich davor, allein zu sein, und sie bereute, daß sie den Fotografen so einfach hatte davongehen lassen.

7

DER Bagger fraß sich in ihren Traum. Sie zog sich die Decke über den Kopf, das Geräusch blieb. Die Schaufel schleifte über die gefrorene Erde, einmal, zweimal, dreimal, bis die Zähne endlich Halt fanden. Dann folgte das Geräusch des Preßlufthammers. Sie hörte, wie die Erde auf die Ladefläche des kleinen Elektroautos fiel und die gefrorenen Brocken gegen die Planken polterten. Nur Unwissende dachten, ein Friedhof sei ein stiller Ort.

Spätestens zwei Wochen nach dem Umzug in die neue Wohnung war Skarlet vom Gegenteil überzeugt. Nirgendwo wurden die Rasenflächen so häufig gemäht, die Hecken geschnitten, die Gartenabfälle geschreddert, die Kieswege geharkt wie auf einem Friedhof. Und dann die neuen Gräber. Im Sommer genügten Schaufel und Spitzhacke, aber im Winter, sobald der erste Frost kam, war dafür ein kleiner Bagger mit Dieselmotor zuständig. Sie hörte das gleichmäßige Stampfen, das hin und wieder aussetzte, so, als hätte sich der Motor verschluckt und würde nach Luft ringen. Das schlimmste war, daß alle Arbeiten vor der Friedhofsöffnung erledigt sein mußten, was bedeutete, daß sie bereits in der Morgendämmerung begannen.

Der Himmel vor dem Fenster war grau. Es war jenes Grau, das Schnee versprach. Sie hatte das Gefühl, daß die Wolken immer tiefer sanken, vollgesogene

Schwämme, die irgendwann an den Baumwipfeln hängenbleiben würden. Sie konnte von ihrem Bett aus direkt in den Himmel sehen. Was weniger Veranlagung für esoterische Dinge als die Unfähigkeit war, Löcher für die Jalousie in die Wand zu bohren.

Sie nahm es hin, daß sie in wolkenfreien Vollmondnächten wach im Bett liegen mußte und nachts, wenn sie aufwachte, den rötlichen Lichtschein der Stadt sah. Ein Licht, das Verheißung versprach. Geöffnete Bars, Freunde, Unterhaltung bis zum Morgengrauen. Es war eine angeborene Sehnsucht. Seit ihrer Kindheit war sie dazu verdammt, mehrmals in der Nacht aufzuwachen, als müßte sie prüfen, ob alles noch an seinem Platz war. Sie wurde verfolgt von der Angst, etwas zu verpassen. Einmal hatte sie der Versuchung nicht widerstehen können und war morgens um drei aufgestanden und in die Innenstadt gefahren. Aber als sie ankam, waren alle Bars geschlossen, und nicht einmal ein Betrunkener war auf den Straßen zu sehen gewesen. Über der Stadt war der Himmel eben immer etwas heller.

Wenn Skarlet den Kopf hob, sah sie den Turm der Friedhofskapelle, einen efeubewachsenen Backsteinbau mit rundem Schieferdach. Die Blätter waren in der Kälte erstarrt, ein unnatürlich glänzendes Dunkelgrün, das an die Plastikblätter einer Bühnendekoration erinnerte. Eingehüllt in seinen grünen Umhang, wirkte der Turm wie eine Filmkulisse. Und auch die Begräbnisse, die Skarlet von ihrer Terrasse aus beobachten konnte, erschienen wie die Inszenierung der immer gleichen Szene: Erst läuteten die Glocken, und dann wurde der Sarg mit einer Blaskapelle voran zur Grabstelle getragen. Trompeten, Trommeln, Pauke, die Beerdigungen waren nicht nur stilles Gedenken. Wobei das Repertoire beschränkt blieb: *Unsterbliche Opfer*, dicht gefolgt von *Silenzio* und *Glück auf, Glück auf, der Steiger kommt.*

Rings um die Stadt zogen sich ein Tagebau nach dem anderen, und zu Ulbrichts Zeiten hatte es das Gerücht gegeben, daß die gesamte Innenstadt auf Braunkohle stünde und abgerissen werden müsse. Kilometer um Kilometer hatten sich die Bagger an die Vororte herangefressen, hatten Felder verschlungen, Straßen und Dörfer. Die meisten Kumpel kamen aus diesen Dörfern, und es gab Bergleute, die ihr eigenes Haus weggebaggert hatten.

Jetzt waren die Gruben geflutet und zu Badeseen geworden, ein ehrgeiziges Projekt, mit dem sich die Region brüstete, alle waren begeistert, und nur die Namen der Seen erinnerten noch an die Orte, die auf ihrem Grund lagen. Die Musik bei den Begräbnissen war geblieben. *Und er hat sein helles Licht angezünd't!* Ein Bergmann blieb immer ein Bergmann.

Manchmal sprach der Redner so laut, daß sie es hören konnte. Es war ihr unangenehm, wenn sie dabei nackt in der Sonne lag. Asche zu Asche, Staub zu Staub, und sie hatte das Gefühl, sich etwas anziehen zu müssen.

Die Begräbnisse übten eine merkwürdige Anziehungskraft auf sie aus. Verdeckt durch einen Pfeiler, stand Skarlet dann auf ihrer Terrasse und sah auf die Trauergemeinde, die sich um das Grab versammelt hatte. Aus der Tageszeitung kannte sie den Namen des Verstorbenen, sein Alter, wußte, ob er verheiratet gewesen war oder kinderlos allein gelebt hatte, kannte die Namen seiner Geschwister und ahnte die Ursache seines Todes. Sie hatte gelernt, zwischen den Zeilen zu lesen. Ein »Warum« deutete auf Selbstmord hin, ein »Erlöst« auf eine lange Krankheit oder hohes Alter.

Das Lesen von Todesanzeigen war eine Familientradition. Schon der Vater nahm die Zeitung immer mit einem: Mal sehen, wer heute aus dem Konsum ausgetreten ist!, zur Hand. Der Konsum war im Gegensatz zur Handelsorganisation HO das einzige Unternehmen im Sozialismus, das Rabattmarken verteilte. Ein Privileg, auf das kein Konsummitglied freiwillig verzichtet hätte, es sei denn, es starb. Der Vater las wie alle im Land die Zeitung von hinten. Niemanden interessierten die hinlänglich bekannten Schlagzeilen auf dem Titelblatt. Die einzigen Neuigkeiten boten der Gerichtsreport, die Unfallberichte und die Todesanzeigen. Es war eine Angewohnheit, die sich auch auf Skarlet übertragen und die sie bis heute beibehalten hatte. »In Liebe und Dankbarkeit nehmen wir Abschied.« Es starben immer nur gute Menschen. Und auch in der Todesanzeige von Skarlets Vater war es nicht anders gewesen. »Wer im Herzen seiner Lieben lebt, ist nicht tot.«

Und Paul? Was würde über ihn in der Zeitung stehen? Alle Worte, die Skarlet einfielen, klangen falsch. Sie dachte an ihre Rede und ließ sich zurück auf das Kopfkissen fallen.

Skarlet spürte eine Hand unter ihrem Rücken: der Fotograf. Er lag neben ihr und schlief. Sie sah sein blasses Gesicht, die dunklen Bartstoppeln, die durch die Haut schimmerten. Es war ihr unangenehm, ihn so neben sich zu sehen. Ein Fremder, der ihr in einem Zugabteil zufällig gegenübersaß und den sie zwangsläufig beim Schlafen betrachten mußte. Sie fand, daß es nichts Intimeres gab, als neben jemandem aufzuwachen. Normalerweise vermied sie es, ihre Liebhaber mit nach Hause zu nehmen. Sie wollte sich die Möglichkeit offenhalten zu gehen, wann sie es für richtig hielt. Sie prüfte immer die Rückzugsmöglichkeiten, war die Haustür verschlossen, gab es eine Hoftür oder eine Mauer, über die sie steigen konnte. Sie fand es ehrlicher, im Morgengrauen ohne Abschied davonzugehen, als sich noch über die Peinlichkeit eines gemeinsamen Frühstücks zu quälen. Willst du Tee oder Kaffee? Bei ihr gab es nie Frühstück. Ihre Sehnsucht nach Gemeinsamkeit hatte sich in siebzehn Jahren Ehe erschöpft.

Der Fotograf atmete gleichmäßig, ein leises Schnarchen, das hin und wieder in ein Pfeifen überging. Das beste wäre, ihn einfach in diesem Bett zu vergessen und darauf zu hoffen, daß er von selbst ging.

Langsam kam die Erinnerung an den vergangenen Abend zurück. Bruchstücke, die sie mühsam zusammensetzte.

Was hat sich verändert, seit du vierzig bist?

Ich will mich am Morgen nicht mehr an meine Liebhaber erinnern.

VIERZIG war ihr als magische Grenze erschienen, eine Demarkationslinie, hinter der Feindesland lag. Vierzig, die Hälfte des Lebens, vorausgesetzt, sie würde überhaupt achtzig Jahre alt werden. Oder war

167

die Zweidrittelmarke bereits erreicht, und sie hatte nur noch wenige Meter bis zum Ziel?

Vierzig, das klang nach Antifaltencreme und chronischen Krankheiten. Mein Gott, da kommt ja ganz schön viel zusammen, hatte der Aufnahmearzt im Krankenhaus zu Skarlet gesagt und ein Blatt nach dem anderen in der Kartei angelegt. So wie andere sagten, mein Auto, mein Haus, mein Segelboot, sagte Skarlet: meine Lungenentzündung, mein Nierenstein, mein Bluthochdruck.

Anders als Paul in früheren Jahren bildete sie sich diese Krankheiten nicht ein, sie hatte diese Krankheiten und im Laufe der Jahre so viel medizinisches Wissen erworben, daß sie ihren gesamten Bekanntenkreis mit Ratschlägen versorgen konnte. Sie schloß im Krankenhaus mit anderen Patienten Wetten über die Behandlung von Neuzugängen ab: drei Euro auf eine Darmspiegelung. Die Ärzte waren oft träge in ihren Entscheidungen, manchmal dauerte es zwei Tage, bis Skarlet ihre Wette gewann. Die meisten Ärzte waren einfach nur überlastet. Sprechen Sie mit mir, ich habe diese Nacht nur eine Stunde geschlafen, hatte der Kardiologe während der letzten Herzsonographie zu Skarlet gesagt. Sein Oberarztleben spielte sich in einem abgedunkelten Raum ab, nicht größer als eine Abstellkammer, zwischen surrenden und flimmernden Maschinen und unter Aufsicht einer mürrischen Schwester, die ihm die Patienten im Viertelstundentakt hereinrollte. Liegen bleiben!

Skarlet bedauerte ihn wegen seiner schlechten Arbeitsbedingungen. Er bedankte sich für die Anteilnahme, man habe selten so mitfühlende Patienten, und drückte ihr dabei die Ultraschallkamera auf die Rippen.

Skarlet sah auf dem Bildschirm etwas zucken, das ihr Herz sein sollte, und suchte in dem diffusen Gebilde nach Unregelmäßigkeiten.

Ihre Herzklappen schließen altersgerecht, sagte der Kardiologe.

Was heißt das?

Stellen Sie sich eine vierzig Jahre alte Tür vor, durch die es immer ein wenig zieht.

Ach!

Nicht, daß Sie wie vierzig aussehen!

Aber die Herzklappen?

Tja, es wird nicht besser werden.

PAUL war immer besorgt gewesen, wenn Skarlet im Krankenhaus lag. Bei seinen Besuchen hatte er bedrückt gewirkt, wie ein Bankräuber, der seinen Komplizen im Gefängnis besucht, immer in der Angst, selbst verhaftet zu werden. Mißtrauisch hatte er sich nach den Behandlungen erkundigt und sich mit einem Erzähl-es-mir-lieber-nicht-Unterton alles bis ins letzte Detail erzählen lassen. Er sah in jedem Insektenstich ein wachsendes Geschwür und vermutete bei Kopfschmerzen sofort einen Gehirntumor. Was soll das denn werden, wenn du wirklich einmal krank bist? hatte Skarlet gesagt.

Sie hatte sich an ihre Krankheiten gewöhnt. Sie kamen ihr vor wie ein Regulativ, eine rote Ampel, die ihren Körper zum Stillstand brachte und vor zu schnellem Fahren schützte. Es waren immer Vollbremsungen. Danach fuhr sie eine Zeitlang mit schleifender Handbremse weiter, bis sie alle Vorsicht vergaß und auf die nächste rote Ampel zuraste. Was wäre, wenn sie all diese Krankheiten nicht hätte? Wahrscheinlich würde sie dann als Satellit um die Erde kreisen, oder sie hätte das Bett voller Fotografen.

So war es glücklicherweise nur einer. Sie betrachtete ihn im fahlen Morgenlicht und bemerkte, daß er bereits graue Schläfen bekam. Kaum zu glauben, daß er wirklich erst fünfunddreißig Jahre alt sein sollte. Zudem wuchsen ihm Haare aus Nase und Ohren, ein sichtbares Zeichen für Alter.

SKARLET sah den Vater, über eine Zeitung gebeugt, am Tisch sitzen, den Mund zu einem schmalen O geformt, und sich mit einer Nagelschere die Nasenhaare schneiden. Jedesmal, wenn sich Skarlet danach mit dieser Schere die Nägel schneiden mußte, sah sie die grauen Borsten vor sich, die mit einem leisen Geräusch auf die Zeitung fielen. Und sie schwor sich: Nie würde sie einen Mann lieben können, dem Haare aus der Nase wuchsen.

JE älter Skarlet wurde, um so jünger wurden ihre Liebhaber, und sie fragte sich besorgt, wie lange sie diese Ungleichheit noch aufrechterhalten konnte. Wenn es so weiterging, würde sie mit siebzig ihre Liebhaber in einer Grundschule rekrutieren müssen. Doch es war nicht nur ein körperlicher Unterschied, den sie kaschieren mußte. Am gefährlichsten waren die Erinnerungen. Weißt du noch? Weißt du noch, wie der erste Gojko Mitic-Film im Kino lief und wir danach alle die Indianer aus den Reservaten befreien wollten? Wie Gaby Seyfert den dreifachen Rittberger sprang und Europameisterin wurde? Erinnerst du dich an Meisternadelöhr, Angela Davis, an den ersten Hit von Frank Schöbel? Weißt du noch, wie sich die Leute an der ersten Rolltreppe im Kaufhaus die Zehen eingeklemmt haben?

Und es traf sie jedesmal wieder mitten ins Herz, wenn sie die Antwort hörte: Aber da war ich doch noch gar nicht geboren.

Am deutlichsten bewußt wurde Skarlet ihr Alter bei Rockkonzerten. Alte Menschen auf der Bühne, alte Menschen im Publikum. Und für die ganz Alten waren an den Wänden Tribünen mit Sitzplätzen gebaut worden, wahrscheinlich würden demnächst die ersten ihre Sitzkissen mit zum Konzert bringen. Manchmal schien es Skarlet, als hätten die Veranstalter die Sargdeckel noch einmal angehoben. Die meisten Musiker waren stehengeblieben in der Zeit ihrer jahrzehntelang zurückliegenden Erfolge und zelebrierten die alten Titel ohne jeden Selbstzweifel. Und alle im Publikum reckten ihnen in heiligem Ernst ihre Feuerzeuge entgegen, auch Skarlet stand mit ausgestrecktem Arm in der Menge und kam sich vor, als würde sie eine Beerdigung illuminieren. In dem matten Licht sah sie die alternden Fans, die sich noch einmal in ihre Jeans gezwängt und ein Stirnband um ihre lichter werdenden Haare gebunden hatten. Skarlet stand mitten unter ihnen, ebenfalls mit Jeans und Stirnband, und betete: Lieber Gott, mach, daß ich nicht auch so alt aussehe.

Noch mußte sie sich keine Sorgen machen, noch sagte die Kassiererin im Supermarkt zu ihr: Tschüs!

und nicht wie zu den anderen Frauen: Ich wünsche Ihnen noch einen schönen Tag! Noch bot ihr niemand in der Straßenbahn einen Sitzplatz an. Noch wurde sie nachts auf der Straße von Jugendlichen gefragt: Kannst du mir mal Feuer geben?

Bis vor wenigen Jahren hatte sie sich kaum Gedanken darüber gemacht. Sie ignorierte die für sie bestimmte Werbung, Cremes für die Haut ab Dreißig, Aktivbäder und die Leistungskraft fördernde Tinkturen. Noch fühlte sie sich so, als hätte sie soeben ihr Studium hinter sich gebracht, kein Gedanke an Alter und Altwerden. Aber dann kamen die ersten Krankheiten und damit die ersten Zweifel. Vielleicht war es nur die beginnende Sehschwäche, die sie davor bewahrte, sich im Spiegel so zu sehen, wie sie wirklich war. Was, wenn das Alter sichtbar würde und sie Falten bekäme, Krähenfüße und, was das schlimmste wäre: Orangenhaut?

Sie begann am Morgen mit einigen Übungen unter der Bettdecke. Sie hob die Beine, straffte die Bauchmuskeln, jeden Tag dreißig Sekunden länger.

Sie hätte nie zugegeben, daß sie Morgensport machte. Das Wort Morgensport roch nach Malzkaffee und Marylancreme.

PÜNKTLICH nach den Sechsuhrnachrichten begann der Vater mit seinen Übungen: Armkreisen, Liegestütze, Kniebeugen. Sie sah ihn auf dem Boden liegen, die Füße unter den Sessel geklemmt, und hechelnd die Rumpfbeugen zählen. Genau dreißig. Nie mehr und nie weniger. Danach kamen die Hockstrecksprünge oder, wie es Tante Edeltraut nannte: Häschenhüpf. Mit flatterndem Unterhemd sprang der Vater in Richtung Deckenlampe, und Skarlet hoffte vergebens, daß er eines Tages daran hängen bleiben könnte. Häschen hüpf, Häschen hüpf, Häschen hat sich ausgehüpft. Nach dem Waschen, natürlich mit kaltem Wasser, kam das Eincremen. Auch das war ein festgelegtes Ritual, bei dem er millimetergenau Creme aus einer Tube auf seinen Armen und Beinen verteilte. Fünf Millimeter für den linken Arm, fünf Millimeter für den rechten Arm, und was am Ende noch an den Handflächen haftete, mußte für das Gesicht reichen. 3 Tuben Marylannährcreme 37 g à 1,80 M = 5,40 M.

JEDESMAL, wenn Skarlet unter der Bettdecke ihre Bauchmuskeln straffte, produzierte ihr Gedächtnis die bekannten Bilder und ließ den Vater durch das Wohnzimmer hüpfen, ein Flaschengeist in Feinrippunterwäsche.

Zwar gab es zu Skarlets heimlichen sportlichen Aktivitäten eine Alternative, die frei war von jeglicher Erinnerung, sie verstieß jedoch gegen Skarlets Prinzipien. Nie, nie, niemals würde sie in eines dieser Fitneßstudios gehen, sinnlos Gewichte stemmen oder auf einem Fahrrad auf der Stelle treten und virtuell die deutschen Alpen abfahren. Sie fand es albern, in einer Gruppe hin und her zu hüpfen und mit den Armen zu wedeln.

Die einzige Ausnahme, die sie sich nach monatelangen inneren Kämpfen gestattete, war ein Kurs mit dem furchteinflößenden Namen »Rückenschule«. Wirbelsäulengymnastik war etwas Medizinisches, etwas, das von Arzt und Apothekern empfohlen wurde. Nach drei Wochen wechselte sie zu Bauch, Beine, Po, sie wollte ihre Zeit nicht damit verbringen, mit anzusehen, wie ungelenkige Männer vergebens versuchten, ihre Nase an die Knie zu legen, und für jeden Zentimeter von der Trainerin mit Beifall belohnt wurden. Aber auch in dem neuen Kurs waren ihr die Teilnehmer zu alt, und sie kaufte sich einen pinkfarbenen Gymnastikanzug und wechselte zu Aerobic. Doch das erwies sich nur als Hausfrauenhampelei, und Skarlet gab auf. Sie wurde Clubmitglied, fuhr zweimal in der Woche in einem Indoor-Cycling-Kurs mit Zwanzigjährigen um die Wette und schwitzte an den übrigen Tagen an Butterfly und Crosswalker. Schulterpresse, Beinbeuger, Beinstrecker, nichts war ihr mehr fremd, und nach vier Monaten bestritt sie, jemals etwas gegen Fitneßstudios gesagt zu haben. Jeder müsse etwas für seine Gesundheit tun.

Körperverletzung, sagte Paul.

Wart's ab, sagte Skarlet. Und ein halbes Jahr später traf sie ihn an der Rezeption. Nur zur Rückenschule! sagte Paul.

In der Schule war Paul nicht unsportlich gewesen, aber im Gegensatz zu Skarlet, die Sport auf Befehl ablehnte, sich aber trotzdem die Ecken ihrer Schneidezähne am Torpfosten abschlug und als Kapitän der Handballmannschaft den Spitznamen Kamikaze trug, war Paul vorsichtig und machte aus seiner Unlust keinen Hehl. Eine Haltung, die der militante Sportlehrer, der bezeichnenderweise Herr Knecht hieß, mit schlechten Noten ahndete. Nur einmal, in der achten Klasse, stand zur Verwunderung aller auf Pauls Zeugnis im Sport die Note »Sehr gut«. Er sei eben in diesem Jahr schneller gerannt und weiter gesprungen als sonst, behauptete Paul. Skarlet war sicher, daß es einen anderen Grund geben mußte, doch Pauls neue Sportlichkeit blieb lange ein Geheimnis. Ein Geheimnis, das erst der Außerirdische lüftete. Es galt damals als ungeschriebenes Gesetz, daß ein Schüler, der eine herausragende Leistung in einer Sportgemeinschaft vorzeigen konnte, am Jahresende die Bestnote bekam. Doch Paul hatte weder den Neujahrsmarathon noch die Fußballkreismeisterschaft gewonnen, sondern war überraschend städtischer Schachmeister geworden, eine Tätigkeit, die der Sportlehrer nicht als Sportart gelten ließ. Etwas, bei dem man sitzen konnte, sich kaum bewegte und nicht einmal Turnschuhe anhaben mußte, war es nicht wert, in seinem Unterricht überhaupt erwähnt, geschweige denn mit einem »Sehr gut« belohnt zu werden. Doch auch Paul blieb hartnäckig, beschwerte sich beim Direktor und reichte als Beweis einen Tipschein der Sport-Toto-Wette ein, auf dem unter der Nummer 26 die Sportart Schach verzeichnet war. Und nicht einmal der Direktor wagte es, an der Glaubwürdigkeit des VEB Vereinigte Wettspielbetriebe zu zweifeln.

Wieso hast du damals überhaupt gewonnen? fragte Skarlet.

Der Gegner hat aufgegeben.

Aus Angst vor dir?

Weil er bei der Aufstellung Dame und König verwechselt hat.

175

Du hast sie vertauscht! sagte Skarlet.

Ich? sagte der Außerirdische.

PAULS freiwillige Fitneßaktivitäten fielen in die Zeit der Hugo Boss-Anzüge, und keiner glaubte ihm, daß er wirklich etwas gegen seine Rückenschmerzen tun wollte. Das Krankheitsbild erschien allen eindeutig: Paul war verliebt.

Plötzlich fing er an, sich für Mode zu interessieren, berechnete sein Idealgewicht, ließ sich die Haare kurz schneiden und kaufte sich einen Ohrring. Und Skarlet fürchtete, daß er sich bald tätowieren lassen würde.

Im Kindergarten hatte Paul darunter gelitten, daß er einige Monate jünger war als Skarlet. Und später hatte es ihn verdrossen, daß er fast als letzter in seiner Klasse einen Personalausweis bekam. Während sich Skarlet legal Filme ab vierzehn Jahre ansehen durfte, mußte er sich durch die Kontrolle mogeln. Doch je älter sie wurden, um so weniger wollte Paul an diese Zeit erinnert werden. Jetzt war es Skarlet, die zuerst dreißig wurde, fünfunddreißig, vierzig.

Was hat sich verändert, seit du vierzig bist?

Ich werde immer anfälliger für Komplimente.

Das Ergebnis ihrer Anfälligkeit lag neben ihr und schlief.

Es war nicht ihre Schuld. Es war nie ihre Schuld. Der Fotograf hatte noch einmal angerufen. Warum hätte sie nein sagen sollen? Weshalb sollte sie erst einen Umweg nehmen und sich mit ihm irgendwo treffen?

Sie rollte sich zur Seite, um nicht mehr auf seiner

Hand zu liegen, und rutschte unter der Decke an den Rand, vorsichtig, jede Bewegung vermeidend, die einen Luftzug verursacht hätte. Sie stand auf und tastete sich, geschützt durch den Friedhofslärm, auf den Dielen zur Tür.

Sie suchte nach ihren Sachen, die auf dem Fußboden verstreut lagen. Es gelang ihr, die Klinke geräuschlos nach unten zu drücken. In diesem Moment klingelte das Telefon. Der Fotograf schreckte hoch. Es beruhigte sie, daß auch er sie verwundert ansah und einige Zeit brauchte, bis er die Orientierung wiederfand.

Skarlet suchte neben dem Bett nach ihrem Handy. Es war der Anruf, den sie erwartet hatte. Es ist im Moment ungünstig, sagte sie, ich rufe zurück.

Wer ruft dich so zeitig an? fragte der Fotograf.

Der Bestatter, sagte Skarlet.

Und sie sah, wie der Fotograf verunsichert aus dem Fenster auf den Friedhof blickte.

Die Aussicht im Zoo war mir lieber, sagte der Fotograf.

Mir normalerweise auch, sagte Skarlet und sah zu, wie er sich eilig anzog.

Soll ich dich mit in die Stadt nehmen? fragte der Fotograf.

Danke, ich bleibe heute zu Hause.

Sie bemerkte seinen Blick zu dem Umschlag mit den Fotos, der auf dem Tisch lag.

Wenn du willst, kannst du sie mitnehmen und beim Pförtner abgeben, sagte Skarlet.

Der Fotograf lachte. In dem Umschlag ist sowieso nur Pappe. Ich hatte zuwenig Zeit.

Sie hörte, wie die Tür ins Schloß fiel. In ihrem Leben als Hirschmausmutter hätte sie es unmoralisch gefunden. Aber jetzt reichte es nicht einmal mehr zu einem schlechten Gewissen.

SIE ging zum Schreibtisch und schaltete den Computer ein. *Guten Morgen, Skarlet Bucklitzsch. Sie haben drei ungelesene Nachrichten.*

Die erste kam von Judith: *Kommst Du mit, die Grabstelle aussuchen? Treffpunkt 15 Uhr am Südfriedhof.* Die zweite Mail war von Lydia. *Kann Dich nicht erreichen. Melde Dich bitte!*

Skarlet erinnerte sich, daß am späten Abend, als sie mit anderen Dingen beschäftigt war, mehrfach das Telefon geklingelt hatte. Jetzt war es in Chicago mitten in der Nacht, und sie würde einige Stunden warten müssen, bis sie Lydia zurückrufen konnte. Die letzte Mail hatte der Bestatter vor wenigen Minuten geschickt. Er bat noch einmal ausdrücklich um die Rede, *zu Ihrer eigenen Sicherheit.*

Es war wohl eher zu seiner Sicherheit. Was machte ihn so ängstlich? Befürchtete er, daß sie einen politischen Appell verlesen oder die Trauergäste zum religiösen Fanatismus aufwiegeln würde? Wer sollte hier sicher vor wem sein?

Sie fand es überraschend, daß ein Bestattungsunternehmer E-Mails schrieb. Aber wahrscheinlich war er schon online gewesen, als sie sich noch vehement gegen das Internet gewehrt hatte.

Es gab kein Entrinnen mehr. Sie öffnete das Schreibprogramm. Datei – Neu – leeres Dokument: ein weißes Blatt auf dem Monitor.

»Liebe Judith, lieber Lukas«, sie wußte nicht einmal, wie Pauls Mutter hieß. An der Tür hatte immer Heinz Langanke gestanden, und irgendwann, als Paul Student war, hatte er beiläufig bemerkt, daß seine Mutter wieder geheiratet hatte.

Für Paul hieß sie immer nur: meine Mutter. Meine Mutter hat gesagt, daß ich die Wäsche aufhängen soll. Ich muß die Flaschen wegbringen, die Küche wischen und das Paket zur Post bringen. Paul hielt sich an alles, was ihm seine Mutter auftrug. Er zog, auch wenn seine Mutter nicht zu Hause war, die Schuhe vor der Wohnungstür aus, er warf seinen Ranzen nicht in die Ecke, sondern stellte ihn ordentlich an die dafür vorgesehene Stelle an der Flurgarderobe. Wenn er etwas aß, räumte er das Geschirr anschließend in die Abwaschschüssel und wischte den Tisch ab.

Pauls Mutter war eine große, hagere Frau, die selten lachte. Sie wirkte immer überarbeitet und müde, wenn sie aus ihrem Büro nach Hause kam, und Paul tat alles, damit sie sich keine Sorgen um ihn machen mußte.

Skarlet war nie ordentlich gewesen. Sie war das Kind, das trotz täglicher Belehrungen alles verlor: Mützen, Handschuhe, Turnbeutel, Federmappen und zweimal den kompletten Ranzen. Noch heute herrschte in ihrem Rucksack das gleiche Chaos wie damals in ihrem Schulranzen. Und wenn sie ein Feuerzeug suchte, fand sie mit großer Wahrscheinlichkeit das Asthmaspray.

Skarlet entschied sich für die Formulierung »Liebe Familie«, wer auch immer zu dieser Trauerfeier käme, wäre darin eingeschlossen. »Liebe Familie, liebe Freunde.«

Sie drückte auf Speichern. Der einzige Ort, an dem sie Ordnung hielt, war ihr Computer. Sie liebte es, Dateien anzulegen und zu sortieren. Sie fühlte dabei eine tiefe Befriedigung, das gleiche Gefühl, das sie in der Zeit als Hirschmausmutter empfunden hatte, wenn sie die ordentlich gebügelte Wäsche in den Schrank legte. Manchmal, beim Scannen von Belegen, bekam Skarlet Angst, daß sie die Gene ihres Vaters geerbt haben könnte.

Speichern unter. Skarlet nannte die Datei »Beerdigung Paul«.

Womit sollte sie beginnen? Mit Pauls Bitte, ihm eine Grabrede zu halten, *ein bißchen Geschichtenerzählen ohne Pathos*?

Wovon sollte sie erzählen? Von Tante Edeltraut, Herrn Nottelmann oder von den Momenten, in denen Paul glücklich gewesen war? Als die Mauer fiel, als Lukas geboren wurde oder von jenem Abend vor acht Jahren, als er Skarlet und einige andere Freunde zu dem alten Vorstadtkino bestellt hatte? Jenem alten FILMPALAST, in dem sie ihre ersten Filme gesehen hatten: die Späße der Olsenbande, die heldenhafte Rettung der Dakotaindianer durch Gojko Mitic oder die Mißgeschicke des Louis de Funès. Wegen seiner fleckigen und abgeschabten Sitze nannten alle das Kino DIE FETTBEMME, und zwangsläufig hatte es gegen die neuen Kinopaläste nicht standhalten können und war geschlossen worden.

Und nun warteten sie irritiert vor der verschlossenen Tür, und es geschah ein Wunder. Paul kam, holte einen Schlüssel aus seiner Hosentasche und öffnete die Tür zum Kinosaal, die Tür, vor der sie oft sehnsüchtig auf Einlaß gehofft hatten. Er suchte mit einer Taschenlampe den Sicherungskasten und ließ langsam das Licht angehen, und die immer heller werdenden Wandlampen machten die verblichene Polsterung der Sitze sichtbar, die Holztäfelung an den Wänden und das Geländer, das die letzten drei Reihen umschloß. Ein Platz in der Loge war immer fünfzig Pfennig teurer als die übrigen Plätze gewesen, und nur die Schüler aus den höheren Klassen hatten sich diesen Luxus leisten können.

Ich habe das ganze Kino gekauft, sagte Paul, für eine Mark, und er konnte gar nicht aufhören, sich vor Lachen auf die Oberschenkel zu schlagen. Eine Mark, eine einzige Mark, sagte er immer wieder, und Skarlet hatte ihn im Verdacht, daß er es getan hatte, um sich endlich alle Filme zu bestellen, die er immer schon einmal sehen wollte.

Tatsächlich zeigte er diese Filme. Doch das Wunder setzte sich fort, und Abend für Abend waren alle Plätze im Kino ausverkauft. Es nannte sich jetzt »Programmkino«. Alle waren gerührt beim Anblick der abgeschabten Sitzpolster und der Wasserflecken an der Decke. Und inmitten der Nostalgie wurde Paul zum Filmsachverständigen der Stadt, umworben von Agenturen und Fördervereinen, und unbemerkt für viele begann bei Paul die Zeit der Hugo Boss-Anzüge.

SKARLET ging in die Küche. Der Brief lag auf dem Tisch, wie sie ihn Tage zuvor hingelegt hatte. Sie schämte sich noch immer für den zerrissenen Umschlag. Die Seiten waren anders gefaltet als üblich, erst längs halbiert, dann quer. Es war ganz normales A4-Büropapier, beidseitig beschrieben. Pauls Schrift hatte sich seit der Schulzeit wenig verändert, es waren immer noch die dichtgedrängten, eckigen Buchstaben von damals. Jungsschrift, hatte Skarlet immer gesagt.

Stationen meines Lebens, stand als Überschrift auf der letzten Seite. Darunter geordnet die Dinge, die Paul in seinem Leben wichtig gewesen waren.

Die Erziehung im Kindergarten
Die Kindheit ohne Vater

Stichpunkte für die Erarbeitung eines Kurzvortrags. Das Thema: Vierzig Jahre Jean-Paul Langanke.

Der vierzigste Geburtstag, den Paul zugleich gefürchtet und herbeigesehnt hatte, war für ihn ein Tag in Einsamkeit geworden. Vierzig Freunde hatte er einladen wollen, eine große Party sollte es geben, bei der er auf das neue Leben, für das er sich nun endgültig entschieden hatte, anstoßen wollte. Mit allen Konsequenzen.

Du wirst doch nicht heiraten wollen? hatte Skarlet gesagt.

Und dann lag er an diesem Tag, nach seinem ersten Fieberschub, auf der Intensivstation, angeschlossen an unzählige Apparate, die das langsame Sterben seines Körpers protokollierten.

NACH Pauls erstem Anruf aus dem Krankenhaus hatte es ein langes Schweigen gegeben. Sie haben etwas gefunden, hatte Paul gesagt. An der Leber und an der Bauchspeicheldrüse. Und die Diagnose lautete: Inoperabel.

Ruf mich an, hatte Skarlet gesagt und nicht erwartet, daß er es wirklich tun würde. Worüber hätten sie reden sollen?

Sie hatte sich vorgestellt, wie Paul in dem auf seinen Wunsch hin abgedunkelten Zimmer lag. Ohne Bücher, ohne Radio, ohne Fernseher, allein in seiner selbstverordneten Einsamkeit.

SKARLET suchte nach einer Möglichkeit, Kontakt zu ihm aufzunehmen, vorsichtige Klopfzeichen durch die Zellenwände. Briefe, die sie abschickte, ohne auf eine Antwort zu hoffen.

Den ersten Brief schrieb sie im Zug. Es war ein Zug aus ihrer Kindheit. Die Polster der gegenüberliegenden Sitzbank waren an einer Stelle aufgeplatzt, und durch das hellbraune Kunstleder zwängte sich schmutziger Schaumgummi. Sie schrieb auf herausgerissenen Heftseiten und hielt mit dem Fuß die Tür fest, die nicht schloß und ständig hin- und herrollte. Der löchrige Vorhang flatterte im Wind, es roch nach Schmieröl und Staub, und der Zug rumpelte über die Gleise wie damals, als Skarlet das erste Mal mit ihren Eltern an die Ostsee gefahren war und die Mutter gegen die Langeweile Leberwurstbrote und hartgekochte Eier verteilt hatte. »Erinnerst Du Dich«, schrieb Skarlet an Paul, »daß Du immer behauptet hast, die Züge in unserem Land würden absichtlich so langsam fahren, um uns allen das Gefühl einer weiten Reise zu geben?«

Jetzt fuhr sie von Palermo nach Cefalù, eine Strecke von sechzig Kilometern, für die der Zug über eine Stunde brauchte, vorausgesetzt, er hatte keine Verspätung. Und Skarlet sah auf das Meer, das von einem so unverschämten Blau war, daß ihr die Augen schmerzten und sie die Sonnenbrille aufsetzen mußte. Und sie schrieb an Paul: »Ich wünsche mir, Du könntest dieses Meer sehen.«

Es war die erste Reise, die sie allein machte. Sonst hatte sie immer Freunde oder ihre Familie wie einen Schwanz hinter sich hergezogen. Doch Lydia war erwachsen geworden, und auch Christian mußte nicht mehr betreut werden. Sie hatte sich diese Reise zur Scheidung geschenkt: Im Namen des Volkes. Doch als sie im Flugzeug allein in ihrer Reihe gesessen hatte, waren ihr Zweifel gekommen, ob ihre Entscheidung richtig gewesen war.

Aber dann war alles ganz einfach gewesen. Sie lag am Morgen lange im Bett, eingehüllt in die Geräusche der erwachenden Stadt, das Müllauto, die Straßenkehrmaschine, die Rufe der Gemüseverkäufer: *Patate, cocomero, basilico fresco.* Und getragen von dem Tassenklappern aus der gegenüberliegenden Bar, war der Geruch von Kaffee und frisch gebackenen *cornetti* durch die halboffenen Fensterläden gezogen. Sie hatte ihren ersten Kaffee in dieser Bar getrunken, den nächsten nach dem Einkaufen neben der Fischhalle und den letzten abends an der Strandpromenade, den Blick nach drinnen auf den Tresen gerichtet, auf dem der Fernseher stand. Mehr aus Gewohnheit als aus Interesse sah sie die Nachrichten, Bilder, die ohne Kommentar an ihr vorbeizogen,

weil sie entweder die Worte nicht kannte oder der
Ton im Knattern der vorbeifahrenden Vespas unter-
ging. Sie empfand es als Zustand der Glückseligkeit,
Nachrichten zu sehen, die sie nichts angingen, fremde Streiks, fremde Banküberfälle, fremde Steuer-
erhöhungen. Das einzig Interessante wäre das Wetter gewesen, aber das war ohnehin immer gleich.
Manchmal war sie so zufrieden, daß sie einfach sitzen blieb und sich noch die nachfolgende Sendung
ansah, die sie »Wir sind alt und dürfen trotzdem
noch singen« nannte.

Am Tag war sie aufgenommen in die Strandge-
meinschaft. Meistens Frauen, die sich ihr Mütterda-
sein mit ihren Kindern am Meer erträglich machen
wollten. In Deutschland ist alles so gut strukturiert,
sagte die Frau mit den hochgesteckten Haaren, die
sich jeden Tag einen Liegestuhl und einen kleinen
Tisch von ihrem Mann an den Strand tragen ließ, und
die rothaarige mit den vielen Muttermalen kannte einen Koch im bayerischen Rosenheim. Sie wissen
schon, das Restaurant gleich neben der Tankstelle.
Sie redeten über den deutschen Schwimmunterricht,
das Wetter, über die Bekömmlichkeit der von Skarlet
mitgebrachten Reiskekse, die von den Frauen wie
eine fremde Währung betrachtet wurden, und darüber, daß man nur Bikinis von La Perla tragen durfte. Hin und wieder schwamm Skarlet hinaus bis zu
den Segelbooten, die vor der Küste ankerten. Und sie
ließ sich vom Wasser tragen und sah zurück auf den
Himmel, die Berge und die Stadt, auf die Häuser am
Hafen, die sich, im Wind aneinandergedrängt, gegenseitig stützten, und auf die Kirchtürme, die alle Dach-

terrassen überragten. Sie ließ sich treiben, bis die Sonnenschirme in den Bars nur noch bunte Tupfen waren, ihr gehörten der Himmel und das Meer, und sie fragte sich, womit sie soviel Glück verdient hatte.

Sie dachte an Paul, der allein in seiner kalten Welt aus Metall und Glas lag, und sie schrieb ihm lange Brief von den Dingen, die sie sah, von dem selbsternannten Bademeister, der mit geschwellter Brust am Rande der Brandung auf und ab lief. Ein Pensionär mit einer Kapitänsmütze und einem tätowierten Anker auf dem linken Oberarm, der seine Opfer fixierte: einen kleinen Jungen, der ohne Schwimmärmel bis zu den Knien im Wasser stand, ein Mädchen, das sich mit einer Luftmatratze bis an die Sandbank gewagt hatte. Er führte mit einer ausholenden Handbewegung die silberne Pfeife zum Mund und wartete so lange, bis der jeweilige Delinquent seine Anweisungen befolgte. Dann ging er zu den Müttern, die im Schatten ihrer Sonnenschirme vor sich hin dösten. Er war freundlich, aber im Ton seiner Stimme schwang eine Mahnung mit. Was war nicht schon alles an diesem Strand passiert, er fischte Glasscherben aus dem Sand, hielt sie gegen die Sonne und beschwor die Gefahr einer Blutvergiftung. Und die Mütter riefen ihre Kinder: Massimo, wie oft soll ich dir noch sagen … Francesca, zum letztenmal … Und wenn der Mann den Frauen den Rücken kehrte, liefen die Kinder wieder durch den gefährlichen Sand zum Meer, und die Frauen dösten weiter im Schatten oder redeten über die Bekömmlichkeit von Reiskeksen.

Mein rechter, rechter Platz ist leer, ich wünsche mir den Paul jetzt her! Und sie wünschte sich, daß

Pauls Phantasie ausreichen würde, sich an dieses Meer zu denken, an diesen Strand, in den Schatten der Mauer, der im Laufe des Tages immer kürzer wurde. Sie wünschte sich, daß er den selbsternannten Bademeister sah und den Beau, den Skarlet so nannte, weil er blondgefärbte Haare hatte und bunte, geblümte Hemden trug. Der Beau lebte am Strand, zwischen der Kaimauer und einem großen Stein. Sein Bett war eine zusammenklappbare Polsterliege, die am Tag unter einem Balkon stand, zusammen mit dem Besitz des Beaus: einem Kofferradio, einem Stoffkoffer und mehreren Plastikbeuteln. Am Morgen breitete er seine Parfümflaschen, Cremedöschen und Sprays auf dem Stein aus und rasierte sich, dann holte er Kaffee aus der gegenüberliegenden Bar, und sobald die ersten Strandbesucher kamen, wurde der Stein zum Verkaufsstand für Schmuck. Verbogene Metallteile, Perlen, Drähte, die er mit einer Zange willkürlich zusammenfügte. Er habe in London als Schmuckdesigner gearbeitet, erzählte er, damals, als er noch ein Appartement in Rom hatte, einen Jaguar und eine Frau mit Sohn. Mir hat er erzählt, er hätte »Wurstel« in der Schweiz gemacht, sagte die Frau mit den hochgesteckten Haaren.

Der Beau ging immer mit einer brennenden Zigarette ins Meer und schaffte es, auch beim Schwimmen zu rauchen. Er brachte Skarlet Kaffee und manchmal, ohne daß sie es wollte, auch Bier. Er sagte: Mach die Augen zu! und legte ihr einen jungen Falken auf die Hand. Und Skarlet saß in der Mittagssonne, in der einen Hand ein Glas Bier, in der anderen einen verängstigten Falken, und sie trank das Bier, bevor es warm wurde, und sie sah in den Himmel, der schimmerte wie chinesisches Porzellan, und auf die Wolken, die auf einen verschwommenen Horizont zutrieben.

Sie steckte die Briefe an Paul in den dafür vorgesehenen Kasten, der rings um die Aufschrift *estero* schon zu rosten begann, und hatte dabei das Gefühl, sie hätte sie auch auf die Kaimauer legen und vom Wind davontragen lassen können. Aber allen Verdächtigungen zum Trotz brauchten die Briefe nur wenige Tage.

Er hat sehr gelacht, sagte Judith.

Hin und wieder telefonierten sie miteinander. Wie geht es Paul, wie geht es Lukas, wie geht es dir?

Wir haben gestern geheiratet, sagte Judith.

Und Skarlet stand am Abend an der Kaimauer und sah auf den Stein am Strand, der auf Anweisung der Polizei um diese Zeit vom Beau geräumt sein mußte. Kurz vor Sonnenuntergang kamen die Brautpaare. Dann, wenn die Häuser der Stadt zur Kulisse wurden für den Film, der hieß: Der schönste Tag meines Lebens. Und die Hauptdarsteller hatten nur wenig Zeit, denn die Sonne fiel ins Meer ohne Rücksicht auf die Fotografen, die nach der perfekten Einstellung suchten. Sie hatten den Ablauf geprobt. Die Frau lag auf dem Stein, der Mann beugte sich über sie, nahm sie in die Arme, dann liefen beide Hand in Hand dem Meer entgegen. In der nächsten Einstellung kamen sie auf die Kamera zu, und die Frau mußte ihren verlorenen Brautstrauß aus dem Sand fischen. Sie stolperte, raffte das teure Brautkleid aus jenem Laden in der Via Vittorio Emanuele hoch, an dessen Vitrinen sich nicht nur die Touristen die Nasen plattdrückten. Noch einmal!

Und die Sonne fiel und fiel. Sie liefen, warfen sich in die Arme, küßten sich, die Braut riß sich los, und der Ehemann blieb stehen und zündete sich eine Zigarette an, um Himmels willen, doch nicht jetzt!

Es gab Brautpaare, die alles absolvierten wie das Shooting für eine Hauptrolle, die sie nie bekommen würden, und andere, die sich nach Meinung des Kameramanns zu lange küßten. Die Sonne! Die Sonne! Mit Spiegeln hielten die Hilfskräfte das letzte Licht. Und in der einsetzenden Dunkelheit begann das Kleid der Braut zu leuchten wie frisch gefallener Schnee.

Was hat sich verändert, seit du vierzig bist?

Sie überließ die Dinge nicht mehr dem Zufall. Sie hatte gelernt zu genießen, Augenblicke festzuhalten wie eine Fotografie.

Vorfreude ist die schönste Freude, sang sie früher mit Tante Edeltraut im Advent, und jeden Tag durfte ein anderes Kind ein Türchen am Kalender öffnen. Zweimal werden wir noch wach, heißa dann … Was war dann? Dann war sie so aufgeregt, daß sie alles kaum wahrnehmen konnte: den Weihnachtsbaum, den Tannenduft, die Geschenke. Sie beobachtete sich selbst, wie sie in das Zimmer ging, die Geschenke auspackte. Und sie wünschte, daß es endlich vorüber wäre, damit sie sich erinnern konnte.

Sie hatte gelernt, für den Augenblick zu leben. Am Meer zu sitzen und zuzusehen, wie der Wind die Wellen vor sich hertrieb, wilde Pferde mit einer

Mähne aus Gold, stundenlang einfach nur zu sitzen, wenn es sein mußte auch mit einem Glas Bier in der einen und mit einem Falken in der anderen Hand.

Sie hörte in der Ferne das Telefon klingeln und begriff erst nach einiger Zeit, daß es ihr galt. Sie stand noch immer in ihrer Küche und hielt Pauls Brief in der Hand, den einzigen Brief, den er ihr im vergangenen Jahr geschrieben hatte.

Und das Telefon hörte nicht auf zu klingeln, sie hatte vergessen, den Anrufbeantworter einzuschalten. Skarlet gab nach, legte den Brief aus der Hand und ging zum Telefon. Schon wieder der Bestatter, dachte sie und dehnte das »Jaaa?«.

Es war Lydia. Du bist zu Hause?

Mein Gott, ja! Was ist los, warum rufst du mitten in der Nacht an?

Es ist zehn.

Bei mir.

Bei mir auch. Ich bin in Frankfurt, sagte Lydia. Ich wollte zu Pauls Beerdigung kommen.

8

Vor einem halben Jahr hatte Skarlet Lydia zum Flughafen gebracht. Ein kurzer, beiläufiger Abschied, bei dem sich Skarlet alle Fragen verkniff: Hast du den Paß, die Adresse, die Telefonnummer? Melde dich, wenn du angekommen bist. Der Gedanke, daß sich Lydia allein zurechtfinden mußte, waren Genugtuung und Angst zugleich. Die Genugtuung, daß Lydia jetzt endlich selbständig sein mußte und ihr niemand mehr die Dinge regelte, kein betreutes Wohnen mehr mit Skarlet als Zimmerservice. Und die Angst, daß sie sich nicht allein zurechtfinden würde, niemanden hatte, der ihr half, und nachts allein weinend in einem fremden Land, in einer fremden Stadt, in einem fremden Zimmer saß.

Skarlet sah Lydia zur Handgepäckkontrolle gehen, mit schmalen, hochgezogenen Schultern und schleifenden Jeans. Keine Umarmung, kein Kuß, nur ein lässiges Heben der Hand. Lydia ging davon, so wie man nur in diesem Alter davongehen konnte: mit der Überzeugung, daß in der Neuen Welt alles besser sein würde.

Skarlet erinnerte sich, wie sie Lydia zum erstenmal im Arm gehalten hatte, ein schreiendes Wunder mit schwarzen, ordentlich an der Seite gescheitelten Haaren, so als wäre sie gerade vom Friseur gekommen. Lydia hatte sich mit einer Hand an Skarlets Zeigefinger festgeklammert, eine kleine, blauschimmernde Hand mit fünf Fingern und richtigen Fingernägeln. Und Skarlet sah die geballte Faust und die Zornesfalten auf Lydias Stirn und sagte: Die wird sich einmal durchsetzen!

Stundenlang betrachtete sie ihr Kind, die gewölbten Augenbrauen, den weichen Flaum, der sich über die Ohrläppchen zog, sie saß neben dem Gitterbett auf dem Fußboden und sah zu, wie Lydia schlief, wie sich der kleine Brustkorb hob und senkte, und bei jeder Unregelmäßigkeit blieb Skarlet selbst der Atem stehen. Sie versuchte, sich ihre Angst nicht anmerken zu lassen. Jahrelang unterdrückte sie die Panik, die sie befiel, wenn Lydia auf dem Spielplatz außer Sichtweite geriet oder wenn sie auch nur Minuten später als erwartet aus der Schule nach Hause kam. Verkehrsunfälle, Entführungen, unheilbare Krankheiten, seit siebzehn Jahren war Skarlet von dem Gefühl beherrscht, daß Lydia etwas zustoßen könnte. Diese Angst verschwand in dem Moment, in dem Lydia auf ihrem Weg nach Amerika die Handgepäckkontrolle passiert hatte und nicht mehr zu sehen war. Von da an entzog sich Lydias Leben allen Vorstellungen, die Hilflosigkeit, nicht eingreifen zu können, machte Skarlet ruhig, fast gleichgültig.

Doch jetzt, als die Maschine aus Frankfurt überfällig war, schlichen sich in Skarlets Gedanken sofort wieder die Bilder von abgebrochenen Tragflächen und maskierten Terroristen. Sie starrte unentwegt auf die Anzeigetafel und wurde erst nach einer Stunde Adrenalinanstieg erlöst. Zuerst erkannte Skarlet den Koffer, groß und schwarz, mit roten Gurten. Die junge Frau, die den Gepäckwagen schob, kam Skarlet fremd vor. Aber vielleicht war es nur die Sicherheit, mit der Lydia lief, die sie größer und erwachsener wirken ließ.

Skarlet ging ihr zögernd entgegen, sie suchte in Lydias Gesicht nach etwas Vertrautem. Alle Freunde behaupteten, daß sie sich ähnlich sähen, die gleichen Gesten hätten, den gleichen Tonfall in der Stimme, aber für Skarlet war Lydia immer etwas Eigenständiges gewesen, etwas, das sie mit nichts vergleichen konnte und wollte.

Wie dein Vater! hatten früher alle Verwandten zu ihr gesagt, und Skarlet hatte danach stundenlang vor dem Badezimmerspiegel nach verräterischen Spuren in ihrem Gesicht gesucht.

Sie standen sich unschlüssig gegenüber, bevor sie sich umarmten.

Wo hast du das Auto? fragte Lydia.

Verkauft, sagte Skarlet. Jedenfalls das, was davon übrig war.

Schon wieder?

Es war nicht meine Schuld.

Wie immer, sagte Lydia.

Sie fuhren mit einem Taxi nach Hause. Lydia lief sofort in ihr Zimmer, und Skarlet hörte das Meerschweinchen aufgeregt fiepen.

Es war gekommen, wie es kommen mußte, Skarlet war mit den Tieren allein geblieben. Zwei Wellensittiche, ein Kaninchen und ein Meerschweinchen, die Fische waren glücklicherweise wegen eines Stromausfalls im Winter vor Lydias Weggang erfroren. Skarlet wechselte täglich das Wasser in den Trinkflaschen, kaufte Futter und pflückte im Sommer Löwenzahn, alles Dinge, die sie nie hatte tun wollen, und manchmal, am Abend, in der Dunkelheit, wenn sie sicher war, daß sie von niemandem gesehen werden konnte, saß sie vor den Käfigen und sprach mit den Tieren.

Lydia kam mit dem Meerschweinchen auf dem Arm in die Küche. Du hättest ihm schon längst die Krallen schneiden müssen.

Das macht der Tierarzt, sagte Skarlet.

Bist du aber ängstlich!

Lydia trug das Meerschweinchen im Arm wie einen Säugling. Es lag ruhig auf dem Rücken, ließ sich den Bauch kraulen und streckte die Beine in die Luft.

Du solltest dir lieber Kinder anschaffen, sagte Skarlet.

Ich will mir doch nicht das Leben verderben, sagte Lydia.

Und ich?

Du hast es so gewollt!

LYDIA war in den Semesterferien geboren, in einem unbarmherzig heißen Sommer, und Skarlet hatte Lydia bereits im Herbst mit in die Uni genommen. Sie wollte so wenige Vorlesungen wie möglich versäumen, was ihr im nachhinein absurd erschien. Warum hatte sie nicht einfach eine Pause machen können?

Lydia war ein freundliches, stilles Baby, und Skarlet legte sie sich während der Vorlesungen auf den Bauch. Manchmal setzte sich Paul daneben und hielt Lydias Hand, und sie saßen da wie Mutter-Vater-Kind, und wahrscheinlich dachten auch viele Kommilitonen, daß sie eine Familie wären. Schon während ihrer ersten Lebenswochen hörte Lydia Vorlesungen über Heidegger, über die Frankfurter Schule, über den Geist und Stil Arnold Schönbergs, über die Langeweile im Werk Gottfried Kellers. Und Lydia sah mit ihren Augen, die von einem fast durchsichtigen Blau waren, in das Auditorium, mit jenem wissenden Blick um die Dinge der Welt, den nur Säuglinge haben können.

Für sie wird einmal alles anders werden, sagte Paul, und er streichelte Lydia, bevor sie unruhig wurde und zu weinen begann. Und Lydia war ganz still und betrachtete Paul mit ihrem alles durchdringenden Philosophenblick.

Warum schaffst du dir eigentlich keine Kinder an? hatte Skarlet Paul gefragt.

WARUM erst jetzt? fragte sie den Außerirdischen bei einem ihrer letzten Besuche, und sie konnte nicht vermeiden, daß als Nebensatz ein Jetzt, wo es zu spät ist, mitschwang.

Ich hatte Angst, jemanden zu enttäuschen, sagte der Außerirdische.

Es war das erste Mal, daß er auf diese Frage antwortete. Jetzt, wo es zu spät und das Schweigen hinfällig geworden war. Kein Verstecken mehr, keine Lügen, um sich selbst zu trösten. Jetzt, im Angesicht der Endlichkeit, gab es auf alles eine Antwort.

Ich wollte nicht sein wie mein Vater, sagte der Außerirdische, erst bei Judith war ich mir sicher genug, daß ich nie davongehe.

HAST du nichts gekocht? fragte Lydia. Sie stand noch immer mit dem Meerschweinchen auf dem Arm in der Küche.

Was wäre dir lieber: Hasenbraten oder Meerschweingulasch? fragte Skarlet.

Du hast dich nicht geändert! sagte Lydia und zog das Meerschweinchen an den Pfoten nach oben. Guck dir die böse Tante an, Kimi!

Derzeit hießen alle Tiere nach Formel 1-Fahrern. Eine Zeitlang waren es Sänger gewesen, die Kelly Family als Mäusezucht, und ganz am Anfang Märchenfiguren: Mogli, Momo, Löwenherz. Übrig geblieben war die Rennfahrergeneration, der Hase Pablo, die Wellensittiche Rubens und Nick und das Meerschweinchen Kimi.

Du brichst ihm noch die Pfoten, sagte Skarlet.

Sie sah auf die Uhr. In einer halben Stunde müssen wir auf dem Friedhof sein.

Skarlet wartete, ob Lydia etwas sagen würde, aber Lydia drehte sich nur um und brachte schweigend das Meerschweinchen zurück in den Käfig.

JUDITH wartete mit Lukas im Kinderwagen vor dem Eingang. Der Südfriedhof lag mitten in einer großen Parkanlage. Die Luft war kalt und klar, und die kahlen Äste der Bäume zeichneten sich in scharfen Konturen gegen den hellen Himmel ab, eine Fotografie in Schwarzweiß.

Lukas begann zu lachen, als er Lydia sah. Obwohl sie erwachsen schien, erkannte er in ihr das Kind. Lydia zog eine Grimasse, und Lukas kreischte vor Vergnügen.

Zu seinem 39. Geburtstag hatte Paul es bekanntgegeben: Er würde Vater werden. Er hatte es angekündigt wie eine Nobelpreisnominierung. SIE wären im fünften Monat. Er hatte IHN gesehen, und er zog ein Ultraschallbild aus seiner Brieftasche: SEIN SOHN. Ein verschwommener weißer Fleck, in den Paul Arme, Beine, Kopf und Ohren hineindeutete. Ein Fleck, der hören konnte und bereits Haare, Wimpern und Augenbrauen hatte. Paul referierte die pränatalen Entwicklungsstufen, gab nach einigen Gläsern Wein zu, daß er seit zwei Wochen zusammen mit Judith zur Schwangerschaftsgymnastik ging, und er beschrieb, wie ihnen die Hebamme mit Hilfe einer gehäkelten Gebärmutter das Wachsen des Fötus erklärt hatte. Alle Freunde konnten sich vor Lachen kaum auf den Beinen halten und stellten sich Paul bei den Beckenbodenübungen vor: Einatmen! Ausatmen! Locker lassen!

In den darauffolgenden Wochen war Paul damit befaßt zu prüfen, in welchem Krankenhaus SEIN SOHN zur Welt kommen sollte. Und niemanden wunderte es, daß Paul inmitten dieser ganzen Vorbereitungen Magenschmerzen bekam.

Als dann Lukas an dem von Paul errechneten Termin geboren wurde, schloß Paul sein Kino und lud alle Freunde ein. Einen Abend und eine Nacht lang zeigte er ihnen Filme: *Der kleine Maulwurf*, *Wolf und Hase*, *Lolek und Bolek*. Filme, die er eines Tages zusammen mit seinem Sohn sehen würde. Immer wieder stießen sie an und verschütteten dabei den Sekt auf die verschlissenen Samtpolster. Und der penible Paul wippte mit dem Oberkörper und schlug sich vor

Lachen mit den Händen auf die Oberschenkel. Sie feierten bis in den Morgen.

Paul war so glücklich gewesen, daß Skarlet Angst um ihn bekam.

JUDITH hatte vom Bestatter einen Friedhofsplan erhalten, auf dem die freien Grabstellen eingezeichnet waren. Sie falteten ihn auseinander und drehten ihn verzweifelt, bis sie die Orientierung fanden. Alle Wege auf dem Friedhof hatten Namen, der Tannengrund zog sich von A1 bis D5, die Birkenallee von C1 nach C5.

Sie liefen den Ehrenhain entlang, vorüber an einer endlosen Reihe von Urnengräbern. Die Steinplatten waren in exakt gleichen Abständen in den Boden eingelassen. Es gab nur wenig Platz für die ordentlich beschnittenen immergrünen Pflanzen. Skarlet las die eingravierten Inschriften: Professoren, verdiente Künstler des Volkes, Nationalpreisträger. »Ein starkes Kämpferherz hat aufgehört zu schlagen.« Was einst eine besondere Wertschätzung gewesen war, wirkte jetzt trostlos.

Plattenbaugräber, sagte Judith.

SKARLET ging gern auf Friedhöfe. Sie fand, daß Friedhöfe mehr über einen Ort sagten als ein Heimatmuseum. »Hier ruht in Frieden der Erbauer der Herzogstandbahn«, sie las die eingemeißelten Sprüche, erkannte an den Namen, wer mit wem verwandt gewesen war. Und es berührte sie, wenn Vater und Sohn gemeinsam beim Holzholen mit einem durchgegangenen Pferdefuhrwerk ums Leben gekommen waren.

Friedhöfe waren ein traurig-schöner Ort, und als Kind hatte sie immer beeindruckt die Komposthaufen angesehen, die einzig aus verwelkten Blumen bestanden und nicht aus Heu und Falläpfeln wie in der Kleingartenanlage neben dem Spielplatz.

Sie bogen hinter einer kleinen Kapelle in einen von Rhododendren gesäumten Weg ein. Hier waren die Abstände zwischen den Grabstellen großzügig, niedrige Buchsbaumhecken umsäumten Rasenflächen, in deren Mitte die Grabsteine standen, Findlinge, Skulpturen oder mehrteilige Granitplatten. »Hier ruht mit Gottes Segen Familie Wermpfennig: Gustav, Ida, Hannelore, Klaus, Thomas.« In goldenen Buchstaben waren die Namen von drei Generationen zu lesen, und Skarlet beneidete die Familie, die sich noch im Tod einig war.

ER hat mir nicht geantwortet, sagte der Außerirdische. Er versuchte, sich aufzurichten, fiel aber zurück auf das Kissen, und sie merkte, wie er sich die Schmerzen nicht anmerken lassen wollte.

Vielleicht hat dein Vater den Brief nicht bekommen.

Dann hätte ihn die Post zurückgeschickt.

Manchmal gehen Briefe verloren.

Ich habe ihm dreimal geschrieben.

Er ist krank, er ist auf Reisen, er hat sich die rechte Hand gebrochen und kann nicht schreiben. Skarlet suchte nach Gründen, weshalb Pauls Vater nicht geantwortet hatte. Sie sah den weißen Außerirdischen auf dem weißen Kissen liegen, nicht einmal das Fieber schaffte es, sein Gesicht rot zu färben.

Vielleicht braucht er Zeit zum Überlegen, sagte Skarlet.

Dazu hatte er fünfunddreißig Jahre Zeit.

Es war nicht schwer, die Adresse im Telefonbuch zu finden. Jahrelang, vielleicht jahrzehntelang hatte sie dort gestanden, für jeden, der sie lesen wollte: Heinz Langanke, Eichenweg 5.

Skarlet lief im Novemberregen durch die schmale Straße. Die Nummer 5 war ein dreistöckiges Haus mit breiter Toreinfahrt. Ein Türflügel war angelehnt, Skarlet trat in den Hausflur und erschrak, als über einen Bewegungsmelder sofort das Licht anging. Der Flur war wie in vielen alten Häusern hoch gewölbt. Es roch nach Bohnerwachs, Katzenpisse und aufgewärmtem Rotkraut, und Skarlet spürte einen leicht metallischen Geschmack auf der Zunge: Salpeter. Es gab Häuser, die diesen Geruch nie loswurden, auch wenn man sie noch so oft sanierte. Skarlet stand vor den Briefkästen und las die Namen: Zacharias, Stempel, Langanke.

Was hatte sie gehofft? Daß die Adresse nicht stimmte? Daß Pauls Vater doch in einem Zirkuswagen um die Welt zog und es eine Entschuldigung für sein Schweigen gab?

Und nun, was sollte sie tun? Bei ihm klingeln, eine weiße Fahne schwenken und ihn um eine Unterredung bitten?

Als Skarlet vierzehn Jahre alt war, hatte sie aufgehört, mit ihrem Vater zu sprechen. Es war die Silberhochzeit ihrer Eltern gewesen. Fünfundzwanzig

Jahre lang waren die Eltern an diesem Tag miteinander verheiratet, und soweit sich Skarlet erinnern konnte, waren es Jahre gewesen, in denen sie unablässig miteinander gestritten hatten: DAS GELD.

Nur auf den Hochzeitsbildern schien alles noch anders zu sein: Ein fremdes Paar guckte, erwartungsvoll lächelnd, in die Kamera, mit einer Spur Ungläubigkeit im Gesicht, als könnten sie ihr Glück noch gar nicht fassen. Zwei schöne junge Menschen, die für immer zusammengehören wollten, und der Bräutigam im dunklen Anzug hatte seinen Arm um die Braut gelegt, deren Kleid unter der Brust gerafft war, so daß es locker über den Bauch fiel. Als Skarlet kleiner war, hatte sie gedacht, daß sie das Kind in diesem Bauch gewesen wäre, aber sie hatte immer nur die Antwort bekommen: Sei still, damals warst du noch Quark im Schaufenster.

Die Hochzeitsfotos erschienen ihr wie die Ausschnitte aus einem der alten Filme, die immer am Montag im Fernsehen liefen, abends um acht, wenn Willi Schwabe mit seiner Laterne in die *Rumpelkammer* auf seinem Boden hinaufstieg und den Staub von den Filmrollen blies. In diesem Film spielte der Vater Akkordeon oder hielt die Mutter im Arm und tanzte mit ihr. Es war ein großes Fest mit vielen Gästen, was machte es, daß sie dafür Großmutters Speiseservice verkaufen mußten. Nur eine Sauciere hatten sie als Erinnerung behalten. Sie stand jahrzehntelang zart und fremd zwischen den Steinguttellern im Küchenschrank. Skarlet konnte die Geschichten von den schlechten Zeiten nie so recht glauben, auf den Fotografien sah sie nur fröhliche Menschen, und es schienen ihr Zeiten voller Heiterkeit und Überfluß gewesen zu sein.

Auch zur Silberhochzeit sollte es ein Fest geben, aber es war vorherzusehen, daß niemand Akkordeon spielen und niemand tanzen würde, und nie wieder würde der Vater in der gleichen Weise wie damals den Arm um die Schulter der Mutter legen. Schon während der Vorbereitungen gab es ständig Streit, über die Anzahl der kalten Platten, der Torten und ob sie sich für die Bowle Ananas aus dem Delikatladen leisten könnten.

Skarlet fand ein Zusammenleben in dieser Form bedauernswert und keinen Anlaß zum Feiern. Trotzdem kaufte sie, weil sie wußte, daß es von ihr erwartet wurde, ein Geschenk, einen silberfarbenen Toaster aus dem Elektroladen und einen Strauß lachsfarbener Rosen. Nur eine Glückwunschkarte erschien ihr unpassend. Sie stand lange im Kaufhaus vor dem Regal in der Schreibwarenabteilung, und beim Suchen fiel ihr Blick auf die Reihe der Trauerkarten. Skarlet entschied sich für eine Karte mit schwarzem Rand, auf der über einem silbernen Rosenzweig »Herzliches Beileid« stand. Es war eine Klappkarte, und Skarlet schrieb auf die Innenseite: »Wie konntet Ihr es nur so lange miteinander aushalten?«

Sie fand diese Frage berechtigt und erwartete, daß ihre Eltern darüber lachen würden, zumindest die Mutter.

Es lachte niemand. Keiner beachtete den Toaster und den Rosenstrauß, statt dessen gab es ein Tribunal mit dem Vater als vorsitzendem Richter und

202

der Mutter als Protokollführerin. Was habe sie sich nur dabei gedacht?

Eine bodenlose Frechheit, Unverschämtheit, Undankbarkeit. Das Tribunal verweigerte ihr jegliche Anhörung und fällte sofort das Urteil: Schriftliche Entschuldigung, und erst nach Eingang und gründlicher Prüfung dieser Entschuldigung würde der Vater wieder mit Skarlet sprechen. Und bis dahin galt: Kein Wort.

Aber wofür sollte sich Skarlet entschuldigen? Dafür, daß ihre Eltern ständig stritten? Daß jeder in den Augen des anderen alles falsch machte, daß sie sich nicht mehr ansahen wie auf dem Hochzeitsfoto?

Die Mutter verbrachte die meiste Zeit des Tages in der Küche, und der Vater saß, wenn er zu Hause war, an seinem Schreibtisch, oder er ging in den Keller, jeden Sonnabendvormittag, jeden Sonntagvormittag und manchmal auch an den Abenden. Bevor er nach unten ging, zog er sich um: ein kariertes Hemd, eine Trainingshose und feste Schuhe. Die Kellersachen hingen hinter dem geblümten Vorhang gleich neben der Wohnungstür, und dort mußte er sie nach seiner Rückkehr auch wieder ausziehen, damit er den Dreck nicht durch die ganze Wohnung schleppte.

Skarlet haßte den Keller. Es war ein schrecklicher Ort, düster und eng, eine schmale, steile Treppe führte nach unten, und im Gang brannte nur eine einzige spinnwebenverhangene 25 Watt-Glühbirne. Der Kellerverschlag selbst war klein, an der Rückwand stapelten sich die Briketts bis an die Decke, davor häuften sich die Kohlen, und an den gegen-

überliegenden freien Wänden standen eine Kiste für
die Einkellerungskartoffeln und das Regal für die
Einweckgläser: Senfgurken 1967, Stachelbeeren ge-
zuckert 1968. Skarlet stellte sich vor, was der Vater
im Keller tat. Sie sah ihn die Wände abklopfen und
nach einem eingemauerten Schatz suchen. Oder
gab es ein schreckliches Geheimnis, und er hatte,
wie immer angedroht, die dicke Frau aus dem Nach-
barhaus umgebracht, deren Spitz regelmäßig sein
Bein an der Haustür hob? Sie sah den Vater mit einem Brecheisen die Ziegelsteine aus dem Boden heben und mit einer kleinen Kohlenschaufel ein Grab
ausheben. Oder war alles ganz anders, und er plante einen unterirdischen Gang zur gegenüberliegenden Sparkasse?

22 Ztr. Braunkohlebriketts à 1,93 M
gesamt 42,46 M
29.9. Einkellerungskartoffeln ausgelesen
und sortiert

Meist dauerte es mehrere Stunden, bis der Vater
wieder nach oben kam, auch im Sommer. Immer waren seine Schuhe staubig, seine Hemden waren mit
Kerzenwachs bekleckert, und in seinen Haaren hingen Spinnenweben, und die Mutter schrie durch die
geöffnete Küchentür: Zieh die Sachen aus, ich habe
gewischt!

Skarlet fand ihre Beileidskarte berechtigt und
nahm das verordnete Schweigen an. Sie vermied es,
ihrem Vater zu begegnen. Manchmal trafen sie sich
auf dem Flur, dann sahen sie beide nach unten und
gingen wortlos aneinander vorbei. Sie saßen sich am
Wochenende schweigend am Mittagstisch gegenüber,

sie schwiegen Weihnachten, Ostern, an den Geburtstagen, sie schwiegen beide vier Jahre lang, bis zu seinem Tod.

Und sie hatte auch über das Schweigen geschwiegen. Es war von niemandem bemerkt worden, für Skarlets Freunde hatte es diesen Vater nie gegeben.

WARUM hast du deinen Vater immer vor mir versteckt? fragte der Außerirdische.

Habe ich das?

Er hatte recht. Sie hatte Paul und ihre anderen Freunde nur zu sich eingeladen, wenn sie sicher war, daß ihr Vater nicht zu Hause war. Sie vermied es, mit ihm zusammen gesehen zu werden.

Ich habe mich für ihn geschämt. Sein Geiz, sein Mißtrauen gegen meine Freunde. Die Verhöre: Wie heißt du? Wo wohnst du? Was möchtest du einmal werden? Ich habe mich dafür geschämt, daß er Macht über mich hatte und ich mich nicht gewehrt habe.

UND nun stand sie an diesem kalten Novembertag in einem Hausflur, der ihr fremd und doch vertraut vorkam. Geradeaus war die Hoftür, links der Aufgang ins Treppenhaus. Sie starrte auf die hell gestrichenen Wände, unter deren Farbe beim genauen Hinsehen die Umrisse alter Flecken schimmerten. Sie hörte Stimmen, Geschirrklappern, irgendwo schlug eine Uhr. Und je länger sie wartete, um so weniger wußte sie, was sie tun sollte. Was würde der Außerirdische sagen, wenn er sie so sehen könnte? Würde er wütend werden oder eher hoffen, daß sein Wunsch jetzt endlich in Erfüllung ging?

Sie stand da und fror, und dann ging das Licht aus. Skarlet wedelte mit den Armen, um den Bewegungsmelder zu finden. Vergebens. Sie tastete sich an der Wand entlang bis zum Treppenaufgang. Es war wie in dem Haus ihrer Kindheit, gegenüber der Erdgeschoßwohnung war die Kellertreppe. Sie erkannte es an dem Lichtschein, der durch die halbgeöffnete Tür fiel.

Erleichtert drückte Skarlet den Lichtschalter neben der ersten Wohnungstür. Und dann las sie das Schild: Heinz Langanke. Es war das gleiche Schild wie an Pauls früherer Wohnungstür. Messing mit schwarzer, geschwungener Schrift. Sie sah auf den Bogen am H, der wie eine Fahne im Wind flatterte, und auf das L, das sich leicht über das A beugte. Gleich würde sich die Tür öffnen, Paul würde herauskommen, und sie würden zusammen zur Schule gehen. Zu spät hörte sie die Schritte und das Zuschlagen der Kellertür.

Kommen Sie wegen des Wasserschadens?

Sie stammelte ein Ja. Und blickte den Mann an, der vor ihr stand. Er war klein und dick, und sie konnte ihm direkt auf den Kopf sehen: auf die Glatze und die wenigen, in langen Strähnen darübergelegten Haare, in denen Spinnweben hingen. Sie trat mit ihm in den Flur.

Kannst du nicht die Tür aufmachen, sagte der Mann zu einer grauhaarigen Frau, die im Wohnzimmer vor dem Fernseher saß.

Aber es hat gar nicht geklingelt!

Der Mann winkte ab. Kommen Sie!

Sie folgte ihm in die Küche, Eiche rustikal mit Bau-

erneckbank. Über dem Tisch hing eine Petroleum-
lampenimitation. Der Mann deutete an die Decke,
und Skarlet sah nach oben. Der Wasserfleck zog sich
bis zu der schmiedeeisernen Kette, mit der die Lampe
befestigt war. Dann sah sie wieder auf den Mann neben sich. Sie suchte etwas, das ihr half, ihn mit dem
großen, dünnen Mann in Verbindung zu bringen, der
mit nur einem Pappkoffer davongegangen war, um
ein berühmter Zirkuskünstler zu werden.

Worauf hoffte sie? Daß der fremde Mann neben
ihr auf den Tisch springen und einen Handstand machen würde? Daß er drei weiße Kaninchen aus seinem
Hemd zauberte oder ihm Blumensträuße aus den Ohren wuchsen?

Sie sind Herr Langanke? fragte Skarlet.

Ja, sagte der Mann irritiert, wieso?

Weil ich nur mit dem Wohnungsmieter verhan-
deln darf.

Das bin ich, seit fünfunddreißig Jahren.

HIER ist es schön, sagte Judith. Sie standen vor einem
moosbewachsenen Steinengel, der ein namenloses
Grab bewachte. Hier daneben muß es sein, sagte Judith. Zwischen 2467 und 2469. Die Grabstelle 2468:
spärliches, im Winter braun gewordenes Gras. Der
Boden mit Moosflecken überzogen. Wo der Sockel
des ehemaligen Grabsteins gestanden hatte, war eine
Kuhle im Boden, verwelkte Farnbüschel hingen über
die Reste einer Steineinfassung.

Lukas beugte sich aus dem Wagen und griff danach. Lydia nahm ihn auf den Arm und stellte ihn
auf den Boden. Lukas trug kleine blaue Knöchel-

schuhe mit roten Sohlen. Er wippte in den Knien und versuchte zu laufen. Lydia setzte seine Füße auf ihre Füße, und sie watschelten über den Kiesweg. Seht her, Lukas kann laufen! rief Lydia.

LUKAS kann lachen, den Kopf heben, nach etwas greifen. Jede Bewegung wurde von Paul kommentiert. Hört ihr ihn schreien? Diese Stimme, wie Otis Redding, er wird einmal ein großer Sänger werden! Seht ihr, wie er das Gesicht verzieht? Der geborene Schauspieler! Täglich entwarf Paul einen anderen Plan für seinen Sohn. Er würde Kapitän auf einem Überseedampfer werden, Bockwurstverkäufer am Broadway, Antarktisforscher oder Fußballnationalspieler.

Mein Sohn wird einmal genauso sportlich werden wie ich, sagte Paul.

O Gott! sagten alle.

SEHT ihr diesen Blick? hatte Paul gesagt und auf Lydia im Kinderwagen gezeigt. Sie wird einmal eine berühmte Wahrsagerin werden! Ich werde es euch beweisen!

Sie hatten sich zufällig auf der Pferderennbahn getroffen, und Paul sagte zu Lydia: Zeig mir das Pferd, das gewinnen wird!

Und Lydia zeigte auf den Schimmel, und Paul setzte fünf Mark auf Sieg. Der Schimmel gewann. Zufall, sagten Skarlet und Christian. Vor dem nächsten Lauf zeigte Lydia auf einen schwarzen Wallach. Es war ein Außenseiter, und Paul setzte zehn Mark und gewann neunzig. Jetzt wetteten alle. Und egal, auf welches Pferd Lydia zeigte, es gewann. Nach dem

Rennen gingen sie essen. Sie bestellten die teuersten
Gerichte, die sie auf der Karte finden konnten, tranken schrecklich süßen sowjetischen Sekt und stießen
damit auf Lydia an. Und Paul sagte, daß sie das nächste Mal Lydia in einer schwarzen Sänfte auf die Pferderennbahn tragen und ihre Vorhersagen gegen ent-
sprechendes Entgelt verkaufen würden. Sie würden
alle reich werden und jeden Tag so viel sowjetischen
Sekt trinken können, daß sie ihr Leben lang Kopfschmerzen hätten.

Er erzählte Lydia, daß Pferde in Pferdebetten mit
Pferdedecken und Pferdekopfkissen schliefen und
Zebras Esel in Schlafanzügen wären. Und alle sagten,
wie soll das werden, wenn du einmal ein Kind hast.

Nach der Geburt trug Paul Lukas überall mit sich
herum. Es schien, als würde er ihn überhaupt nicht
wieder hergeben wollen. Am Abend saß er neben dem
Bett und hielt seine Hand, bis Lukas eingeschlafen
war. Wenn ich ihn berühre, fällt alles von mir ab, sagte Paul, die Müdigkeit und die Magenschmerzen.

LUKAS zupfte an den Farnbüscheln und lachte, weil
sie ihn an der Nase kitzelten.

Das wird das Beet von Papa, sagte Judith. Wir
werden Blumen pflanzen, und hier werden wir eine
Bank aufstellen. Judith zeigte in die Nische zwischen
zwei Rhododendronbüschen.

Ich denke, es ist nicht erlaubt? sagte Skarlet.

Das ist mir egal, sagte Judith, das sollen sie mir
erst einmal verbieten, bei den Preisen! Für alles wollen sie Geld haben: für die Grundstücksnutzung, das
Ausheben der Grube, die Landschaftsgestaltung und

eine Wegebenutzungsgebühr. Nicht daß du denkst,
du könntest hier so einfach langlaufen oder stehenbleiben, wo du willst.

Noch eine Zeitlang nach dem Besuch bei Pauls Vater
hatte sie im Treppenhaus gestanden. Selten hatte sie
sich so hilflos gefühlt.

Wie ist eigentlich dein Vater gestorben? fragte der
Außerirdische.
    Er hatte einen Schlaganfall, und ich habe ihn ge-
funden.
    Es war ein kurzes, fremdes Geräusch gewesen. Sie
war auf den Flur gegangen und hatte den Vater liegen
sehen, quer über dem Kokosläufer und den grau gestrichenen Dielen. Sie hörte, wie er nach Luft rang,
und sah den Schaum vor seinem Mund. Sie zögerte
einen Augenblick, bevor sie zur Nachbarin ging, die
ein Telefon besaß.

Manchmal sah sie ihn. Er stand auf dem Flur und
versperrte ihr den Weg, manchmal kam er ihr auch auf
der Treppe entgegen, und manchmal klingelte er an
der Wohnungstür. Meist trug er seine Kellersachen:
das karierte Hemd und die Trainingshose, selten einen
Anzug. Er stellte sich ihr entgegen, und sie wagte
nicht, an ihm vorbeizugehen.
    Ich bin nicht tot, sagte er. Du hast dich zu früh ge-
freut.
    Das war der schlimmste aller Träume.

9

Es gab keine Sonnenblumen. Die Blumenverkäuferin schüttelte bedauernd den Kopf. Nicht um diese Jahreszeit. Es gab Freesien in allen Farben, blaue Rosen, Storchenschnabel, Levkojen, Lilien, Margeriten, Tulpen, Schleierkraut, Nelken, Anemonen, Mimosen. Aber keine Sonnenblumen.

Ich brauche einen großen Strauß! sagte Skarlet. Bis morgen!

Gelb war Pauls Lieblingsfarbe, ein helles, strahlendes Gelb. Und Skarlet sah die Felder vor sich: Tausend kleine Sonnen, in weiches Spätnachmittagslicht getaucht, die mit ihren hellen Blättern das Licht zu halten versuchten und, je tiefer die Sonne sank, um so mehr zu leuchten begannen. Sie wohnte in einem Steinhaus auf dem Hügel und blickte über die Sonnenblumenfelder auf Siena, die Kleinstadt mit einem der magischsten Plätze dieser Welt.

»Vom Klo aus kann ich den Dom sehen«, schrieb sie an Paul.

Und Paul sagte, du immer mit deinem Italien.

Paul war Amerika. Sofort nach dem Fall der Mauer hatten sie die Welt unter sich aufgeteilt. Paul war nach New York geflogen, und er hatte sich für fünfzig Dollar vom Kennedy Airport mit einem rostigen Hubschrauber, der wahrscheinlich schon während des Koreakriegs im Einsatz gewesen war, direkt in die Stadt bringen lassen.

Paul verzieh den Vereinigten Staaten alles, den rostigen Hubschrauber, die in Fett schwimmenden Eier zum Frühstück, die Außenpolitik, die pathetischen Musicals, die Automatikschaltung in den Autos, den elektrischen Stuhl, das Rauchverbot. Und um zu beweisen, wie ungefährlich es in New York sei, war er allein durch Harlem gelaufen.

Wenn Paul zurückkam, jammerte er wochenlang, daß die Häuser so niedrig seien und er in einer Stadt mit nur einer S-Bahn-Linie leben müsse.

Italien war ihm im Vergleich zu Amerika zu langsam. Was solle er in einem Land, in dem die Züge ständig Verspätung hätten, vorausgesetzt, sie würden überhaupt fahren. Er wolle keinen Urlaub im Mittelalter machen.

Besser als in der Kulturlosigkeit, hatte Skarlet gesagt und es aufgegeben, Paul zu überzeugen. Und dann kam Judith und ließ keinen Zweifel daran, daß sie im Urlaub in die Toscana fahren würden. Und Paul kehrte von dieser Reise zurück und tat, als wäre er der erste Mensch, der jemals Sonnenblumenfelder gesehen hätte. Und das Meer und der Himmel und die Zypressenhaine und der Wein und die Pinien im Sonnenuntergang und der weiße Dom mit den goldenen Sternen an der Decke. Paul hörte überhaupt nicht mehr auf zu schwärmen. Und Skarlet sagte: Du wirst doch jetzt nicht sentimental werden?

Sie stand mitten im Blumenladen, zwischen Zinkeimern voller Blumensträuße, und es gab keine Sonnenblumen. Irgendwo mußten sie doch um diese Jahreszeit wachsen. In einem holländischen Gewächshaus oder in Israel oder in Venezuela?

Südafrikanische Sonnenblumen habe es gegeben, sagte die Verkäuferin, aber die sahen nicht schön aus. Teuer und kurze Blütenblätter.

Das ist egal, sagte Skarlet.

Ich hätte fünfzig Stück nehmen müssen!

Ich kaufe alle!

Tut mir leid, sagte die Verkäuferin, aber das Angebot war in der vergangenen Woche.

Und heute?

Die Verkäuferin schüttelte den Kopf.

Vielleicht morgen?

Machen Sie sich keine Hoffnung.

Skarlet spürte, wie ihr die Tränen in die Augen stiegen.

Vielleicht gelbe Rosen? sagte die Verkäuferin. Ein Sonderangebot für achtzig Cent das Stück.

Skarlet konnte es nicht mehr aufhalten, tagelang hatte sie es unterdrückt, sich abgelenkt, so gut sie konnte, war in den Zirkus gegangen, hatte sich einen Fotografen ins Bett gelegt, aber jetzt hatte sie keine Kraft mehr und ergab sich. Sie weinte auf die gelben Rosen für achtzig Cent und auf den grünen Kittel der Blumenverkäuferin und auf das Schild an dem Kittel, »Hier bedient Sie Frau Schnörke«. Und Skarlet weinte und weinte, und es war ihr egal, daß Leute in den Laden kamen und ihr dabei zusahen, wie sie Frau Schnörke in den Nacken weinte. Und Frau Schnörke strich Skarlet über den Kopf und sagte: Aber das kann doch mal passieren.

AN dem Tag, bevor er starb, hatte sie Paul zum letztenmal gesehen. Er lag in seinem Bett und las Feinschmeckerzeitschriften. Detaillierte Anleitungen zur Zubereitung von Festtagsmenüs. Mit Kastanien gefüllte Gänse, in Buttermilch eingelegte Rehrücken. Er hatte sich ein Kissen unter den Kopf geschoben und betrachtete die Bilder.

Komm rein, rief er, was soll ich kochen?

Seit er Morphium nahm, war er heiter geworden. Er hatte sich lange dagegen gewehrt, es als Zeichen von Schwäche gesehen, als eine Kapitulation vor den Schmerzen.

Was ißt eigentlich der Italiener zu Weihnachten? fragte Paul.

Panettone und *spumante*.

Was heißt das?

Sandkuchen und Perlwein.

Huh, sagte Paul, dann lieber fette Gans und einen Magenbitter.

Ja, sagte Skarlet, aber vorher gibt es noch ein Menü.

Sie zog ein Buch aus ihrer Tasche. Sie hatte es nicht in Geschenkpapier geschlagen. Es war ihr unpassend erschienen.

Das große Italienkochbuch mit 367 Abbildungen.

Woher hast du gewußt, daß ich Kochrezepte lese? fragte Paul.

Ich habe es nicht gewußt, sagte Skarlet.

Er sah sie mit jenem merkwürdigen Blick an, den Skarlet damals, als Lydia ein Baby war, den Philosophenblick genannt hatte. Nach dem Abbruch der Chemotherapie war aus dem bleichen Außerirdischen mit der grün schimmernden Haut wieder ein dünner Paul geworden. Er war so dünn wie der Suppenkas-

214

per, den Tante Edeltraut immer heraufbeschwor,
wenn sie ihre Milch nicht trinken wollten. Die nur
wenige Millimeter langen Haare sahen dünn und
weich aus wie bei einem Kind, und dort, wo einmal
sein Bart gewesen war, bedeckte ein dunkler Flaum
Kinn und Wangen.

Laß uns das Menü zusammenstellen, sagte Paul.
Als erstes die Antipasti. Willst du in Wildfenchel eingelegte Oliven, Auberginenroulade oder eine Pastete,
Krebsfleisch, Gänseleber, Wildhase, oder lieber mari-
nierte Muscheln?

Dann schon Austern, sagte Skarlet, und dazu ein
Glas Champagner.

Ich denke, zu Austern soll man keinen Alkohol
trinken?

Blödsinn! Und außerdem ist Champagner für mich
kein Alkohol. Und du? fragte Skarlet. Caprese, mari-
nierten Seewolf oder Carpaccio di Bresaola?

Carpaccio habe ich nie gemocht, sagte Paul leise.

Skarlet sah, wie sich die Jochbögen in seinem Gesicht röteten. Immer am Nachmittag kam das Fieber.
Die Schulter, in die der Port implantiert war, hatte
sich entzündet. Er hätte entfernt werden müssen.
Der Patient würde die Narkose nicht überleben, sagten die Ärzte. Die Infusionen mußten wieder über
die Arme gelegt werden, was hieß: stundenlange Qual
und keine Spezialnahrung mehr. Die Spezialnahrung,
um die sie so gekämpft hatten.

Und als *primo*? fragte Paul. Risotto, Pasta oder
vielleicht überbackene Calamari?

Gratinierte Muscheln.

Vorhin wolltest du keine Muscheln!

Darf ich hier nicht bestellen, was ich will?

Na gut! sagte Paul.

Die besten Muscheln habe ich im Herbst am Meer gegessen, sagte Skarlet, es war ein ganz einfaches Restaurant, eine Terrasse, auf Holzpodesten gebaut. Ich war der einzige Gast, und der Kellner sagte, es gäbe nur Muscheln, wahrscheinlich in der Hoffnung, ich würde wieder gehen. Und ich saß da und wartete und trank eine Karaffe lauwarmen Wein, weil der Kellner vergessen hatte, mir Wasser zu bringen, und überlegte, wie ich ihn umbringen könnte. Doch je mehr ich trank und je länger ich aufs Meer schaute, um so ruhiger wurde ich. Und nachdem ich den ganzen Wein getrunken hatte, brachte mir der Kellner mitten im Sonnenuntergang die Muscheln. Und er sagte, daß er sie erst jetzt bringe, damit ich sie während des Sonnenuntergangs essen könne. Und ich sah auf das rot glänzende Meer und aß Muscheln und trank Wein, der jetzt kalt war, und wenn der Kellner mir nicht irgendwann den Teller weggenommen hätte, würde ich wahrscheinlich heute noch dort sitzen.

Ach, das Meer, sagte Paul.

ICH glaube, Paul verhungert, hatte Judith im Sommer gesagt. Er wird immer dünner.

Aber wie konnte jemand, der den ganzen Tag im Bett lag und stundenlang Infusionen bekam, verhungern?

Er wird täglich schwächer, kann nicht mehr stehen, und ich muß ihn mit dem Rollstuhl unter die Dusche fahren, sagte Judith. Es soll Spezialnahrung

geben, aber die wäre teuer, wer weiß, ob die Kranken-
kasse das bezahlen würde, und die Ärzte sagen, es
hätte keinen Sinn.

Beschwer dich! Mach einen Termin beim Chefarzt! sagte Skarlet, und kurz darauf rief Judith an
und fragte, ob sie mit zu dem Gespräch kommen würde.

Es war ein warmer Sommertag. Sie liefen durch
den Klinikpark auf der schattigen Seite des Weges, es
roch nach frischem Heu, und aus der Ferne hörten
sie das Sirren eines Rasensprengers. Vor dem Eingang standen große Blumenkübel mit Geranien.
Doch in dem Moment, in dem sie die Klinik betraten,
war der Sommer vorüber, sie fröstelten in ihren dünnen Kleidern unter dem kalten Hauch der Klima-
anlage, an den meisten Fenstern waren die Jalousien
heruntergelassen. Sie liefen über die neonbeleuchte-
ten Gänge und fuhren in einem Bettenaufzug, in dem
sie sich verloren fühlten, nach oben, und sie spiegelten sich verschwommen in dem glänzenden Stahl.
Auf jeder Etage, auf der sie hielten, sahen sie durch
die geöffnete Tür auf eine Wandzeitung. »Organspen-
de geht jeden an!« »Alkohol, der Feind des Körpers.«

Sie warteten frierend auf dem Gang, bis sie von
der Sekretärin hereingerufen wurden. Als der Chefarzt Skarlet sah, fiel ihm der Kugelschreiber aus der
Hand, und auch Skarlet war so überrascht, daß sie für
einen Moment sprachlos war. Der Chefarzt bückte
sich nach seinem Stift, stieß dabei an seine Tasse, und
der Kaffee schwappte über die Unterschriftenmappe.

Ungeschick läßt grüßen! hätte Tante Edeltraut gesagt. Geh in den Waschraum, die Tischdecke auswa-

schen! Und Skarlet sah Matthias Seibt am Waschbecken stehen und die kleine rotweiß karierte Decke waschen. Aber hier im Büro sagte die Sekretärin, Entschuldigung, Herr Professor, und tupfte mit Zellstoff die Kaffeeflecken vom Papier.

Weißt du noch, wie du immer die Tischdecken waschen mußtest? fragte Skarlet.

Matthias Seibt lachte. Hin und wieder träume ich noch von Tante Edeltraut.

Skarlet sah sich im Zimmer um und sagte: Tante Edeltraut wäre stolz auf dich!

Ja, sagte Matthias Seibt, aber manchmal wäre mir lieber, ich wäre Briefträger geworden. Er nahm Pauls Krankenbericht und blätterte darin.

Dann sah er Skarlet an, ein kurzer Blick, bevor er sich an Judith wandte. Es stimmt, sagte er, der behandelnde Arzt hält eine andere Ernährung für …, er zögerte einen Moment, … unangemessen. Ob aus Sparsamkeit oder anderen Gründen, kann ich nicht sagen. Ich werde die Umstellung anordnen. Aber alles, was wir Pauls Körper zuführen, läßt auch den Tumor wachsen.

ICH nehme eine Minestrone, sagte Paul.

Willst du an den Feiertagen Suppe essen?

Du ißt doch immer Suppe. *Pasta e ceci*, schon der Name: Kichererbsen!

Aber nicht heute. Und prinzipiell ohne Pasta.

Trotzdem komisch, sagte Paul.

WARUM nicht früher, hatten alle gedacht, als Paul wieder laufen konnte. Und für drei Wochen war selbst Paul euphorisch geworden. Vielleicht würde er doch irgendwann operiert werden können. Laß uns mit Judith und Lukas ans Meer fahren, hatte Skarlet, die schon wieder auf dem Weg nach Italien war, gesagt, wohin immer du willst!

Es war nur eine kurze Hoffnung. Ein retardierendes Moment wie in den Tragödien, die sie im Deutschunterricht behandelt hatten. Der Moment, in dem Julia das Schlafmittel nahm und hoffte, daß sich ihre Wünsche nach dem Aufwachen endlich erfüllten. Drei Wochen, in denen sie sich vorstellten, was wäre, wenn Paul operiert werden könnte. Doch dann kam die nächste Computertomographie, und das Ergebnis war so, wie es Matthias Seibt vorhergesagt hatte, der Tumor hatte sich um ein Drittel vergrößert.

Ich habe es mir anders überlegt, sagte Paul, ich nehme Tagliatelle mit Lachs und Kaviar. Eine große Portion.

Paul sah klein und leicht aus, so leicht, daß sie dachte, sie würde ihn tragen können.

Und sie wollte sagen, mach dir keine Sorgen, ich werde mich um deine Familie kümmern. Ich werde Lukas von dir erzählen, von Tante Edeltraut und von Herrn Nottelmann, alle Geschichten von dem Land, das jetzt selbst eine Geschichte geworden ist.

Und ich werde ihn an die Hand nehmen und mit ihm zum Pferderennen gehen, und ich werde mein ganzes Geld auf das Pferd setzen, das er mir zeigt. Ich werde ihm erzählen, daß Pferde sich mit Pferdedecken zudecken und auf Pferdekopfkissen schlafen. Und von dem gewonnenen Geld werde ich mit ihm ans Meer fahren, nach Italien, das Land, in dem alle kleinen Jungen Prinzen sind, und ihm den Dom zeigen mit den goldenen Sternen.

Und sie wollte sagen, ich werde Lukas alle Geschichten von Erich Kästner vorlesen und ihm erklären, daß ihn sein Vater nicht verlassen hat.

Und sie sagte: Was willst du als *secondo*, Fisch oder Fleisch? Peterfisch mit Steinpilzen? *Orata alle erbe?* Schwertfischroulade? Oder lieber Fasan, Ente mit Kastanien und Backpflaumen gefüllt oder Lamm in Estragonsoße?

Ich würde gern noch einmal *capretto* essen.

Ziege? Um Himmels willen!

Doch, sagte Paul. Es war aufregend. Und er lag auf seinem Kissen und lächelte. Wir waren auf dem Weg nach Florenz und hielten an einem kleinen Gasthof. Eigentlich wollten wir nur einen Kaffee trinken, aber durch die geöffnete Tür konnte ich in die Küche hineinsehen, auf große Pfannen, in denen etwas briet, das ich nicht kannte. Ich fragte die Wirtin, und sie sagte, daß es Ziegenbeine sind, eine Tradition am Vorabend einer Hochzeit, denn gleich würden sich hier die Freunde des zukünftigen Ehemannes treffen, um seinen Abschied vom Junggesellenleben zu feiern. Und ich fragte, ob wir davon kosten könnten, aber sie sagte, daß die Beine genau abgezählt seien. Aber wer würde nachzählen? Nach zehn Minuten hatte ich sie überzeugt, und sie brachte uns zwei Portionen. Und noch während wir aßen, trafen die ersten Gäste ein, und natürlich kam jemand auf die Idee nachzuzählen, und es war ein Geschrei, und die Wirtin gab uns ein Zeichen, daß wir gehen sollten, und wir flüchteten, ohne zu bezahlen.

Jetzt blieb nur noch das Dessert.

Sorbetto di limone, zuppa inglese oder lieber ein fettes *tirami sù*? sagte Skarlet.

Tiramisu, sagte Paul. Als ich das Wort zum erstenmal las, dachte ich, wer das ißt, kann hinterher zaubern.

Es heißt: Zieh mich hoch! Die Flüssigkeit in den Biskuit.

Ach, sagte Paul. So banal? Dann nehme ich nur einen Kaffee.

SIE sah, wie er immer schwächer wurde. Sie sah seine Augen, und sie wußte, daß sie nur noch wenig Zeit hatten.

Ich habe deinen Vater gesehen, sagte Skarlet.

Und sie sah, wie sich Paul aufrichten wollte und wie er vor Schmerzen zusammenzuckte.

Es war Zufall, ich war unterwegs und fuhr an einem Zirkuszelt vorüber, ein ungewöhnlich großes Zelt mit drei Masten, zwischen denen bunte Lichterketten gespannt waren. Wie ein fremdes, gestrandetes Schiff lag es auf dem Platz, ich fuhr langsamer, und da entdeckte ich das Plakat: »Der große Heinzini. Einzigartiges Gastspiel des berühmten Nasenjongleurs.« Ich habe ihn sofort erkannt.

Ist er nicht älter geworden?

Er sah genauso aus, wie du ihn immer beschrieben hast. Die Vorstellung war ausverkauft, und ich hatte Mühe, eine Karte zu bekommen. Am Anfang war es das Übliche: Pferde mit Federbüscheln auf dem Kopf liefen im Kreis, und ich fürchtete schon, daß als nächste Nummer rumänische Schleuderakrobaten auftreten würden, als in einem hautfarbenen, durchsichtigen Trikot Larissa kam, Larissa mit den Gummiknochen, zusammen mit ihrem Partner Rudolfo, dem menschlichen Känguruh. Nach ihnen schwebte der fliegende Siegfried über die Manege, und dann kam das Hundetheater. Eine weiße Pudeldame mit Brautschleier heiratete einen schwarzen Spitz, der allerdings während der Trauungszeremonie seine Hosen verlor. Und dann war es soweit, der Lichtkegel des Scheinwerfers richtete sich auf den Vorhang. Es gab einen großen Trommelwirbel, und dein Vater kam auf einem Elefanten hereingeritten: Der große Heinzini stand in einem roten, mit Gold bestickten Umhang auf dem Elefantenrücken, balancierte eine brennende Fackel auf seiner Nase, schleuderte die Fackel nach oben und fing sie mit seiner Nase wieder auf, und bei jedem Wurf ging ein Raunen durch das Publikum. Als wäre es noch nicht genug, ließ er sich von dem Elefanten mit dem Rüssel zehn volle Weingläser nach oben reichen und stellte sie übereinander auf seine Nasenspitze, und die Zuschauer standen von ihren Sitzen auf und applaudierten, sie rasten und trampelten mit den Füßen, als er mit seiner Nase Holzringe zehn Meter weit auf den Rüssel des Elefanten schleuderte.

Es war schwierig, nach der Vorstellung mit deinem Vater zu sprechen, viele Zuschauer umlagerten seinen Wagen und wollten ein Autogramm haben, und die Reporter wollten ein Interview. Aber als ich ihm endlich sagen konnte, weshalb ich gekommen war, hat er sie sofort alle weggeschickt. Leider hat er noch am selben Tag weiterreisen müssen. Nur dieses eine Gastspiel noch, hat er gesagt, dann wird er dich besuchen kommen.

Es war dunkel geworden, nur die kleine Lampe auf Pauls Nachttisch brannte.

Was möchtest du Silvester trinken? fragte Skarlet.

Paul lachte nur leise.

Sie sah sein Gesicht in dem schmalen Lichtkegel. Sie sah seine müden Augen, die vom Morphium geweiteten Pupillen. Paul hatte Silvester nie gemocht. Sie sahen sich an, schweigend. Und sie weinte nicht.

UND jetzt weinte Skarlet auf Frau Schnörkes Schulter so heftig, daß der grüne Kittel große dunkle Flecken bekam. Es gab keine Sonnenblumen, und Paul war tot. Natürlich hatte Skarlet kein Taschentuch und mußte sich mit einem rosafarbenen Stück Zellstoff die Nase putzen, das kratzte und eigentlich eine Schmuckbanderole für Blumentöpfe war. Und Skarlet sah ihr Spiegelbild in der Schaufensterscheibe, die schwarze, im Gesicht verschmierte Wimperntusche.

Warum machen Sie so ein Theater? sagte ein Mann. Seien Sie froh. Früher hätten Sie um diese Jahreszeit nur Alpenveilchen bekommen.

Und plötzlich wurde ihr wieder bewußt, daß sie in einem Blumenladen stand, neben einer hilflosen Verkäuferin und inmitten neugieriger Kunden.

Und Skarlet bestellte einen großen Strauß gelber Gerbera.

Mit schwarzer Schleife? fragte Frau Schnörke vorsichtig.

Ohne schwarze Schleife, schrie Skarlet und rannte aus dem Laden, bevor sie wieder zu weinen begann. Sie rannte bis nach Hause und war froh, als sie vor ihrer Wohnungstür stand.

Und während Skarlet die Tür aufschloß, klingelte das Telefon.

Ich wollte Sie nur an die Rede erinnern, sagte der Bestatter. Sie müssen nicht denken, ich will Sie nerven.

Doch, sagte Skarlet.

Ich habe schon viel erlebt, sagte der Bestatter, es ist nicht einfach, auf der Beerdigung seines Bruders eine Rede zu halten.

IHR Bruder. Das Wort war in Skarlets Familie aus dem Sprachgebrauch gestrichen. Der Vater, die Mutter und alle Verwandten hatten es jahrzehntelang vermieden, und Skarlet hatte ihnen geholfen dabei. Niemand sprach von dem Bruder, niemand nannte seinen Namen. Nur einmal im Jahr trat er ins Bewußtsein. Einmal im Jahr, Anfang Oktober, wenn eine fremde Frau zu Besuch kam. Sie erschien pünktlich Sonntag nachmittag um vier zum Kaffeetrinken. Am Tisch herrschte ein merkwürdiges Schweigen, das über ein »Man spricht nicht mit vollem Mund« hinausging.

Möchten Sie noch ein Stück Kuchen?

Ja, danke!

Vielleicht noch einen Schluck Kaffee?

Nein, danke!

Sie blieben noch eine Zeitlang am Tisch sitzen,

dann verabschiedete sich die Frau, und der Vater brachte sie hinaus. Und was dann kam, hätte Skarlet, wenn sie es nicht selbst gesehen hätte, für unmöglich gehalten: Der Vater half der fremden Frau in den Mantel, er ließ ihr den Vortritt auf dem Weg zur Tür, und als ob das nicht schon unglaublich genug gewesen wäre, überreichte er ihr dann noch einen Fünfzigmarkschein. Die Frau nahm den Schein und steckte ihn, wie Skarlet fand, achtlos in ihre Manteltasche. Und dann hielt der Vater der fremden Frau die Tür auf und sagte: Wir danken Ihnen noch einmal recht herzlich.

Jahrelang wußte Skarlet nicht, worin das besondere Verdienst dieser Frau bestand, die einmal im Jahr an einem Sonntag im Oktober auftauchte, Kuchen aß, fünfzig Mark geschenkt bekam und zum Abschied Skarlet über den Kopf strich und sagte: Sie ist ein Wunder!

Und die Eltern nickten andächtig. Es war das einzige Mal im Jahr, daß Skarlet in den Augen ihrer Eltern ein Wunder war.

SIE hatte es niemandem erzählt, nicht Paul und nicht einmal dem Außerirdischen.

Und was wäre auch zu erzählen gewesen? Daß es schlechte Zeiten waren und zwei Polizisten den Arzt während der Entbindung wegen vermeintlichen Medikamentendiebstahls verhaftet hatten? Daß der junge Assistenzarzt einen Fehler machte und die Mutter zu verbluten begann? Daß ihr der Priester in dem katholischen Krankenhaus die Letzte Ölung gab und sich dann doch eine Krankenschwester fand, die be-

225

reit war, ihr Blut direkt von Mensch zu Mensch zu spenden?

Daß alles ein Irrtum war und der Arzt zehn Tage später freigelassen wurde und auch er den Bruder nicht retten konnte? Daß die Mutter nie wieder ein Kind bekommen sollte und doch zwölf Jahre später Skarlet geboren wurde?

Im Fotoalbum gab es kein Bild von diesem Bruder, es gab nicht wie von Skarlet die ersten Schuhe, keine Zeichnungen aus dem Kindergarten und keine Schleife von der Zuckertüte. Es gab nur eine fremde Frau, die einmal im Jahr zum Kaffeetrinken erschien und fünfzig Mark erhielt.

Und Skarlet fühlte: Dieser Bruder wäre zu Hause die Rettung gewesen, jemand, zu dem sie gehört hätte. Sie konnte es niemandem erklären, daß sie um jemanden trauerte, den sie nie gekannt hatte. Er hätte abends, wenn sie vor dem Einschlafen im Dunkeln Angst hatte, ihre Hand gehalten, er hätte den Vater davon überzeugt, daß sie keine Karpfenhaut essen mußte, er hätte sich jeden Tag gefreut, sie zu sehen. Dort, wo der Bruder war, wäre ihr Zuhause gewesen.

Wo immer wir sind, wir tragen unser Land im Herzen, hatte die Frau mit den hochgesteckten Haaren im vergangenen Sommer am Strand von Cefalù gesagt, während sie ihrem Sohn die Nase putzte.

Skarlet hatte kein Land, das sie im Herzen tragen konnte. Ihr Land war eine Inszenierung gewesen, ein vierzig Jahre lang währendes Theaterstück mit dem Titel: *Wir sind die Sieger der Geschichte.* Skarlet hatte nie geglaubt, ein besserer Mensch zu sein.

Und es nützte ihr nichts, wenn die Frau am Strand sagte: *sei una di noi.* Es war eine Illusion. Sie war keine von ihnen, sie gehörte nicht dazu.

Nachts saß sie auf ihrer Terrasse und blickte hinunter auf die Straße, auf die Bar gegenüber, auf die Vespas, die sich durch die Straße schlängelten und mit ihrem Fahrtwind die Servietten von den Tischen rissen. Sie sah die Kellner die Tabletts zu den Tischen balancieren, hörte die Rufe der Gäste nach neuen Getränken. Und die Frau aus der Nachbarwohnung saß mit zur Straße gewandtem Rücken auf ihrem Balkon, sah in ihr Zimmer und kämpfte mit dem Fernsehton gegen diesen Lärm an. Und Skarlet saß und rauchte und fühlte sich in diesem Chaos gleichermaßen glücklich und einsam. Sie gehörte nirgendwohin, nicht nach Deutschland, wo alles so wundervoll strukturiert war und die Züge auf den Bahnsteigen abfuhren, auf denen sie angekündigt waren, und nicht nach Italien, wo die Züge selten auf den angekündigten Bahnsteigen abfuhren und oft zu spät, aber manchmal auch zu früh ankamen, und sosehr sie es sich auch wünschte, sie gehörte auch nicht nach Sizilien und nicht auf diese Terrasse.

Wo immer sie war, blieb sie das Kind, das zurückgezogen auf dem Akkordeonkasten hinter der Übergardine saß und sich Geschichten ausdachte, in denen alles anders war.

Als sie das erste Mal in Catania aus dem Flugzeug stieg, hatte sie das Gefühl, sie würde nach Hause kommen. Sie trat ahnungslos aus der Flugzeugtür, mitten hinein in dieses magische Licht zwischen Spätnachmittag und Abend, in dem alle Konturen weich wurden. Und sie sah den Himmel, der sich schon leicht rot färbte, und sie sah den Ätna und die ewige Wolke, die über seinem Gipfel hing, und sie stieg die Gangway hinunter und wäre beinahe wie der Papst auf die Knie gefallen, um den Boden zu küssen. Es war ein anderer Wind, ein anderer Geruch der Erde, und sie spürte, wie ihr die Tränen in die Augen stiegen, und sie suchte nach ihrer Sonnenbrille.

JETZT war es Winter, und im Blumenladen gab es nicht einmal Sonnenblumen, und schon wieder klingelte das Telefon. Es war der Maler, der ihr sagen wollte, wie schön er den Sarg bemalt hatte: Auf dem Deckel einen Engel, der Kante entlang liefen Elefanten. In den Deckel hatte er die Freiheitsstatue inmitten von Sonnenblumen gemalt. Vierzig Sonnenblumen, für jedes Jahr von Pauls Leben eine. Der Maler sprach begeistert von dem Sarg, wie von einem Kunstwerk, und er fragte, ob sie schon ihre Rede geschrieben hätte.

Nein, sagte Skarlet, aber jetzt werde ich es tun.

Bevor sie sich an den Computer setzte, rief sie Matthias Seibt an.

Paul ist gestorben, sagte Skarlet.

Ich weiß, sagte Matthias Seibt, es ist meine Arbeit.

Kommst du morgen zur Trauerfeier? fragte Skarlet. Paul hat mich gebeten, die Rede zu halten.

Und Matthias Seibt sagte nicht wie viele ihrer Freunde: O Gott, du Ärmste, sondern: Das ist eine große Ehre. Soll ich dich abholen?

Ja, sagte Skarlet. Und bring mich bitte zum Lachen.

10

LYDIA ist erwachsen geworden.

Ich habe dir immer gesagt, daß es richtig war, sie nach Amerika zu schicken, sagte Paul.

Und was ist, wenn sie dort bleiben will?

Dann laß sie!

Sie hat sich verliebt.

Wunderbar!

Sie ist siebzehn.

Na und?

Er kommt aus Mexiko.

Es gibt nicht nur Italiener auf der Welt.

Sie hat noch nicht einmal die Schule abgeschlossen.

Warte ab, sagte Paul. Lydia hat immer gewußt, was sie will.

Dann war die Leitung unterbrochen und nur noch ein Rauschen zu hören.

Skarlet rief noch einige Male: Hallo? und legte auf.

ALS sie die Augen aufschlug, brauchte sie einige Zeit, um zu begreifen, was geschehen war. Sie hatte mit Paul telefoniert, ganz deutlich erinnerte sie sich an seine Stimme. Die Art, wie er sprach, langsam, ohne die Endungen zu verschlucken. Noch benommen, lief Skarlet ins Bad und versuchte, sich, während sie duschte, die Einzelheiten ins Gedächtnis zu rufen. Hatte sie Paul angerufen oder Paul sie? War es das Handy oder das Festnetz gewesen? Und während sie darüber nachdachte, schwanden die Worte, und zurück blieb nur der Klang seiner Stimme. Ein beruhigender Klang, den sie hörte, während sie sich die Zähne putzte, Teewasser aufsetzte, nach den Sachen suchte, die sie anziehen würde. Sie entschied sich für eine schwarze Hose und eine schwarze Jacke, die sie im Sommer in Palermo gekauft hatte. Obwohl sie oft Schwarz trug, fand sie, daß es, als sie sich im Spiegel betrachtete, zu trostlos aussah, und sie suchte nach ihrem blauen Lieblingsschal. Sie kämmte sich die Haare, schminkte sich, setzte sich an den Küchentisch und trank ihren Tee. Sie tat alles in völliger Ruhe, und obwohl sie in dieser Nacht nur wenig geschlafen hatte, war die Nervosität der letzten Tage verschwunden.

Bis in die Morgenstunden hinein hatte sie die Rede geschrieben. Es war wie ein Anfall gewesen, etwas, das nicht mehr aufzuhalten war, und sie schrieb, ohne zwischendurch aufzustehen, durch die Wohnung zu laufen oder im Kühlschrank nach etwas Eßbarem zu suchen, sie telefonierte nicht und bildete sich nicht ständig ein, sie müsse auf die Toilette gehen. Sie schrieb, ohne über Formulierungen nachzudenken, plötzlich fügte sich alles, und am Ende waren es fast zehn Seiten geworden. Sie hatte alles ausgedruckt, auf den Tisch gelegt und war schlafen gegangen. Sie wollte es nicht noch einmal lesen, sie hatte Angst, daß sich die Worte abnutzen könnten. Es erschien ihr absurd, für eine Trauerrede zu üben.

Pünktlich, eine Minute vor der verabredeten Zeit, klingelte Matthias Seibt. Sie nahm die Rede, rollte sie zusammen und steckte sie in ihren Rucksack. Sie blickte sich nicht um, ging nicht wie sonst noch einmal zurück in die Wohnung, um zu kontrollieren, ob sie auch wirklich alle Fenster verriegelt und den Herd abgestellt hatte. Sie schloß ab und lief die Treppe nach unten.

Matthias Seibt wartete auf der gegenüberliegenden Straßenseite. Es war ihm peinlich, als sie seinen S-Klasse-Mercedes sah.

Du mußt dich nicht entschuldigen, sagte Skarlet, wenn ich Geld hätte, würde ich mindestens einen z4 fahren.

Sie ließ sich die Tür aufhalten und stieg ein.

Ist es dir warm genug? fragte Matthias Seibt. Und es beruhigte Skarlet, daß er, statt die Heizung höher zu drehen, den Scheibenwischer anstellte.

Ich hätte nie gedacht, daß du mal Auto fahren kannst, sagte Skarlet.

Sie hielten am Blumenladen. Frau Schnörke mußte Skarlet schon durch die Schaufensterscheibe gesehen haben, denn als sie eintraten, war sie hinter ihren Ladentisch geflüchtet und hielt Skarlet den bereits verpackten Strauß mit ausgestreckten Armen entgegen, als könnte er jeden Moment detonieren.

Die hat sich aber komisch benommen, sagte Matthias Seibt, als sie wieder ins Auto stiegen.

Skarlet suchte in ihrem Rucksack nach dem Bild der Heiligen Rita. Es war die gleiche Holographie, die sie Paul damals aus Palermo mitgebracht hatte. Sie versuchte, mit der Nagelschere ein Loch in die rechte obere Ecke zu bohren, damit sie das Bild am Strauß festbinden konnte. Immer wieder rutschte sie mit der Spitze über die glatte Oberfläche.

231

Fahr vorsichtig, sonst steche ich dem Engel ein Auge aus, sagte Skarlet und versuchte, sich zu konzentrieren.

Soll ich anhalten und dir helfen? fragte Matthias Seibt.

Laß ja die Finger von der Schere, eine Beerdigung genügt, sagte Skarlet.

Sie fuhren durch das Viertel, in dem Paul als Student gewohnt hatte. Ein ehemaliges Arbeiterviertel, in dem nur wenige Häuser saniert waren und viele Wohnungen leer standen, auch die meisten Geschäfte waren geschlossen. *Give cheese a chance*, las sie an der Schaufensterscheibe eines Käseladens.

Skarlet sah Kinder aus der Schule kommen, Bauarbeiter an Imbißbuden stehen und Frauen mit Kinderwagen und vollen Einkaufstüten an der Fußgängerampel warten. Es war ein ganz normaler Arbeitstag, alle versuchten, in der Kälte schnell nach Hause zu kommen, und niemand interessierte sich für den silbernen Mercedes, der in Richtung Friedhof fuhr.

In der vergangenen Nacht habe ich mit Paul telefoniert, sagte Skarlet, seine Stimme war ganz deutlich, jede Verwechslung ist ausgeschlossen.

Und was ist so schlimm an diesem Traum?

Er wollte wissen, was Lydia über Amerika erzählt hat.

Na und?

Aber er konnte gar nicht wissen, daß sie hier ist.

Es gibt viele Dinge, die wir nicht verstehen.

Das sagst du als Arzt?

Glaubst du, ich mache mir keine Gedanken?

Paul hat nie gern telefoniert. Er hat es gehaßt.

Ja, aber was soll er denn jetzt machen? sagte Matthias Seibt.

Sie hielten vor dem Friedhof. Das schmiedeeiserne Tor stand offen, und vor ihnen lag die breite Allee, die zur Trauerhalle führte. Skarlet zeigte Matthias Seibt die Plattenbaugräber. Die Straße der Besten!

Ich finde es traurig, sagte Mathias Seibt. Sie sind für etwas gestorben, das es gar nicht gegeben hat.

Sie haben es so gewollt.

Paul hat sich immer gewehrt, sagte Matthias Seibt. Von Anfang an. Weißt du noch, wie er am ersten Tag im Kindergarten seine Cordhose nicht ausziehen wollte?

Es war das einzige Mal, daß er bei Tante Edeltraut nachgeben mußte.

Aber er hat gekämpft, sagte Matthias Seibt. Und er hat für dich die Milch ausgetrunken.

Was ich mich ständig frage, sagte Skarlet, warum Paul ausgerechnet in dem Moment gestorben ist, in dem er aufgehört hat, gegen alles zu kämpfen?

Er hat die Krankheit lange mit sich herumgetragen. Ich habe schon viele Befunde gelesen, aber aussichtsloser als bei Paul war selten eine Diagnose. Die meisten Krankheiten haben keine Logik. Du mußt aufhören, darüber nachzudenken.

Und du hast versprochen, mich zum Lachen zu bringen, sagte Skarlet.

Früher habe ich das immer geschafft.

Unfreiwillig. Weißt du noch, wie du Tante Edeltraut besiegt hast?

Glaubst du, ich könnte das je vergessen?

233

Im Herbst und Winter mußten alle Kinder vor dem Mittagsschlaf in einer Reihe antreten. Täglich erhielten sie einen verordneten Löffel Travidin. Mund auf, Augen zu! Ein zäher Sirup, der sich auf dem weißen Plastelöffel türmte. Er schmeckte süß und ein wenig nach Zitrone und klebte noch lange am Gaumen. Dann wurden die Brillen verteilt. Braunes Leder mit eingesetztem rundem, dunkel gefärbtem Glas. Nackt, nur mit der Brille bekleidet, liefen sie über den Gang in das Erzieherinnenzimmer. Die Parade einer unbekannten Insektenart. Sie legten sich auf die harten Pritschen, fünf Minuten auf den Bauch, fünf Minuten auf den Rücken. Über die exakte Einhaltung dieser Zeit wachte Tante Edeltraut mit einem Kurzzeitwecker in der Hand.

Nach der Höhensonnenbestrahlung zogen sie ihre Schlafanzüge an und legten sich zum Mittagsschlaf in ihre Betten im Schlafraum. Und dann wurde Matthias Seibt, während alle schliefen, von einer Mücke gestochen und lief zu Tante Edeltraut. Aber Tante Edeltraut war weder im Spielzimmer noch im Waschraum. Tante Edeltraut lag weiß und groß, mit riesigen Insektenaugen, unter der Höhensonne, drehte sich vor Matthias Seibts Augen auf den Bauch und gab kurz darauf grunzende Töne von sich. Und Matthias Seibt vergaß seinen Mückenstich und riß bei seiner Flucht den Kurzzeitwecker zu Boden. Tante Edeltraut schlief weiter.

In den folgenden beiden Wochen stand sie neben ihrem Schreibtisch. Sie stand während der Bastelstunden, während des Rundgesangs und auch während des Essens, obwohl das wegen der möglichen

Erstickungsgefahr strengstens verboten war. Von diesem Tag an gab es zur Vorbeugung gegen Erkältungen nur noch Travidin.

Ich hätte damals auch gern einmal für dich die Milch ausgetrunken, sagte Matthias Seibt.

Sie waren bei der Trauerhalle angekommen. Ein langgezogenes Gebäude mit hohem Glockenturm. Etwas verloren standen sie allein unter den Arkaden. Es war das erste Mal in ihrem Leben, daß Skarlet zu früh kam. Vor dem Eingang stand ein Wagen aus Stahl mit einem Schild: »Beerdigung Langanke«. Skarlet widerstrebte es, ihre Blumen auf das kalte Metall zu legen, und auch Matthias Seibt behielt seinen Strauß in der Hand.

Neben dem Wagen lag auf einem Ständer das aufgeschlagene Kondolenzbuch, und wie in der Sparkasse war der Kugelschreiber mit einem Faden daran festgebunden.

Als Kind hatte Skarlet sich oft ihr eigenes Begräbnis vorgestellt. Sie sah, wie ihr Sarg hinter einer Blaskapelle einen schattigen Waldweg entlanggetragen wurde, und sie sah, wie der mit Rosen bedeckte weiße Sarg an Seilen in die Erde gelassen wurde. Neben dem Grab standen ihre weinenden Eltern. Es war immer Sommer gewesen, und sie starb immer als Heldin. Sie wurde von der Straßenbahn überfahren, während sie ein fremdes Kind von den Gleisen riß, oder sie versank nach der Rettung eines ins Wasser gefallenen Säuglings kraftlos wenige Meter vor dem Ufer.

Die Wirklichkeit war banal. Sie stach sich mit einer Bastelschere in die Hand und entging knapp einer Blutvergiftung, und sie riskierte, weil sie herausfinden wollte, ob bereits in dem Kabel der Stehlampe Licht brannte, beim Zerschneiden einen Herzstillstand. Ohne Mühe brachte sie sich immer wieder in Gefahr, beim Rodeln, Radfahren oder einfach nur, indem sie bei Rot über die Straße lief. Später forderte sie das Schicksal regelrecht heraus.

Skarlet sah von weitem die ersten Gäste kommen. Pauls Mutter, die unverändert schien und die sich auch in ihrer Trauer auffällig gerade hielt. Daneben zwei Frauen, die wahrscheinlich Pauls Tanten waren. Dann kamen die ersten Freunde. Skarlet stellte sich mit Matthias Seibt abseits, sie hatte keine Lust, mit jemandem zu sprechen. Die meisten erkannte sie erst auf den zweiten Blick. Es war ein Klassentreffen nach vielen Jahren, wenn auch aus traurigem Anlaß. Weißt du noch?

Meinst du, daß Paul es komisch findet, wenn er uns so sieht? fragte Skarlet.

Er würde lachen, sagte Matthias Seibt.

Lydia kam zusammen mit Christian. Erst nach der Trennung war Christian wirklich zum Vater geworden. Er hatte sich immer benachteiligt gefühlt, aber er hatte auch wenig getan, um sich aus dieser angeblichen Benachteiligung zu lösen. Er war beleidigt, wenn Lydia mit einem aufgeschlagenen Knie zuerst zu Skarlet gerannt kam, um sich trösten zu lassen, er war beleidigt, wenn sie beim Spazierengehen immer nur an Skarlets Hand laufen wollte, und er verstand nicht, wieso Lydia unbedingt nachts im Bett ihrer Mutter schlafen wollte. Er fühlte sich verdrängt und war eifersüchtig auf die eigene Tochter, die angeblich seinen Platz an Skarlets Seite eingenommen hatte. Er benahm sich wie ein Kind, das sein Spielzeug plötzlich mit jemandem teilen mußte. Erst nachdem er ausgezogen war, begann er, Lydia zu vermissen und sich für Dinge zu interessieren, die ihm vorher egal gewesen waren, plötzlich störte ihn die Musik nicht mehr, die Lydia hörte, er las ihre Bücher, ging mit ihr ins Kino oder spielte gemeinsam mit ihr Computerspiele, und im Winter brachte sie ihn sogar dazu, mit ihr im Stadtpark Schlittschuh zu laufen. Lydia forderte Christians Liebe ein wie etwas, das ihr zustand.

Christian sah zu Skarlet und Matthias Seibt herüber.

Er denkt, du bist mein neuer Freund, sagte Skarlet.

Auch das würde Paul zum Lachen bringen, sagte Matthias Seibt.

SIE betraten zögernd die Trauerhalle. Skarlet fürchtete sich vor diesem Ort, vor der Kälte, der Dunkelheit und der Stille. Doch dann war alles ganz anders. Es war das Licht von Weihnachten und Geburtstagen, warm und verheißungsvoll. In großen eisernen Leuchtern brannten Hunderte von Kerzen. Und Van Morrison sang. Sie hatte ihn im Konzert gesehen. Ein kleiner Mann mit Hut, der in seinem Anzug mit zugeknöpftem Hemd stocksteif auf der Bühne stand. Völlig unbeteiligt hatte *The man* seine Lieder gesungen, sich nicht um den Beifall gekümmert und das Publikum ignoriert, das, je ruhiger er blieb, um so mehr in Ekstase geriet. Nur einmal war er wütend geworden, als sein Pianist um den Bruchteil einer Sekunde den Einsatz verpaßt hatte.

237

Didn't I come to bring you a sense of wonder.
Didn't I come to lift your fiery vision bright. Paul
liebte diese Musik, vor allem die langsamen Balladen.
Didn't I come to bring you a sense of wonder in the
flame.

In der ersten Zeit seiner Krankheit hatte Paul
alles abgelehnt, Fernsehen, Radio, Zeitungen, Bücher. Er hatte seine alten Kassetten gehört und vor
allem einen Sänger in seiner selbstgewählten Stille
zugelassen: Van Morrison. Paul hatte die Kassette
so oft gehört, bis das Band ausgeleiert war und Morrison an einigen Stellen die Stimme brach. Und Judith, die diese Musik ständig mit anhören mußte,
war ein bißchen genervt, und auch Skarlet fragte sich, warum es ausgerechnet dieser Sänger sein
mußte. *Let the slave grinding at the mill run out into*
the field. Let him look up into the heavens and laugh
in the bright air.

Doch jetzt verstand sie Paul. Sie ließ sich fallen in
diese Musik. Sie trieb durch den Raum, getragen von
dem weichen Kerzenlicht und dieser Stimme. *Whose*
face has never seen a smile in thirty weary years, und
stand plötzlich vor dem offenen Sarg.

Gegen den Willen des Bestatters hatte Judith darauf bestanden, daß Paul in der Trauerhalle aufgebahrt
wurde. Er sollte dabeisein, wenn alle seine Freunde
kamen, und nicht als später Gast in einem geschlossenen Sarg in die Halle geschoben werden.

Paul lag da, mit nach oben gerecktem Kinn und
über dem Bauch gefalteten Händen, und Skarlet sah
Matthias Seibt an und wußte, daß er das gleiche
dachte: wie Lenin.

Der Bestatter hatte sich durchgesetzt und gegen Judiths Willen Pauls Beine mit einer Decke verhüllt. Eine dünne gelbe Steppdecke, die Skarlet an die Tagesdecke im Schlafzimmer ihrer Eltern erinnerte. Skarlet legte die Blumen so, daß der glänzende Stoff kaum noch zu erkennen war. Sie sah Paul an, es schien, als würde er schlafen. Sie strich ihm über die Wange. Das erste Mal. Paul war nie ein Mensch gewesen, den sie umarmte wie ihre anderen Freunde. So nahe sie sich auch waren, dieser Abstand war immer geblieben zwischen ihnen.

Nur einmal, in der Euphorie an jenem legendären 9. Oktober, als sie spürten, daß keine Panzer auffahren würden, niemand schießen und niemand verhaftet würde, als die Angst von ihnen abfiel und sie etwas empfanden, das sie heute Freiheit nennen würde, war es einen Augenblick lang anders gewesen. Inmitten der Demonstranten hatten sie sich angesehen, für den Bruchteil einer Sekunde bereit, die Freundschaft einzutauschen, aber dann waren sie beide erschrocken und hatten im gleichen Atemzug entschieden, daß zwischen ihnen alles so blieb, wie es war.

In dem Moment, in dem Skarlet Paul berührte, wußte sie, daß es eine Seele gab. Es war nicht Paul, den sie berührte, es war nur Pauls Hülle, etwas Fremdes, Hartes, Eiskaltes. Und sie war sicher, nur dieser Teil würde beerdigt werden.

And let his wife and children return from the oppressor's scourge.

Skarlet stellte sich an die Seite zu den anderen Freunden. Sie standen dicht nebeneinander, aber trotzdem blieb jeder für sich, sie waren eingehüllt in die Musik, und niemand wagte, den anderen zu berühren, vielleicht weil sie ahnten, daß sie sich dann umarmen und weinen würden. Judith kam, sie hatte das grüne Kleid an, von dem Skarlet wußte, daß es das Hochzeitskleid war. Die wenigsten Freunde trugen Schwarz, als wollten sie sich gegen das, was geschehen war, wehren. Und auch die Blumen, die hereingebracht wurden, leuchteten in allen Farben. Bunte Freesiensträuße, Tulpen, gelbe Rosen, gelbe Gladiolen, gelbe Gerbera, aber keine Sonnenblumen.

Der Sarg stand nicht, wie sonst üblich, auf schwarzem Samt, sondern auf dem gemusterten Tuch, das Paul sich einmal aus Amerika mitgebracht hatte und das bei Feiern immer zur Tischdecke für den großen Holztisch auf der Terrasse wurde. Der Sarg selbst war gelb und mit verschiedenfarbigen Elefanten bemalt. Neben dem Sarg stand der Deckel, und Skarlet erkannte auf der Innenseite die Hochhäuser und die Sonnenblumen. Das war das letzte, was Paul sehen würde.

They look behind at every step and believe it is a dream. Noch immer sang Van Morrison. Die Trauer traf sich im Soul, ein süßer Schmerz, dem sie sich hingaben. Sie bewegten sich wie in Trance und schreckten zusammen, als der Bestatter die Kassette abstellte. Zwei Friedhofsmitarbeiter kamen und legten den Deckel über den Sarg. Die Gewißheit, daß Paul wirklich in diesem Sarg lag, beruhigte Skarlet. Jetzt sah sie auch den von Schimschak gemalten Engel, der seine Arme über den Deckel breitete. Ein Engel, der aussah wie ein Engel und nicht wie ein Schmetterling oder ein Flugzeug.

Als der Sarg verschlossen war, setzten sie sich. Es waren so viele Gäste, daß die Stühle nicht ausreichten. Es waren auch jene Freunde gekommen, die sich während Pauls Krankheit nicht gemeldet hatten, Skarlet hoffte, daß er ihnen verzeihen würde. In Pauls Leben war selten jemand verlorengegangen. Wen sich Paul einmal als Freund ausgesucht hatte, den behielt er, nicht nur sein Leben lang.

Als die *Mondscheinsonate* begann, wußte Skarlet, daß Paul recht gehabt hatte. Van Morrison hatte ihnen Schutz gegeben. Aber jetzt, als sie saßen und auf Pauls geschlossenen Sarg blickten, brauchten sie niemanden, der ihnen den Text vorgab.

Der Sarg stand in der Mitte vor dem Kreuz, das von einem riesigen Feigenbaum verdeckt wurde. Es war aus dunkel gebeiztem Eichenholz und beherrschte sonst mit seiner Größe den ganzen Raum. Es sei zu schwer, um es wegzuräumen, und außerdem fest im Boden verankert, hatte der Bestatter gesagt. Dann decken Sie es mit einem Tuch ab, hatte Judith gefordert, aber dann den Feigenbaum als Kompromiß akzeptiert.

Um Pauls Sarg herum, bis an die erste Reihe heran, lagen die Blumensträuße, Gestecke und Kränze, ein bunter, duftender Teppich. Und noch während sie auf die Musik hörte, überlegte Skarlet, welchen Weg sie zu dem Rednerpult nehmen sollte. Obwohl das Rednerpult links stand, schien es ihr einfacher, auf der rechten Seite in einem großen Bogen um den Feigenbaum und das Kreuz herumzugehen. Und als die *Mondscheinsonate* verklungen war, stand Skarlet auf und suchte sich in der erwartungsvollen Stille zwischen Blumen und Kranzschleifen einen Weg. Sie balancierte vorsichtig über den schmalen Pfad, der sich ihr bot, erreichte den Feigenbaum und stand plötzlich, hinter dem Kreuz, vor einer in den Boden eingelassenen verzierten Metallplatte. Skarlet sah auf das leicht gewölbte Metall, auf die glänzenden Ornamente. Was sollte sie tun? Versuchen, einen großen Schritt darüber zu machen, oder, um sicherzugehen, springen? Und was war dieses Hindernis überhaupt? Eine Grabplatte, eine Gedenktafel, wenn ja, für wen? Und während Skarlet Schwung für den Sprung holte, erkannte sie das Kreuz auf dem Metall, und schlagartig wurde ihr bewußt, worüber sie springen wollte: Es war der im Boden versenkte Sarg für eine Urnenbeisetzung. Jener Sarg, der am Ende einer Feier vor den Augen der Angehörigen mit der jeweiligen Leiche in der Erde versank. Und wenn es Unglück brachte, unter Bockleitern hindurchzugehen, Hüte auf ein Bett zu legen oder Spiegel zu zerbrechen, dann war die Wahrscheinlichkeit, daß Springen über einen Sarg jahrelanges Pech bedeutete, sehr groß. Skarlet stoppte ihre Bewegung, sah noch einmal auf das Rednerpult am anderen Ufer und kehrte dennoch um. Wieder tastete sie sich zwischen den Blumensträußen hindurch, und als sie an Pauls Sarg vorbeilief, kam es ihr vor, als würde sie der Engel auf dem Deckel beobachten. Und sie fühlte, daß auch Paul sie sehen konnte, nur er wußte, warum sie umgekehrt war, und sie sah ihn lachen, weil er sich vorstellte, wie sie auf diese Platte getreten und vor den Augen

aller Trauergäste in der Versenkung verschwunden
wäre. Typisch Skarlet, hätte Paul gesagt.

Skarlet stolperte weiter über die Kränze, trat auf
drei Nelken und ein »Stilles Gedenken« und stand
endlich hinter dem Rednerpult. Es war massiv, aus
Eiche, und die Innenfläche war mit rotem Samt aus-
gelegt. Skarlet schaltete die Leselampe an. Sie sah in
dem vom Kerzenlicht erleuchteten Raum auf die
Trauergäste, die sie nur als Konturen wahrnahm. Sie
versuchte, sich vorzustellen, daß sie einen Kongreß
eröffnen würde. Liebe Freunde der Przewalskipferdezucht.

Ich darf nicht weinen, dachte Skarlet, ich darf
nicht weinen. Sie drehte das Mikrophon näher heran
und fixierte das helle Oberlichtfenster über der Tür,
gegen das Schnee fiel.

»LIEBE Judith, lieber Lukas, liebe Familie, liebe
Freunde, Paul hat mich in seinem letzten Brief, einem
Brief aus dem Jenseits, wie er ihn nannte, gebeten,
heute diese Rede zu halten.«

Es war nicht wie sonst, wenn sie sich um die
Gunst des Publikums bemühen mußte. Sie spürte,
wie alle sie ansahen, keiner schwatzte, keiner sah aus
dem Fenster, keiner versteckte sich hinter dem Rük-
ken seines Vordermannes und schlief. Alle warteten
darauf, was sie jetzt sagen würde. Es war das dank-
barste Publikum, das sie je haben würde.

Und sie nahm es mühelos mit in die Welt der Bastelstunden, Rundgesänge und Kreisspiele: Fischer, wie
hoch steht das Wasser?

Sie erzählte ihnen von Pauls Karriere als Fußball-

243

spieler, seinem Rundflug in einer AN-24 und dem Blick aus seinem Kinderzimmer auf die immer erleuchteten Gefängnisfenster, hinter denen Verbrecher wohnten, die niemals schliefen.

»Paul war ein Geschichtenerzähler. Er hat Geschichten erzählt – und sich erzählen lassen, und er wurde wütend, wenn ihm niemand glaubte.«

Und Skarlet sah zu Matthias Seibt, der in der zweiten Reihe saß, und sie dachte daran, wie Paul ihn einmal in die Brennesseln geschubst hatte, weil er daran zweifelte, daß Pauls Vater ein Zauberer war.

»Pauls Lieblingsgeschichten handelten von kleinen Jungen, die ohne Vater und Mutter aufwuchsen, die aber ihre Traurigkeit mit großer Würde trugen. Bis zuletzt hat sich Paul gewünscht, noch einmal seinen Vater zu sehen, den er nie richtig kennenlernen durfte. Dieser Wunsch ist nicht in Erfüllung gegangen.«

Skarlet merkte, wie ihre Stimme immer leiser wurde. Kein Pathos, hatte Paul sie gebeten, keine Traurigkeit. Schnell wechselte Skarlet zu Herrn Nottelmann und den Qualen des Werkunterrichts, zu dem Schüler Jean-Paul Langanke, der sich weigerte, Dinge zu tun, nur weil sie im Lehrplan vorgesehen waren, und als einziger in der Klasse nie vorsang, sondern nur den Text aufsagte. Und auch noch dafür von dem irritierten Musiklehrer eine gute Note bekam: Etwas ungewöhnlich, aber es klang wie ein Chanson.

»Paul wußte immer genau, was er wollte und was er nicht wollte, und er hat sich nie davor gefürchtet, seine Meinung zu sagen und auch durchzusetzen. Paul hatte nur vor drei Dingen Angst: vor Hunden, vor Ärzten und vor Langeweile.

Die DDR ist wie ein einziger Sonntagnachmittag, hat Paul immer gesagt. Denn Sonntagnachmittage waren stehengebliebene Zeit, die zu nichts zu gebrauchen war. Damals kämpften wir dagegen an, saßen nachts in den Studentenklubs, entwarfen Visionen von unserem künftigen Leben, das nur eines nicht sein sollte: langweilig. Wir tranken einen furchtbaren Branntwein, der Hohensteiner hieß, und erfanden den Literaturprofessor Dr. Ernst Hohensteiner, dessen Werk wir so lange zitierten, bis das erste Zitat in der Vorlesung eines Dozenten auftauchte.«

Skarlet merkte, wie einige ihr Lachen unterdrückten.

Wer verbot ihnen, während einer Trauerfeier zu lachen?

Und sie erzählte von der Euphorie nach dem Mauerfall, von Pauls Arbeit im Bürgerkomitee, von den nächtelangen Beratungen in einer kalten Erdgeschoßwohnung, von den Fahrten in einem beschlagnahmten Wartburg, wobei sich herausstellte, daß Paul, der seine Fahrerlaubnis als Sanitäter im Krankenhaus gemacht hatte, nur gewohnt war, auf freien Straßen unter Blaulicht und Martinshorn zu fahren.

»Es war jene wunderbare chaotische Zeit, in der alle Träume erfüllbar schienen und Paul sich sein Kino kaufte.

Und das Wunder hielt an, ich erinnere mich, wie wir alle vor zehn Monaten bis in die Nacht hinein zusammensaßen, um die Geburt von Lukas zu feiern. *Lukas – Der Himmel war blau*, schrieb mir Paul in seinem letzten, seinem allerletzten Brief.

Manchmal sind es leider nur kleine Wünsche, die

man frei hat. Und ich habe ihm gewünscht, daß er wenigstens einmal Weihnachten mit seinem Sohn feiern kann. Und das Wunder ist geschehen: Paul, der monatelang in seinem Bett gelegen hatte, stand an diesem Abend auf, zog seinen Anzug an und stieg ohne Hilfe die Treppe nach unten. Und er setzte sich an den Tisch und aß, obwohl er seit Monaten künstlich ernährt wurde, Gänsebraten und Weihnachtsstolle.

Ich hätte Lukas gewünscht, daß ihm sein Vater die Geschichten von den Teefischen erzählt hätte, die nur im Dunkel der Kanne Lieder singen konnten, oder die von den Zebras, die eigentlich Esel in gestreiften Schlafanzügen waren. Ich hätte Judith noch viele Sonnenaufgänge in Italien gewünscht und uns allen endlich den großen Film, den Paul immer drehen wollte.

Als wir Studenten waren, wollten wir wie Janis Joplin beerdigt werden. Wir wollten eine Handvoll Dollar für unsere Freunde hinterlassen, es sollte eine wilde Feier geben, bei der sich alle auf unser Wohl betranken. Wir liebten den Spruch: Der Mensch geht in die Erde ein, nicht in die Geschichte. Und schrieben ihn zur Abschreckung für alle Studenten und Dozenten, die sich für bedeutend hielten, an die Wandtafel. Der Mensch geht in die Erde ein, nicht in die Geschichte. Vielleicht hat Janis Joplin damit recht gehabt: Aber die Geschichten, die bleiben.«

Sie hatte nicht geweint. Skarlet empfand unendliche Erleichterung, fast Heiterkeit. Sie ging zurück zur ersten Reihe, umarmte Judith und gab Pauls Mutter die Hand. Alle waren aufgestanden. Von vier Friedhofsangestellten wurde der Sarg auf einem Wagen

aus der Halle gerollt. Langsam folgten sie ihm. Lydia
kam und lehnte ihren Kopf an Skarlets Schulter. Sie
traten hinaus in die klare Winterluft, waren geblendet
vom leuchtenden Weiß des frisch gefallenen Schnees.
Alles lag unter einem weißen Tuch: die Wege, die
Bäume und auch die Straße der Besten. Die Gummi-
räder des Wagens, auf dem Pauls Sarg stand, zeichneten eine Spur durch den Schnee. Die Friedhofsangestellten zogen an den Griffen, und Skarlet sah, daß
die Männer Mühe hatten, den Sarg voranzubringen.
Judith hatte sich einen quietschenden Elektrowagen
verbeten, bei dem die Gefahr bestand, daß unterwegs
der Motor aussetzte.

Skarlet lief mit offener Jacke. Sie merkte, wie ihr
Gesicht glühte. Sie lief zwischen Lydia und Matthias
Seibt, hinter ihr ging Christian.

Sie verließen die Allee mit den Plattenbaugräbern,
bogen ein in das kleine Wäldchen. Zwischen zwei
Rhododendronbüschen war das Grab. Ein tiefes
Loch, mit Kunstrasen ausgeschlagen, der aber glücklicherweise nicht zu sehen war, weil sich Schneeflok-
ken zwischen die Fasern gesetzt hatten. Die Männer
hoben den Sarg mit Gurten vom Wagen und hielten
ihn über die Grube.

In diesem Moment begann das Saxophon. *Busted
flat in Baton Rouge, waiting for a train.*

Keine Asche ins Meer, kein Southern Comfort für
alle, aber wenigstens dieses Lied. Langsam verschwand der Sarg zwischen den Wänden aus Kunstrasen und Schnee.

*Freedom is just another word for nothing left to
lose.*

Skarlet trat hinter Pauls Mutter an das Grab, sie nahm eine Handvoll Rosenblätter und ließ sie auf den Sarg schweben. Die Blätter fühlten sich trotz der Kälte warm und weich an. Sie fühlte keine Trauer. *Dall'odore dei campi al risveglio della terra.* Skarlet kam der italienische Text in den Sinn. *Il vento è una carezza nel respiro.* Sie dachte an die Steineichen, die Kornfelder, die rotbraune Erde und an die Sonnenblumen. Sie sah nach oben auf die Schneeflocken, die durch die Luft wirbelten. Sie erkannte die Kristalle auf dem dunklen Ärmel ihrer Jacke, wunderschöne Kristalle, die in ihrem Ebenmaß nicht zu übertreffen waren.

Skarlet stellte sich zu den anderen. Jetzt hatten sie endlich Zeit, einander zu umarmen. Keiner ging nach Hause. Judith nicht, Schimschak nicht, und auch Matthias Seibt nicht. Alle waren gekommen, Freunde, mit denen Paul damals im Park Fußball gespielt hatte, Kommilitonen, Kollegen, Nachbarn aus Häusern, in denen Paul gewohnt hatte. Sie alle standen und redeten, und der Schnee setzte sich auf ihre Haare, und sie lachten und strichen ihn sich gegenseitig aus dem Gesicht.

Vom Hauptweg her kam der Bestatter auf das Grab zugelaufen. Er trat nah an Skarlet heran und flüsterte: Ich würde Sie bitten, diesen Weg zu räumen.

Warum? fragte Skarlet.

Das Grab muß zugeschaufelt werden.

Dann tun Sie es!

Es ist nicht so einfach, ein Bagger muß kommen.

Dann lassen Sie ihn kommen.

Es gibt nur diesen einen Weg.

Und warum kann der Bagger nicht später kommen?

Der Bestatter stöhnte und blickte auf seine Uhr und sagte leise: Dann ist Feierabend.

Skarlet sah Matthias Seibt zu dem Arbeiter gehen, der sich mit seinem Bagger hinter einer Koniferenhecke verschanzt hatte. Und sie sah, wie Matthias Seibt dem Mann einen Schein gab. Ein Toter – ein Roter, noch immer galt die alte Regel.

Sie blieben noch einige Minuten stehen, dann erlösten sie den Baggerfahrer. Sie liefen durch den Schnee zum Ausgang. Obwohl Tag war, brannten schon die Laternen, und auf der gegenüberliegenden Straßenseite zwischen einem Steinmetzbetrieb und der Friedhofsgärtnerei leuchtete das Schild einer Kneipe: »Endstation«.

Sie suchten nach dem geparkten Mercedes, waren irritiert, weil sie ihn nicht finden konnten, unter der Schneedecke sahen alle Autos gleich aus. Sie liefen mehrere Male die Straße auf und ab, bis ihnen klar wurde, daß sie den Friedhof durch einen anderen Ausgang verlassen hatten. Sie wußten nicht einmal, in welcher Richtung sie suchen sollten. Erst jetzt bemerkte Skarlet, daß sie allein waren. Sie fror und blickte auf das erleuchtete Kneipenschild.

Beim Eintreten beschlug Matthias Seibts Brille, und er lief frontal gegen einen Kleiderständer, der ins Wanken geriet, auf einen Tisch kippte und die darauf stehende Blumenvase zum Umfallen brachte.

Wenigstens ist kein Wasser darin, sagte Matthias Seibt. Er sammelte die Plastikalpenveilchen vom Boden auf und versuchte, sie wieder in die Vase zu stecken.

249

Hinter dem Tresen stand eine Frau mit hochgesteckten Haaren, die Arme unter der Brust verschränkt, und beobachtete ihn dabei.

Na, geschafft? sagte die Frau, und Skarlet war nicht sicher, ob die Frau das Einsammeln der Alpenveilchen oder die Beerdigung meinte.

Sie setzten sich in eine Ecke, zwischen zwei Kunststoffpalmen. Skarlet las die Karte, die in einer großen Ledermappe lag, aber nur aus einem einzigen Blatt bestand, und Matthias Seibt versuchte heimlich, seine Brille mit einem Zipfel der Tischdecke zu putzen.

Die Frau hinter dem Tresen wippte auf ihren Zehenspitzen.

Ich wette, sie trägt Gesundheitsschuhe, flüsterte Skarlet.

Das Angebot auf der Karte bestand aus Bockwurst mit Salat und über zwanzig Schnapssorten. Die Nachfrage bestimmte das Angebot.

Und? Schon gewählt? fragte die Frau mit einer Stimme, als erwarte sie die sofortige Bestellung von zehn Weinbrand und einer halben Flasche Wodka.

Und Matthias Seibt sah Skarlet durch seine verschmierten Brillengläser hindurch an, wandte sich zum Tresen und sagte: Zwei Tassen lauwarme Milch, bitte.

SERIE PIPER

Annette Pehnt
Insel 34
Roman. 192 Seiten. Serie Piper

»Ich habe nie so getan, als ob ich die Insel kenne, und ich bin die einzige, die wirklich hinfahren wollte.« Die Inseln vor der Küste sind numeriert, und niemand ist jemals auf der Insel Vierunddreißig gewesen – nur die eigenwillige Ich-Erzählerin in Annette Pehnts zweitem Roman verspürt ihren rätselhaften Sog. Selbst Zanka, der nach Vanille und Zigaretten riecht und sie in die Liebe einweist, kann sie nicht von der Suche nach ihrem Sehnsuchtsort abhalten. Endlich möchte sie das Leben spüren ...

»Die bezaubernd schillernde Geschichte einer Heranwachsenden, die ihren Sehnsuchtsort findet.«
Die Zeit

Annette Pehnt
Ich muß los
Roman. 125 Seiten. Serie Piper

»Dorst schob seinen Einkaufswagen von hinten sachte in Elners Hüfte. Elner drehte sich um, in der Hand eine frostige Spinatpackung. Ach nein, sagte sie und ließ den Spinat sinken. Der spanische Sekt ist im Sonderangebot, sagte Dorst, legte den Kopf schräg und wartete.« Unergründlich und scheu ist er, der Held in Annette Pehnts kraftvollem erstem Roman. Er läuft in den schwarzen Anzügen seines toten Vaters herum, erzählt als selbsternannter Reiseführer von Limonadebrunnen und Honigfrauen. Seine Phantasie ist grenzenlos, die Nähe zu anderen nicht. Vor allem nicht die zu seiner Mutter und ihrem neuen Freund. Erst als Dorst die junge Elner trifft, scheinen seine Zurückhaltung und seine Rastlosigkeit ein Ende zu finden. Lakonie und leiser Humor vereinen sich in Annette Pehnts Roman zu einer traurig-schönen Geschichte über einen jungen Mann und seine Verbindung zur Welt.

05/1856/01/L

05/1511/01/R

Jakob Hein
Vielleicht ist es sogar schön
176 Seiten. Serie Piper

Hätte er die Zeit gehabt nachzudenken, Jakob Hein hätte seiner Mutter nur diesen Satz gesagt: »Stirb nicht, es ist doch viel zu früh.« Er hat es nicht getan. Über die Erinnerung an sie und die gemeinsamen Erlebnisse stellt er noch einmal die alte Nähe zu ihr her. »Vielleicht ist es sogar schön« ist klug, wütend und tröstlich zugleich. Jakob Hein erzählt die Geschichte eines langsamen Abschiedes und verbindet die literarische Erinnerung an seine Mutter mit dem Porträt einer außergewöhnlichen Familie.

»Immer berührend, nie pathetisch, immer würdig, nie weihevoll.«
Stern

Jakob Hein
Herr Jensen steigt aus
Roman. 144 Seiten. Serie Piper

Ist es die hohe Kunst des Nichtstuns, die Herrn Jensen treibt, oder verfolgt er nicht doch einen geheimen Plan? Als Briefträger schiebt er tagtäglich beinah liebevoll Post in die Schlitze der Kästen. Eines Tages freigestellt, verläßt er seine Wohnung immer seltener. – Nicht das Alltägliche, nicht der Wahnsinn interessieren Jakob Hein, es ist der schmale Grat dazwischen. Seine kurze Geschichte von Herrn Jensen lotet mit großer Konsequenz die Tragik eines wunderlichen Lebens ebenso aus wie dessen unerhörte Komik.

»Ein wunderbares Buch. Das müssen Sie lesen!«
Hape Kerkeling in »Lesen!«

SERIE PIPER

Coline Serreau
Pilgern auf Französisch
Roman. Aus dem Französischen von Gaby Wurster. 240 Seiten. Serie Piper

Clara, Claude und Pierre sind entsetzt: Das Erbe ihrer Mutter wird erst ausbezahlt, wenn sich alle drei zusammen als Pilger auf den Weg nach Santiago de Compostela machen. Schlimmeres können sich die drei kaum vorstellen, denn erstens können sie sich nicht ausstehen, und zweitens ist Wandern ein Strafe für sie. Doch das Geld können alle gut gebrauchen, und so schließen sie sich widerwillig einer illustren Wandergruppe an. Der Weg nach Santiago de Compostela ist lang, und die Reise dahin voller überraschender Einsichten … Eine wunderbare, tiefsinnige Komödie über das Leben.

Thomas Lang
Am Seil
Roman. 176 Seiten. Serie Piper

Über zehn Jahre hat der fünfundvierzigjährige Gert seinen Vater nicht mehr gesehen. Zeitlebens hat er sich am starken Vater erfolglos abgearbeitet – nun macht er sich auf, den inzwischen hinfälligen alten Mann ein letztes Mal im Heim zu besuchen …

Thomas Lang erzählt packend von einem geradezu archaischen Vater-Sohn-Konflikt, der eine überraschende Lösung erfährt. Dabei gelingen ihm bewegende Bilder, die einen tief berühren und lange nachwirken.

»So einfach der Erzählstrang aneinander gereiht zu sein scheint, so dramaturgisch durchdacht und klug konstruiert ist er zugleich. ›Am Seil‹ ist ein Krimi ohne Kommissar, eine archaische Vater-Sohn-Verstrickung, ein Gipfeldrama mit vierzigjährigem Vorspiel, das akribisch sezierte Ende eines Menschen.«
Welt am Sonntag

Wiebke Eden bei Arche

Die Zeit der roten Früchte
Roman
240 Seiten. Gebunden
€ 19,–/sFr. 34.90
ISBN 978-3-7160-2375-4

»Ein schönes, stilles Buch.«
Die WELT, Tanja Langer

»Sie versteht es, von zehn Sätzen nur den einen hinzuschreiben, der die neun anderen irgendwie mit enthält. Dahinter steht die Fähigkeit des radikalen Reduzierens und Streichens, wie sie nur sehr wenige Autoren beherrschen.«
Kultur SPIEGEL, Silja Ukena

»Gretas Geschichte berührt einen noch lange, nachdem der letzte Satz verklungen ist. Eine Entdeckung!«
Brigitte

www.arche-verlag.com